光文社文庫

北辰群盗録

佐々木　譲

光　文　社

目次

プロローグ

要塞《ようさい》は沈黙していた。

もう砲声も銃声もなく、砲弾の炸裂《さくれつ》する音も、建物の崩れ落ちる音もない。あわただしく地を蹴《け》る軍靴《ぐんか》の響きもなく、怒鳴り声も悲鳴もなかった。二日前の砲撃のとき、ここが修羅場と化していたことが夢のようであった。

とはいえ、そこに小鳥の啼《な》く声や、風鈴の音があるわけではない。歓声や歌声がとってかわったわけでもなかった。ただ、要塞から、戦争の音が消えていたのだ。昨日来、ぴたりと。

その長く続いた沈黙と静寂とを破って、広場に男の声が響きわたった。

「われらが兵士諸君。われらが勇猛の戦士諸君」

大音声《だいおんじょう》でそう語り始めたのは、見事な口髭《くちひげ》に羅紗《ラシャ》の洋服姿、歳の頃《ころ》三十二、三の、姿勢のよい男であった。五カ月前、この地に新政権を打ち立てた男、榎本武揚《えのもとたけあき》である。壇代わりの木箱の上に立っていた。

榎本は続けた。

「共和国建設の理想のもとに、諸君たちは最後まで我輩らを見捨てることなく、よく奮闘くださった。心より感謝を申し上げる」

彼に向かい合うかたちで広場に整列しているのは、硝煙や血に汚れた軍服姿の壮丁《そうてい》たち一千余人である。第一から第四の列士満《レジマン》まで、フランス式に編成された軍勢であった。この歩《ほ》兵《へい》連隊の左右に、さらに砲兵隊、工兵隊兵士たちが並ぶ。彼らは蝦夷《えぞ》地《ち》上陸以来およそ七カ月、新政府軍との激しい戦いを生き抜いてきた屈強の戦士たちであった。

男たちのうち、ある者は唇を嚙《か》み、蒼白《そうはく》の表情でうちふるえている。ある者はまた、目に涙を浮かべて、かろうじて嗚咽《おえつ》をこらえている。放心したかのようにうつろな目で榎本を見つめる負傷兵もいる。いっぽう、なお激しい戦意と憎悪を表情に浮かべている者も少なくなかった。

榎本武揚の後方には、政権と軍の幹部たちが一列に勢ぞろいしている。副総裁・松平《まつだいら》太郎はじめ、陸軍奉行・大鳥圭介や、各列士満の歩兵頭《ほへいがしら》、それに青い軍服を着たふたりのフランス軍下士官たちだ。

榎本武揚は、居並ぶ兵士たち、士官たちを眺めわたしてから、ふたたび口を開いた。

「奮戦も及ばず、われら志なかばにして降伏のやむなきに至ったが、だからといってわれらの掲げる共和国建国の旗印に、毫《ごう》も誤りがあったわけではござらぬ。彼らに大義があったわけではござらぬ。ただただこの事態は、我輩の至らなさ故のことであった。勇猛の戦士諸君、開明の同志諸君、われらが共和国の敗北と、われらが共和国陸海軍の降伏は、この榎本武揚にすべての責が帰せられる。伏して許しを請い願いたい」

声量が落ち、口調は湿ってきている。もう榎本の言葉には、かつて彼が「檄文《げきぶん》」や「徳川家臣大挙告文」によって新政府を激しく弾劾《だんがい》したときのような勢いはない。陸海軍総計三千の軍勢をまとめ鼓舞《こぶ》して戦争を指導してきた、あの熱も力強さもなかった。また列強たちにみずからの勢力を「事実上の政権」と認めさせたときのような、道理を語る明晰《めいせき》さも消えている。彼はその部下たちの目にも、もはやまごうことなく敗軍の将であった。部下たちが、すでに否定のしようもなく敗残の兵であったと同様に。

榎本は続けた。

「どうか諸君、悲運にも戦い途中で無念の死をとげた同志たちのためにも、諸君らはけっしてうなだれることなく、胸張って堂々と生きてゆかれんことを。諸君」榎本の声が裏返った。榎本は言いなおした。「諸君、ほんとうにご苦労さまでした」

それは、政権の副総裁・松平太郎からの降伏の通達に続く、政権総裁としてのあいさつであった。叛軍《はんぐん》の指導者として兵士たちに告げる最後の言葉でもある。鳥羽伏見《とばふしみ》の戦い以来約一年半にわたって続けられてきた戦争は、昨夜、榎本政権幹部と新政府軍とのあいだで、ついに幕引きが決まったのだ。

榎本はもういちどゆっくりと居並ぶ兵士たちを眺めわたした。

鼻をすする音が、兵士たちの列のあちこちから、ひかえめにもれ聞こえてきた。

榎本は口調を変え、きわめておだやかに、またいくらかは事務的とも思える調子で言った。

「わたし以下四名の幹部は、これから薩長《さっちょう》軍本営に出頭する。諸君らは指定の寺院へ謹慎ということになる。諸君らにはいかなる罰も刑も下されぬ。この五稜郭《ごりょうかく》と、すべての兵器の引き渡しは、本日夕刻までである。諸君は、騒擾《そうじょう》など起こすことなく、上官、士官たちの指示に従い、整然と相手かた軍門にくだってほしい」

要塞の内郭を、一陣の風が吹き抜けていった。風は蝦夷地の春の乾いた土の表面を走って、黄色っぽい埃《ほこり》を舞いあげた。厩舎《きゅうしゃ》のほうで、馬がいなないた。

榎本は風に目を細めてから、さらに言った。

「室蘭《むろらん》の開拓方にも、降伏を伝えなければならぬ」

榎本は、第三列士満《レジマン》の先頭に目を向けた。

「矢島従太郎《やじまじゅうたろう》」

名を呼ばれた士官が、はっ、と短く返答し、はじかれたように列の先頭を飛び出た。軍帽を目深にかぶった、長身の男だ。軍刀を左手で押さえ、八歩の距離を駆けて、士官はぴたりと停まった。榎本の真正面である。

鼻をすする音がやみ、兵士たちの視線は士官に集中した。怪訝《けげん》そうでもあり、またなにごとか期待するかのような視線でもあった。

榎本はその士官に言った。

「わたしの使いとして発《た》て。室蘭のわれらが将兵二百にも、いまの件を伝えるのだ。われらは、降伏したと」

「はっ」と、ふたたび士官は応《こた》えた。

「ふたり、部下を選べ。選んだら、即刻出発せよ」

「はっ」士官は間髪を入れずに振り返り、第三列士満の自分の部下たちに向かって大声で呼んだ。「大門弥平次《だいもんやへいじ》」

「はっ」と、応える声があった。列の前のほうから、やせぎすの兵士が駆け出してきた。兵士は男の前に立って、銃床を地面に打ちつけ、直立した。

男はもう一度、べつの名を呼んだ。

「中川与助《なかがわよすけ》」

「はい」とまた応える声。第三列士満の隊列から、こんどはひとりの小柄な兵士が駆けてきた。その兵士も、矢島従太郎と呼ばれた士官の前に立って銃をおろし、ぴたりと気をつけの姿勢を取った。

三人が向かい合ったとき、近くにいた者たちは、矢島の目に一瞬鋭い光を見たように思った。強い意思のようなものが、兵卒たちに伝えられたかのようだった。矢島の目の色を見ることができなかった者たちにも、三人の表情に、そして様子に、得体の知れぬ不穏な空気を感じることができた。

ふたたび風が吹き、大気が鳴った。黄色っぽい埃が広場を走った。

「待て」動揺を感じさせる声で、榎本が言った。「矢島従太郎。命《めい》を取り消す。列にもどれ」

整列した男たちの視線が、矢島に集まった。その場が静まりかえった。

矢島従太郎と呼ばれた男は、反応を見せなかった。表情にも、何ひとつ感情が現れたようではない。榎本の命令が聞こえなかったのか、それとも不服なのか。

広場を緊張が包んだ。一千余人の男たちは、みじろぎせずに矢島の反応を待った。

しかしけっきょく、ひと呼吸置いてから、矢島は言った。

「矢島従太郎。もどります」

内郭にまた靴音が響いた。矢島はふたたび第三列士満《レジマン》の先頭に駆けもどって、榎本たち幹部の面々に向かい合う恰好《かっこう》となった。

榎本は言った。

「兵頭俊作《ひょうどうしゅんさく》。いるか」

「はい」と声がして、こんどは第二列士満の隊列の先頭から、若い士官が飛び出した。敏《びん》捷《しょう》そうな身ごなしの男だった。彼は榎本の前に立つと、靴を打ちつけるようにして両脚を揃《そろ》えた。

榎本は言った。

「伝令使の件、きみに命じる。その兵卒らを同道し、至急室蘭の沢太郎左衛門《さわたろうざえもん》に降伏を伝えてくれ。いま、すぐにだ」

「はい」兵頭と呼ばれた士官は、張りのある口調で応えた。「兵頭俊作、ただいまより室蘭に伝令使として出立します」

幹部たちの列の中から、政権の副総裁・松平太郎が出て、士官に畳んだ書状を手渡した。降伏通達文書と見えた。士官はこれを軍服の内側に収めて、ボタンをかけた。

ボタンをかけ終えると、士官はふたりの兵卒に合図して、広場の隅の馬つなぎに向かって駆けた。兵卒たちが続いた。

馬のそばにいた兵士が、ふたりの兵卒から銃を取り上げ、代わりに馬の手綱《たづな》を差し出した。兵頭という士官は、軍刀を腰に差したまま馬に飛び乗った。

三人は、そこに一瞬もとどまっていなかった。すぐに馬の腹を蹴って、大手門へ通じる通路へ向かって駆けだした。砂埃《すなぼこり》が舞い上がった。砂埃が収まったとき、男たち三人の姿は消えていた。

明治二年五月十八日、朝七時の箱館《はこだて》郊外、新政府軍七千に包囲された洋式要塞・五稜郭でのことであった。

第一章

1

遠くからは、大地はほとんど真っ平らとしか見えなかった。

しかしじっさいにその大地に至ってみれば、そこにもやはり細かな皺《しわ》があり、筋が通り、かなりの起伏があるのだった。平原はけっして、平坦《へいたん》ではなかった。ただ、あまりにも水平の広がりが大きいのだ。多少の起伏は、ほとんど目につかなくなるというだけのことだ。

起伏は浅い沢とゆるやかな稜線《りようせん》との繰り返しだったが、何里かごとには渓谷と呼べるだけの谷があった。道はやむなく、ときに谷を下り、あるいはできるだけ緩い勾配《こうばい》を探して沢を避け、また丘の上へと出るのだった。どうにも車馬を登らせるだけの勾配を見つけることができない場所では、切り通しが作られている。道の名を、札幌《さつぽろ》本道と言った。明治六年に竣工した、函館（旧箱館）と札幌とをつなぐ車馬道である。

その札幌本道の、島松《しままつ》と呼ばれる丘陵地、瘦《や》せた土地らしく白樺《しらかば》の疎林の広がるあたりであった。

道をいま、二台の馬車が北上している。馬車は洋式の四頭立てで、前後を銃で武装したふたりずつの騎馬の邏卒《らそつ》が護衛している。馬車の上にも、銃を横抱きにしたひとりずつの邏卒。ものものしい一行であった。札幌本道では、めったに見ることのない隊列であったと言える。

二台の馬車を中心にした一行は、この朝苫小牧《とまこまい》の駅逓《えきてい》を出て、昼すぎには千歳《ちとせ》南部の湿地帯を抜け、午後の早い時刻にこの島松の丘陵地帯にかかっていたのである。

先頭を行く騎馬の邏卒が、ふいに馬をとめた。一行を率いる邏卒長である。

うしろについていた若い邏卒は、先頭の馬がとまったことに気づかなかった。馬が勝手に前の馬を見習って足をとめたので、鞍《くら》の上で思わず前方に転がるところだった。

「どうしました」と、若い邏卒は、先頭の上官に訊《き》いた。

若い邏卒の名は、野本新平《のもとしんぺい》。福山藩の下級士族の出だが、食い詰めて開拓使の邏卒募集に応じた青年である。函館で訓練を受け、じっさいに札幌本庁に配属されたのは、つい十日前のこと。こんどの護衛は初任務だった。

邏卒長は、顔を道の左手に向けている。

新平は、上官と同じ方向に目を向けた。

このあたり、道の左右は、枯れ草に覆われた見晴らしのよい草原となっている。左手のゆるやかな斜面の上、一町ほどの距離のところに、馬に乗った男がいた。馬をゆっくりと進めながら、こちらに目を向けている。黒っぽい身なりで、腹の前に銃を置いているように見えた。ついいましがたまで、そんな男がいたことなど気づかなかった。

邏卒長が、ふたたび馬を出した。視線は稜線上の男に据えたままだ。

新平は、上司の右手に並んで訊いた。

「なんでしょう。猟師でしょうか。われわれに何か用事でもあるんでしょうか」

邏卒長は、反対側に顔を向けてから言った。

「気になるな。おれたちは開拓使の金を運んでる。向こうは銃を手にしている」

新平も反対側を見た。こちらにも馬に乗った男がふたりいた。やはり稜線上を、一行に並んで馬を進めている。ふたりとも、まちがいなく銃を手にしていた。身なりは、どこか軍服めいた黒い洋服だ。

新平はもう一度、左手を見た。銃を持った男がふたりになっている。一行と同じ速度で、馬を歩かせていた。

邏卒長は、振り返りながら言った。

「用心しろ。例の野盗かもしれん」

新平も一行を振り返ってみた。馬車に乗る邏卒たちも、すでに馬上の男たちに気づいて油断なく銃に手をやっている。かちゃりと、槓桿《こうかん》を操作する音が聞こえてきた。

このところ、石狩や胆振《いぶり》の漁場で、場所持ちの裕福な家が何軒か、立て続けに強盗に襲われている。いずれも、強盗たちは銃で武装していたとのことだった。その連中かもしれない。

邏卒長は顔をもどすと、サーベルに手をかけた。顔が少し青ざめてきている。

新平は銃を背からまわして鞍の上に横に置き、握把《あくは》をにぎった。

左右の男たちの数がまた増えた。稜線の向こう側から、加わってきたのだ。右側に四人。左側にも四人となっている。

左手のひとりは、旗指物《はたさしもの》のようなものをかざしていた。風にひるがえっているのは、黒地に白い文様《もんよう》の旗だった。よく見ると、白い文様は星の形をしていることがわかった。色の取り合わせこそちがえ、開拓使の旗印、北辰旗《ほくしんき》とよく似ている。開拓使の旗は、青地に赤い星印なのだが。

慎重に道を進んでゆくと、行く手、道の真ん中に一本の棒が立っていた。通るものに注意をうながすかのようにだ。紙の筒のようなものが、白い布でゆわえられている。

その棒の前までくると、邏卒長は紙の筒だけを手に取って広げた。何か書かれているようだった。

新平はもう一度邏卒長の脇《わき》に並んで訊いた。

「何か？」

邏卒長は、左右に目をやりながら答えた。

「命《いのち》を助けるから、馬車を置いて立ち去れと」

「命を助ける？　わたしたちのですか」

「あの野盗ども」邏卒長は振り返って、大声で言った。「突っ走るぞ。こい」

サーベルを抜くと、邏卒長は馬の腹を蹴った。馬は痙攣《けいれん》したように筋肉を震わせ、前方へと飛び出した。

つぎの瞬間だ。左手の稜線上で、一瞬白い煙が散った。ほんの少し遅れて、乾いた破裂音。邏卒長は馬の上でのけぞった。額のあたりから、赤い飛沫《しぶき》が飛んだ。邏卒長の制帽が吹っ飛んだ。馬が驚いて後脚で立ち上がった。邏卒長は鐙《あぶみ》に脚先を引っかけたまま、地面に落ちた。

新平は仰天し、ろくに狙《ねら》いもつけぬまま、左手の男たちに向けて撃《う》った。ほかの邏卒たちも、ほんの一拍遅れで銃の引き金を引いた。銃声が連続した。

それを合図と待っていたかのように、左右の男たちは一斉に斜面を駆け降りてきた。

新平は動転して、うしろの一行に声をかけた。

「走れ。突っ走れ」

うしろの馬車の御者《ぎよしや》は、そんな指示を待ってはいなかった。すでに四頭の馬に思い切り鞭《むち》をくれていた。馬車が突進してきた。

新平は馬を道から出して馬車をやりすごした。二台の馬車は、車体を激しく揺らしながら通りすぎていった。

新たな弾を装塡《そうてん》してから、自分も馬の腹を蹴った。左右で銃声が響いた。周囲の大気が、ひゅんひゅんひゅんと唸《うな》った。また左側の野盗たちに向けて、目見当で一発放った。

野盗たちは、わずか五間《けん》ばかりの距離まで近づいていた。一行と並行して疾走している。みな、ずいぶん場馴《ばな》れしているように見えた。落ち着いた様子で銃をかまえ、正確に狙いをつけて放っている。前方の馬車から、ふたりの邏卒が転がり落ちた。新平の馬は、その落ちた邏卒の身体を跳《と》び越えた。

新平は振り返った。ちょうど後方を駆けていたふたりの邏卒も、馬から転げ落ちてゆくところだった。

ということは、あとは自分ひとり？

前方を見た。

野盗たちのうち四人が、二台の馬車のすぐ横に並んで駆けている。御者を脅しているのか、馬車の動きが鈍くなった。ひとりが自分の馬から先頭の馬車に飛び乗って、御者を突き落とした。御者は草原に転がってはねた。飛び乗った男はたちまち手綱を取って、四頭の馬を御した。馬車の速度が落ち、つぎの馬車もこれに合わせて速度を落とした。馬車は三十間ばかりの距離を走って、ついにとまった。

新平も馬をとめるしかなかった。屈強そうな男が、自分にぴたりと銃口を向けていた。

新平は馬をとめ、銃を地面に放って、両手を挙げた。

野盗たちの数は、全部で八人だ。そのうちの四人はいま、馬車を囲んでいる。後方でふたりが、転がった邏卒や御者の様子をたしかめていた。邏卒たちの銃が取り上げられている。右手、少し離れたところにいるのが、頭領のようだ。野盗たちに短く何ごとか指示を出していた。

その頭領と見える男が、慣れた手綱さばきで自分に近づいてきた。黒っぽい羅紗《ラシャ》服で、つばの短い帽子をかぶっている。なぜか笑みを見せていた。

賊軍《ダツソウ》だろうか。

開拓使の邏卒たちのあいだには、五稜郭の陥落のとき奥地に逃げ延びた賊軍の脱走兵たちが、まだ何十人も残っているとの話が伝わっている。ある者たちは山中に隠れ住み、またある者たちはアイヌたちのあいだにまぎれこんだ。無願開墾の入植者を装っている者もいるという。

この野盗たちの服装は、どう見ても軍服である。五稜郭の残党たちと見るべきなのだろう。それも、もっともたちの悪い残党たち。

新平は、自分も殺されるのかという恐怖に耐えながら、手綱をにぎりしめていた。

頭領格の男は、新平をにらみ据えて言った。

「無益な殺生《せっしょう》をさせてくれたな。同僚のうち、ひとりは確実に死んでるぞ。あとは助かるだろうが」

非は新平たちにある、とでも言っているかのような口調だった。

新平は精一杯の虚勢で言い返した。

「殺したのは、お前たちだ」

「命は助けると伝えた。なのに軽率な振る舞いに出たからだ」

「開拓使の馬車と知って襲ったのか」

「承知だ。積荷は没収する。馬も、銃も」

背後で銃声があった。新平は思わず首をすくめた。

頭領格の男が、銃声のほうに目をやって言った。

「どうした、弥平次」

後方から、ひとりが馬を駆けさせてきた。彼の持つ銃の先から、まだうっすらと煙がたちのぼっていた。

駆けてきた男は言った。

「邏卒のひとりが、発砲しようとしたんです」

これでふたり殺したということになるのか。

新平は言った。

「貴様たちは、何者だ。賊軍《ダッソウ》たちか。漁場を荒らし回っているという野盗団か」

「おれたちの旗印が目に入らなかったのか」

「旗印?」

男は苦笑した。

「派手にお披露目《ひろめ》してきたつもりだったのだが、まだ野盗扱いとは情けないな」

男は振り返ると、野盗のひとりに合図した。

「与助」

旗指物を掲げていた男が、合図を受けて、旗をあらためて風にはためかせた。

男が言った。

「何の旗印か、わかるか?」

新平は答えた。

「開拓使の、北辰旗のように見えるが」

「そいつは、青地に赤い星だろう」

「あれが北辰旗というんだ。北極星の旗だ」

「北辰の五稜星を旗印と決めたのは、開拓使よりもおれたちのほうが早い」

「去年、札幌の開拓使本庁舎ができたとき、もう北辰旗は塔の上にあったそうだぞ」

「おれたちがこの印を自分たちの旗と決めたのは、もっと前のことだ」

場ちがいな好奇心から、新平は訊いた。

「いつだ?」

「五年前」

「五年前?」

「五稜郭が開城した日さ」男の口調は、どこかうれしそうだった。説明できるときを、楽しみにしていたのかもしれない。「あの日、日の丸を旗印とした榎本軍が降伏を決めたのでな。おれたちにはべつの旗印が必要になった。五稜郭を出て北へ向かったおれたちには、印はひとつしかない。北辰の五稜星だ。つまりこの北辰旗は、おれたちのものだ。開拓使のものじゃない」

やはり脱走兵たちだったのだ。

新平はたしかめた。

「旗まで掲げて開拓使の一行を襲うなんて、まだ戦争を続けている気なのか?」

頭領格の男は腰の革帯から短銃を抜き、新平の目の前に突きつけてきた。新平は馬上で思わず身をすくめた。

男は、短銃を新平の鼻の頭に据えて言った。

「そのとおりだ」真顔だった。「お前の命は助けてやるから、札幌に着いたら伝えろ。戦いいまだ終わらじ。なおわれら、北辰の旗のもとに参集し、継戦せるものなりと」

「伝えろって、誰《だれ》に?」

「開拓使を通じて、朝廷に。東京の薩長政府に」

「われらとは、誰のことだ？」

頭領格の男は、不精髭《ぶしょうひげ》の奥で、白い歯を見せた。微笑したのだろう。男は言った。

「共和国騎兵隊」

「共和国騎兵隊？　そいつはいったい何だ？」

「おれたちのことさ」

「お前の名は？」

男は答えた。

「共和国騎兵頭《がしら》、兵頭俊作」

平原を風が吹き渡った。男の頭の後方で、五稜星を染め抜いた北辰旗が、ぱたぱたとひるがえって鳴った。

2

この都市の呼び名が江戸から東京に変わって、もう六年たつ。

とはいえこの浅草あたり、維新以前と較べても、目に見えて変わったものは少なかった。

家並みも、往来の様子も、行き交う人々の身なりも、まだ江戸と呼ばれていたころとたいして変わってはいない。ざんぎり頭が増えてきたという程度か。

その店の中も、ざんぎり頭と髷《まげ》を結った者と、ほぼ半々の割合《や》だった。

共通しているのは、どの客の顔も赤いということか。日に灼けた肌に酒がまじって、赤いというよりは、茶渋のような顔になっている者も多い。どっちみち、品よく座敷で飲む客のための店ではないのだ。土間のありあわせの樽《たる》やら桶《おけ》やらをひっくり返して、それが腰掛けであり、卓だった。

矢島従太郎は、懐に手を入れて、持ち金を探ってみた。大川《おおかわ》の米問屋で一日米俵を担いで、手にしたのはわずかに二十銭あまり。すでにその大半を酒に替えて腹におさめた。あと何杯、茶碗酒を注文できるか。

手触りでわかる。さっきから、もう何度もたしかめた。あと二杯。二杯だけだ。しかし、二杯飲めば、明日の昼飯は抜くことになる。店を出る潮どきではあった。

しかし、三好町《みよしちょう》の長屋に帰ったところで女房がいるわけでもなく、心尽くしの晩飯が待っているわけでもない。煎餅《せんべい》布団は、長いこと日に当ててもいなかった。ずっとひんやりとして汗臭いままだ。あの布団で眠るしかないのだったら、ここで前後不覚になるまで飲んだほうがいい。困ったことは、あと二杯でそれだけ酔えるという保証がないことだった。

せめて、あと五銭あれば。誰か顔見知りが、貸してくれるのであれば。

「くそっ」

思わず声に出していた。

矢島従太郎は、鼻から荒く息をつき、首を振った。

隣りで騒がしく飲んでいた男のひとりが、この声を聞きとがめた。

「おっと、兄さん。おれたちのことか」

従太郎は声のほうに顔を向けた。

従太郎と似たような身なりの男たちだ。ひとりは、肩の肉の盛り上がった図体の大きな男。もうひとりは、鼻を酒灼けさせた小太りの男だ。

大男のほうが言った。

「おいおい、その目は何だ？　やっぱりおれたちが気に入らないってか？」

相棒の酒灼け鼻が言った。

「さっきから、おれたちが笑うたびに、こいつ、目つけてきてたぜ」

「何がくそか、言ってもらおうじゃないか。おれたちのことか？」

従太郎は言った。

「お前たちのことを言ったわけじゃない。だが、お前たちは、見るところ、くそだ」

「おいおい」大男が相棒に顔を向けて言った。「おれたち、喧嘩《けんか》を売られたみたいだぜ」

相棒がうなずいた。

「売られてるぜ。たしかに」

「兄さん」大男の目がすわった。「喧嘩なら言い値で買うぜ」

店の主人が、奥から鋭く声をかけてきた。

「もめごとなら、外でやってくれ。店ん中じゃごめんだ」

「そのとおりだ」大男は、従太郎の肩を小突いて言った。「出ようぜ」

言いながら、もう樽から腰をあげている。相棒のほうも、にやつきながら立ち上がった。

喧嘩を小遣い稼ぎの手段としている男たちなのだろう。しかしあいにく、と従太郎は思った。おれに目をつけたのはまちがいだった。おれはだいいち、ろくに金を持っていない。それに……。

酒灼けの赤い鼻の相棒のほうが言った。

「この野郎、笑ってやがるぜ。おれたちを小馬鹿にしてやがるぜ」

従太郎は立ち上がった。一瞬、赤鼻がひるんだのがわかった。従太郎の上背がこれほどあるとは思っていなかったようだ。

大男のほうは爪楊枝《つまようじ》をくわえ、肩を左右に揺らして歩きだした。従太郎はふたりに前後からはさまれる恰好で、戸口へと向かった。

出る間際、ひとりの男と視線が合った。その店には場ちがいな客だった。洋服姿に口髭。歳のころは、三十前後か。役人のようだったが、私服姿の軍人かもしれない。いずれにせよ、武士の出だろう。傲岸《ごうがん》そうな顔をした二枚目だった。男は遠慮のない好奇心を従太郎に向けていた。

その男も、すっと自分の席から腰を上げた。

路地に出ると、大男は従太郎の左腕をつかんで言った。

「ついてきな」

口調はすっかり稼業者のものだった。酒癖の悪い堅気《かたぎ》のものではない。

ふたりは、一応はひとの目を気にしているようだった。暗がりで、さんざん従太郎をいたぶる気だろう。そのあとで、懐を探る気でいる。

やるしかないなら、先手、奇襲が、喧嘩の鉄則だ。従太郎にとっては、ひとの目があるかどうかは、どうでもよいことだった。どっちみちいまの自分には、誰かに叩《たた》きつけねばならぬ鬱憤《うっぷん》がたまりにたまっているのだ。

従太郎は、大男の腕を素早くふりほどくと、くるりと身体の向きを変えて、赤鼻の男の顔面を殴った。素焼きの瓶《かめ》でも壊れたときのような音がした。赤鼻は膝《ひざ》から地面に崩れ落ちた。

続いて身体をひねりざま、大男の首すじに手刀を叩きこんだ。大男は、一瞬、呆気《あっけ》に取られたようにまばたきした。喧嘩がいまこの場で始まるとは予想していなかったようだ。

従太郎は相手の股間《こかん》を蹴り上げ、相手がまだ体勢を整えずにいるうちに、二発目三発目の手刀を相手の鼻に叩きこんだ。さらに身体を半回転させて、同じ場所に肘《ひじ》を突き込んだ。大男は、ようやく自分が一方的に殴られていることに気づいたようだった。

「この野郎」大男は、うめくように言った。「殺してやる」

丸太のような腕が伸びてきて、従太郎の肩をつかんだ。従太郎はさっと身を屈《かが》め、大男の両の足首をつかんで、思い切り引き上げた。俵運びの毎日は、おかげさまでこのような腕力だけは鍛えてくれた。大男の身体がふっと宙に浮き、後頭部から地面にひっくりかえった。ごつりと鈍い音がした。

従太郎はいったん飛びのいた。大男は頭を抱えて苦しげに身をよじった。

従太郎はさっと大男の横にまわり、腹の上のあたりをかかとで蹴った。骨の砕ける感触があった。大男は悲鳴を上げた。あばら骨が折れたのだ。大男は脇腹を押さえて身を縮めた。従太郎の憤りはおさまらなかった。むしろ、激情は燃え上がった。大男に蹴りを繰り返した。三つ、四つと。大男は無抵抗だった。悲鳴さえ上げない。ひたすら耐えているだけだ。

うしろから、赤鼻の男の声。

「この野郎」

振り返ると、赤鼻は匕首《あいくち》を手にしていた。口のまわりが血で汚れている。赤鼻は、匕首で切りかかってきた。従太郎は一歩飛びのいた。刃物が相手となると、戦法も変えねばならなかった。左右に素早く目をやって、何か適当な得物《えもの》がないか探した。

誰かが呼んだ。

「矢島従太郎」

声のほうに目を向けると、さきほどの洋服姿だった。

「ほら」と言いながら、一本の薪《まき》を放ってくる。

空中で受けとめて握りなおし、すぐに逆襲した。赤鼻の突き出す匕首を叩き落とし、返しながら男の頬《ほお》を払ったのだ。耳障りな衝撃音があった。赤鼻は、身体を一瞬硬直させてから、人形遣いに見捨てられた文楽人形のようにふたたび地面に崩れ落ちた。

赤鼻の頭が地面に着く直前に、赤鼻の顎《あご》の下を蹴り上げた。赤鼻はえびぞりとなり、五歩ばかり吹っ飛んで、仰向けに路面に倒れこんだ。そこに駆け寄って、顔を踏みつぶした。鼻ばかりではなく、相手の顔全体が真っ赤になった。

「お見事」と、洋服の男が言った。「そこまででいいんじゃないか。それ以上やると、殺すことになる」

それでも、赤鼻の男の鼻の真上に、もう一回棒をくれてやった。赤鼻の口から、悲鳴というよりは、泡が漏れだすような音が出た。

男たちのそばから離れ、呼吸を整えながら、従太郎は訊いた。

「おれの名前を知っていたな？」

「ああ」洋服の男は言った。「知っているのは名前だけじゃない。矢島従太郎。御維新前は、二百石《こく》取りの旗本の家の出。幕府の講武所で兵学を修め、伝習歩兵隊の指図役頭取となった。五稜郭では、榎本軍第三列士満《レジマン》第一大隊の歩兵頭並。ただし、いまは、浅草で俵担ぎのその日暮らし」

「あんたは？」あえぎはまだ収まっていない。興奮していたし、運動が激しすぎた。

「わたしは、隅倉《すみくら》という。隅倉兵馬《ひようま》」

「役人か？」

「陸軍省・参謀局に出仕している」隅倉と名乗った男は言った。「参謀少佐だ。あんたと話したくて、この店で様子を見ていたんだ。おもしろいものを見物できた。いつもやっているのか」

「まさか。おれは喧嘩なんてことは好きじゃない」

「だが、苦手でもないようだな」

「多少の心得はある」

「謙虚な言いかただ。伊達《だて》に戦場を転戦していない。よくわかった」

「それで？」やっとあえぎが収まった。男たちふたりは、まだ地面で唸ったままだ。気がつくと、十人ばかりの野次馬が、取り巻いて地面の男たちを見おろしている。「おれに何の用だ？」

「仕事の口を世話しにきた」

「仕事の口？」

「ああ。あんたには向いている仕事だと思う」

「元賊軍《ダッソウ》の俵担ぎに、どんな仕事を世話しようと言うんだ」

「話は長くなる。店の中で飲みなおすか」

従太郎は店の戸口に目をやり、もう一度地面の男たちに目を向けてから言った。

「あんたのおごりなら、河岸《かし》を変えよう。ただし、話は聞くだけだ。酒と返事は、引き換えじゃない」

「どこか、いい店を知っているか?」

従太郎は路地の先、浅草寺《せんそうじ》の方向に目を向けてから言った。

「文明開化の、牛を食わせる店がある」

いいだろう、と言って、隅倉と名乗った男はうなずいた。


牛鍋屋《ぎゆうなべや》の奥の座敷で、隅倉は訊いてきた。

「兵頭俊作、という名前に心あたりがあるか」

従太郎は、もうあらかた肉のなくなった鍋から視線を移し、相手を見つめて答えた。

「同僚だった。五稜郭では、あいつは第二列士満《レジマン》の一大隊を率いた」

「どんな男だ」

「あいつか」少し考えてから、従太郎は言った。「志操の固い男だ」

「ということは、そうとうに偏屈なのか」

「いや、そんなことはない。志操は固いが、夢のようなことを語るのが好きで、いくらか剽軽《ひょうきん》なところもあった」

「ひとことで言えば?」

「惹《ひ》かれるところのある男だ」

「降伏後のことは聞いているか」

「よくは知らん」箸《はし》で鍋をさぐり、肉を探した。「降伏の日の朝、あいつは降伏を室蘭にいる部隊に伝えるため、五稜郭を出たんだ」

その任務は、最初、自分に与えられたのだった。しかし榎本武揚は、どたんばで同じ任務を兵頭俊作に命じなおした。榎本は、この自分が降伏を正確に伝えぬかもしれぬと判断したのだ。あくまでも抗戦せよと伝えるかもしれなかった。じっさい、あのときのおれは、たしかに榎本の危惧《きぐ》したとおりのことをやってのけただろう。室蘭駐屯二百の部隊に、徹底抗戦を呼びかけたことだろう。おれは五稜郭にこもった士官たちの中でも、徹底抗戦派の最右翼だった。

五稜郭の降伏の朝のことを思い出しながら、従太郎は言った。

「しかし、兵頭は投降しなかった。室蘭の部隊に榎本総裁の言葉を伝えると、そのまま何人か同志を募り、共に蝦夷地の奥へと消えたそうだ」

隅倉は、従太郎を見つめて言った。

「逃げて消えただけではない。ふたたび現れた」

「兵頭が、蝦夷地に？」

「北海道のあちこちに」

「いいじゃないか。もう赦免《しゃめん》してやれ。榎本総裁も、松平副総裁も、けっきょくみんな赦免となった。戦争は、もう五年も前に終わったんだ」

「戦争は、終わっていないそうだ」

「誰がそう言ってる？」

「兵頭俊作を頭《かしら》とする群盗どもさ。みずから名乗っているそうだ。自分たちは共和国騎兵隊であると。政府軍とは、なお戦いを続けているのだと」

箸がとまった。

酔いを散らそうとつとめた。隅倉の言う言葉が、よく理解できなかったのだ。兵頭が、まだ戦争を続けている？　投降を拒んで消えただけではなく。

いくらか正気がもどったところで、従太郎は確認した。

「兵頭俊作は、まだ戦いをやめていないと？」

「群盗どもが、そう言って北海道の各地で狼藉《ろうぜき》を働いている。つい先日は、開拓使の邏卒部隊が襲われて、ふたりが殺された」

「群盗というが、どのくらいの数だ？」

「十人から十五人ほどだろう。はっきりはわからん」

「何と名乗ったと言った？　共和国騎兵隊？」

「不遜《ふそん》にも」

「おれにくれるという仕事ってのは、兵頭に関わってくることか」

「そうだ」隅倉はうなずいた。「討伐隊に加わってもらいたい。群盗どもの狼藉、見過ごすことはできん。政府は、特別の部隊を編成して、連中の討伐にあたることにした」

「軍を出すのか」

「一応は、開拓使邏卒部隊ということになるが」

黙ったままでいると、隅倉は言った。

「あんたには、兵頭をよく知る者として、討伐作戦に助言を求めたいのだ。相談役ということになる」

「作戦、と言うが、おおげさすぎやしないか。たかが十五人ばかりの脱走兵たちに」

「やつらは、日ごとに数を増やしているようなのだ。馬を盗み、銃を奪って、やることがますます大胆になってきている。開拓使の邏卒たちの手には負えなくなってきているんだ」

「それにしたって、陸軍省やら参謀局が騒ぐほどのことではあるまい」

「いいか。榎本軍が蝦夷地に上陸したとき、その軍勢はおよそ三千だった。しかしけっきょく投降したのは、五稜郭の一千、室蘭の二百など、合わせて二千三百だった。戦死者の数は、いくつか異なる記録があるが、少ないものでおよそ三百。榎本の証言では、五百強だ。それに脱走して捕らえられ、処刑となった者の数は二百。数が合わない」

「ぴたりではないか。投降二千三百、戦死五百、脱走して処断された者二百。合わせて三千だ」

「榎本の証言を信じるつもりはない。わたしは、取り逃がした脱走兵の数はもっと多いと見る」

「戦死三百、という数字のほうを信じるなら、二百ばかりがどこかに消えたということになるな」

「逃げおおせて、北海道の各地に隠れ住んでいるのだろうが、兵頭という男が、その二百人を糾合《きゅうごう》するのが懸念される。かたいっぽうでロシアは、日露混住地の樺太《からふと》で軍隊を増強している。群盗たちがロシアと結んだら、いささか厄介《やっかい》なことになる。政府がおそれているのはそこだ」

「しかし、特別の討伐隊が作られるとなれば、そいつは本人たちが名乗っているとおり、反乱軍ということになりはしないか。政府も相手は反乱軍だと認めたということか」

相手の目に、真剣な光が宿った。

「いや。それはできん。ただでさえまだ、わが政権は頼りないところにあるんだ。諸外国に、日本にはなお内戦の火種が残っている、とは見られたくない。だから、開拓使の邏卒部隊による討伐ということにしたんだ」

「それにしたって、おれのような者まで駆り出すほどのことでもあるまい。だいいち、おれはかつて兵頭とは同僚同士。やつには何の恨みも持っちゃいない。討伐隊なんぞに加わる義理はない」

隅倉は鼻で笑って言った。

「いまの身すぎが、そんなに気に入っているのか。二百石取りの旗本の出の男が、読み書きもできぬ男たちにまじっての俵担ぎ。酒手にも不自由するその日暮らし。いっときは、数百の兵士たちを指揮してその名をわれらが陣営にも轟《とどろ》かせた男ではないか。このまま、東京の場末で朽《く》ちてゆく気か。駿府《すんぷ》に帰って苦労している親御さんたちのことはどうでもいいのか。妹さんも、あの役《えき》で亭主を失って苦労していると聞いたぞ」

「世が変わってしまったんだ。受け入れるしかあるまい。こんな身すぎ世すぎも」

「筋を曲げるわけにはゆかないと言うのか。筋を曲げるくらいなら、赤貧のどん底暮らしにも甘んじると」

「わからん。考えたことがない。もし言葉にするなら、そういうことかもしれんが」

「榎本武揚を見習え。賊軍《ダツソウ》の頭領だった男も、三年間の禁固が解かれたあとは、なんと開拓使の要職についた。いまは、全権公使として政府を代表し、ロシアにいる。あのような男の生き方を見習ったらどうだ？」隅倉は空になった鍋を見て口調を変えた。「もっと酒を頼むか。牛はどうする？」

隅倉は従太郎の返事を待たなかった。大声で、女将《おかみ》に酒と肉の追加を注文した。

従太郎は、隅倉に気づかれぬように唾《つば》を飲みこもうとした。不可能だった。

隅倉は言った。

「討伐とは言うが、ひと筋縄ではいかぬ男と思う。説得も必要になるだろう。作戦への助言に加え、あんたに頼みたいのはそれだ。やつらに投降を呼びかける役を引き受けてくれないか」

「投降すれば、兵頭は赦免されるのか」

「いや。だが、説得するのに必要だと思うなら、あんたが赦免を約束するのは勝手だ」

「空約束をしろと言うのか」

「投降させるためなら、どんな方便でも使っていいということだ。どうだ。討伐隊には加われぬか」

「ひどい話だ」

「そうかな。兵頭を撃てとか殺せと言っているわけではないのだが」

「薩長も、人材に事欠いているわけではないだろう」

「あんたは、馬が巧みだ。蝦夷地に多少の土地勘もあれば、野戦指揮ができるだけの十分な素養もある。賊軍《ダッソウ》の中でも、随一の切れ者だったそうじゃないか」

鼻から息がもれた。

「商人みたいな口をきくな」

女将が酒を運んできた。隅倉は徳利を自分で取り、従太郎の猪口《ちょこ》に酒をつぎながら言った。

「討伐が成功すれば、軍に居場所を与える。将校として取り立てる」

従太郎は、顔を上げて隅倉を見つめた。

「おれを、もう一回軍人にしてくれるというのか」

「大尉では不足かな」

「大尉、か」徳川幕府の軍制で言えば、歩兵指図役頭取、ということになるか。

「大隊を指揮できるぞ。近衛部隊は無理だが、仙台の鎮台《ちんだい》になら押しこむことはできる」

隅倉がついでくれた酒を、ひと息に喉《のど》に流しこんだ。

軍人。それも将校として、軍服を着て、いくらかは慣れた世界で、残りの男ざかりの日々を過ごす。そいつは天秤《てんびん》にかけてみて悪くはない申し出と言える。

たとえかつて敵対した新政府の軍であっても、軍は軍だ。賊軍の出という事実は消しようがないから、中央での栄達は望めないにしても、しかし軍なのだ。自分の受けた教育が生きる世界だ。武士の子として受けた躾《しつけ》と徳育がいくらかは意味を持っている世界だ。

羅紗の洋装軍服。将校の階級章。腰には軍刀かサーベル。従卒と、専用の馬。簡素だが清潔でしっかりとした造りの官舎。数百人の部下に敬礼を受ける毎日。

そしていったん戦争ともなれば、あの高揚が、あのときめきがもどってくるのだ。身体じゅうを火照《ほて》らすほどに、血が熱くたぎってくるのだ。もしかすると、戊辰《ぼしん》戦争のときのあの日々が、残りの生涯にいま一度よみがえってくるかもしれないのだ。たとえ、かつてはあいまみえた側の軍の中にあろうとだ。

隅倉は言った。

「卵をもうひとつもらうか」

従太郎は訊いた。

「軍将校の話は、まちがいないんだな」

「討伐が成功すればだ。約束する」

「討伐隊は、いつ編成されるんだ？」

「十日ほど後には、札幌で」

「すぐにも出発ということか？」

「明後日、品川を出る船に乗ってもらう」

「ひと晩考えさせてくれないか」

「何を迷う？　これほどのいい話が、この先舞いこんでくると思うのか」

「おれは、いまの暮らしをそんなに悪いものと思っちゃいない」

「そうかな。おれは、あんたにはふさわしくないと感じているが」隅倉は、洋服の隠しから、紙の包みを取り出して、卓の上にすべらせてきた。「支度金だ」

従太郎は、ふたたびごくりと唾を飲んだ。支度金。いったい、いくら包まれているのだろう。

隅倉が、従太郎の内心を見透《みす》かしているかのように言った。

「二十円ある。店賃《たなちん》や飲み屋の借金は、それで足りるといいんだが」

十分だ。十分すぎるほどだ。駿府で貧窮のどん底にある両親にも、子供ふたりを抱えて苦労している妹にも、少し仕送りしてやれるだろう。

隅倉は続けた。

「討伐隊には入ってもらうが、あんたはまだ、軍人でも役人でもない。建前上、邏卒部隊の制服を着せるわけにはゆかん。乗馬や野営に向いた洋装を揃えてもらいたい」

「討伐隊に加わる報酬は？」

「邏卒の給与に準じる」

「ひと晩、考えさせてくれ」

「いま決めろ。わたしは、明日もう一度会いにくる余裕はない」

「受けることにしたら、自分から出向く」

隅倉は首を振った。

「蝦夷地で降伏した士官兵士は合わせて二千三百。つぎの当てがないわけではないんだ」

さきほど注文した肉が運ばれてきた。従太郎はちらりと肉の山に目を向けた。自分の胸の奥底で、何かがぽきりと折れたような気がした。あるいは、もし背骨に筋交いのようなものがあるとしたら、それが割れて砕け落ちた。

女将が肉を鍋に移し、新しくたれを加えていった。肉に醬油のからんだ香りが、部屋に満ちた。つくづく胃袋を刺激する香りだった。

女将が襖《ふすま》を閉じて消えたところで、従太郎は言った。

「やる。加わろう」

ため息のような声となった、と自分でもわかった。

従太郎は支度金の包みに手を伸ばして、手元に引き寄せた。

隅倉が、皮肉っぽい笑みを浮かべて、従太郎を見つめてきた。

3

川は、広大な平原の中を、非合理と思えるほどに奇妙なくねりを繰り返して流れている。わずか五里の距離を遡《さかのぼ》るのに、優に二十里は航行しなければならぬほどだ。

川幅は、あるところでは四半里ほどにも広くなり、あるところではほんの五十間《けん》ばかりとなった。水量は豊富で、ほとんど流れを感じさせない。両岸には堤防も堰《せき》も水車もなく、一枚の田すら作られてはいなかった。川は、太古以来、いっさい手を加えられていない。川の両岸は、すでに冬枯れの始まった灌木《かんぼく》に覆われており、岸辺の浅瀬からときおり鶴や雁《がん》が飛び立った。

開拓使の邏卒、山上勘吾《やまがみかんご》は、操舵室《そうだしつ》の背後の狭い甲板で、周囲の景色を見やりながらつぶやいた。

「いつのまにかこの石狩川も、蒸気船が上るようになってしまったんだからな。まあこの数年のものごとの移り変わりの激しさときたら」

誰も応えなかった。同僚の鉄二郎《てつじろう》は、後部の甲板にいる。応えようがない。もっとも、応えが欲しかったわけでもない。勘吾はもう、この運漕船《うんそうせん》の護衛任務に飽いてきているのだった。

船は開拓使の石狩川運漕船・石明丸である。開拓使がアメリカから購入した外輪式の蒸気船だ。黒い煙を吐き、両舷《げん》の漕輪をまわして、川をゆっくりと遡行《そこう》している。札幌の北、篠路《しのろ》の船着場まで向かう途上であった。船のマストには、青地に赤い五稜星の開拓使の旗がひるがえっている。

船に乗っているのは、勘吾たち邏卒ふたりのほか、船長、操舵手、火手ら乗組員が四人、石狩の船着場から乗りこんできた乗客が、二十人ばかりであった。乗客の大半は、札幌に仕事を探しに行くという職人や人夫たちである。野盗の横行が目立ってきているので、勘吾たちはその男客たちすべての手荷物をあらためていた。不審なものを持つ男客は、ひとりもなかった。

背後の操舵室の中から、声が聞こえる。

「右に曲がるぞ。航路からはずれるな」

船長の声だ。操舵手に指示しているのだろう。船の目的地、篠路の船着場が近いということだ。

この日の客の中にはひとり、若い女がまじっていた。色白で、大柄な女だ。粗末な雪袴《もんぺ》姿で、風呂敷《ふろしき》包みをひとつ背負っていた。愛想笑いを見せられて、勘吾たちは女の手荷物あらためははぶいている。

船は、川の流れに合わせてゆっくりと右手に曲がった。前方はるか先に、篠路の船着場が見えてきた。篠路の船着場は、札幌本府へ通じる運河、創成《そうせい》川の出口に当たる。篠路へ上陸した乗客は、ここで平底船に乗り換えて、札幌へと入るのだった。もちろん、荷もすべてその平底船に積み替えられる。

いま勘吾がいるのは、船の中央、操舵室の裏側で、ちょうど汽罐室《きかんしつ》の屋根にあたる場所である。畳三枚ほどの広さしかないが、船の周囲に目を配るには、帆柱の見張り台に次いで都合のよい場所だった。

見ていると、川の上流から筏《いかだ》がくだってきた。

丸太を四、五本横に並べただけのもので、一杯だけだ。木材を搬送する筏ではなかった。単に小舟代わりのものと見えた。アイヌらしき長髪の男がひとり、櫓《ろ》を使っている。まっすぐ石明丸に向かってきた。

「あの野郎、ぶつかっちまう」

勘吾は操舵室の窓に目をやった。船長が操舵手に何か合図したところだった。川の流れの真ん中で、船はわずかに左手へと向きを変えた。

筏は船腹すれすれにすれちがうと見えた。勘吾はてすりから身を乗り出して、筏の行方を追った。筏は一瞬、舷側に隠れて見えなくなった。

そこに声があった。

「お役人さん。お役人さん」

女の声だった。振り向くと、あの色白の娘が、下の甲板から自分を呼んでいる。

「お役人さん。あたしも、そこに上がっていいですか。さぞ眺めがいいんでしょうね」

勘吾は言った。

「もうじき着くぞ。景色なんぞ眺めてる暇はない」

「ちょっとだけ」

「しょうがないな」

船の後方に目を向けた。筏だけが石狩川の下流へと流れていった。筏を操っていたはずのアイヌの姿は、なくなっている。

　勘吾はいぶかった。

「どこに行った？」

　筏が船にぶつかり、振り落とされたのだろうか。

「お役人さん」と、また女の声。

　勘吾はもう一度、女のほうに身体を向けた。勘吾のいる位置と下の甲板とは、二尺ほどの段差がある。娘が手を伸ばしてくるので、勘吾は銃を足元に置いて、手をさしのべてやった。

　娘は手をにぎってきた。

「ありがとうございます。お役人さん」

　引っ張りあげたときだ。背後で物影が動いた。振り返ると、てすりを男がよじのぼってくる。筏を操っていたアイヌだった。鉤《かぎ》のついた綱が、てすりにからまっていた。

　野盗？

　勘吾は銃に手を伸ばした。

　その鼻先に、金属の棒が突きつけられた。短銃だった。女が、短銃を突き出してきたのだ。

　娘は厳しい口調で言った。

「騒ぐんじゃない。銃をよこしな」

　ためらっていると、女は撃鉄を起こした。銃口が鼻先を突いてきた。

「女だと思って、甘く見るんじゃない。銃をよこすんだ」

アイヌの青年は、すでに甲板にはい上がっていた。山刀を手にしている。青年は女と目配せした。示し合わせてのことだったようだ。二対一。分が悪い。

女は片手を伸ばし、勘吾の銃を引っ張った。手を離すしかなかった。女は銃を甲板に置き、うしろへ押しやった。

アイヌの青年は、操舵室の背後の扉を押し開けて、中に飛びこんでいった。

勘吾は女に訊いた。

「何をやる気だ？　この船には、男が三十人も乗ってる。ふたりで全部を相手にできると思っているのか」

女は勘吾に短銃を向けたまま言った。

「どうしてふたりと勘定するんだい？」

仲間がもっといるということか？　ではどこに？　ただのはったりかもしれんが。

船の向きが変わった。篠路の船着場のほうではなく、反対側の岸へと向かおうとしている。左手、石狩川の右岸へと向かっている。中で、あのアイヌが船長と操舵手を脅しているのだろう。

一層下の甲板から、乗客たちが怪訝そうに勘吾を見上げてきた。

勘吾は女に訊いた。

「船をどうする気なんだ？　どこに持ってゆく気なんだ？」

女は言った。

「余計なことだ。黙ってな」

「貴様ら、例の野盗たちか？」

「黙ってなって。あたしは口数の多い男が大きらいなんだ」

言葉は蓮《はす》っ葉《ぱ》だが、よく見ると、可愛《かわい》い顔をした娘だった。頬は透き通るように白く、瞳《ひとみ》の色が淡い茶色のように見える。

また下の甲板に目をやった。舷側を歩いて、鉄二郎がやってくるところだった。彼も異変を察したのだ。銃をかまえていた。

女は勘吾のうしろにまわって首筋に短銃を突きつけた。

「あいつをとめな。銃を甲板に置いて、両手を挙げるように言うんだ。言うことをきかぬと、撃つよ」

躊躇《ちゆうちよ》していると、女は早口で言った。

「早く。ほんとに撃つよ」

鉄二郎は、銃の槓桿《こうかん》を操作しながら向かってくる。

勘吾はしかたなく、下の甲板に向かって言った。

「鉄二郎。銃を置け。野盗だ。船を乗っ取られた」

「何?」勘吾を見上げて鉄二郎は足をとめた。「何人だ?」

「ふたり」

「ひとりはその女だろう?」

「そうだが」

「どけ。撃ち殺してやる」

「よせ。おれが撃たれる。女は短銃を持ってるんだ」

「女に何ができる」

鉄二郎はまた数歩前に出て、立射の姿勢をとり、叫んだ。

「よけろ、勘吾」

「よせって!」

つぎの瞬間だ。耳元で破裂音があった。大音響だった。勘吾は思わず身をすくめた。

鉄二郎がうっと短くうめいたのがわかった。また銃声。鉄二郎はその場でのけぞった。銃を持ったままだ。はねあげられたように銃口が空を向き、白い煙を散らした。

そばにいた乗客がどよめき、さっと散った。甲板の積荷の陰に隠れた。

鉄二郎は銃を持ったままあとずさりして、舷側のてすりにぶつかった。額と胸から、赤い飛沫《しぶき》が噴き出ている。

てすりに当たると、鉄二郎の身体はくるりと一回転して、川に落ちていった。銃も一緒だ。

水音が間抜けた調子で聞こえてきた。

勘吾は両手を高く挙げて振り返った。

この女。ほんとうにぶっ放しやがった。

女は勘吾のそばから一歩しりぞき、操舵室のうしろの壁を背にして、勘吾をにらみ据えていた。短銃を両手でかまえている。

女は怒鳴るように言った。

「どうして止めなかったのよ、馬鹿野郎」

ひとを撃ってたかぶっている。勘吾は黙って手を挙げたままでいた。何か言ってこれ以上刺激したら、自分も撃たれる。

女は続けた。

「乗客たちを、うしろに集めて。騒がないようにして。馬鹿な真似《まね》はするんじゃないよ。おとなしくしてりゃ、今夜は札幌で自慢話ができるんだから。早く」

言われたとおりにするしかないか。

階段の下へ向かおうとした。女の背後、狭い甲板の反対側に、すっと顔を出した者がいた。乗組員のひとりだ。機関士だろう。手に鉄の工具のようなものを持っている。女は気づいていない。

船はどんどん反対岸へと近づいている。操舵室の船長と操舵手は、抵抗もできないのだろう。アイヌの青年が、ふたりに山刀を突きつけているはずだ。

乗組員は、てすりを乗り越えるところだ。女はまだ、うしろに迫る男に気づいていない。

勘吾は、時間稼ぎで言った。

「積荷の何が欲しいんだ？　金なんて積んでないぞ」

女は言った。

「あんたは知らなくていいんだよ」

乗組員は、そっと足を甲板の板の上におろした。

女も気づいた。振り返ったが、身体と銃は勘吾に向けたままだ。

乗組員は工具を振りかざした。

女は瞬時躊躇を見せてから、短銃を乗組員に向けて発砲した。弾ははずれた。乗組員は、工具をかざして女に向かってくる。女は焦《あせ》りを見せて、撃鉄を起こした。

勘吾は、銃に飛びつこうと考えた。腰をかがめて、銃に手を伸ばした。

「トキノチ！」と叫びながら、女は二発目を放った。

乗組員の工具が空を切った。女は飛びのいた。工具は操舵室の裏手の壁に当たって、派手な音を立てた。

勘吾は銃に手をかけた。と、その鼻先で、白い光が一閃《いっせん》した。ひゅんと空気がうなり、甲板に刃物が突き刺さった。勘吾は思わず身を引いた。

乗組員は、身体をひねるようにして、ゆっくりと甲板に転がった。

女は体勢を立てなおした。甲板の向こう端のてすりによりかかり、あらためて短銃を勘吾に向けてくる。勘吾は、両手を広げて動かなかった。甲板の板の上で、刃物がまだ左右に揺れている。

操舵室から、アイヌの青年が飛び出してきた。山刀を手にしている。青年は乗組員の身体を蹴飛ばし、下の甲板へと突き落とした。

女が短銃をかまえたまま勘吾をにらみつけてきた。

「この野郎、おかしな真似を」

目にはほんものの憤怒《ふんぬ》があった。撃たれる。勘吾は顔をそむけた。

アイヌの青年が勘吾の前まで駆け寄って、銃を持ち上げ、甲板から刃物を抜き取った。勘吾は、ようやく身を起こすことができた。

「マルーシャ」アイヌの青年は女に言った。「もういい。この男は、あっちへやっちまえ」

「わかった。トキノチ」マルーシャと呼ばれた女は、荒く息をつきながら勘吾に言った。

「さあ、お前。言われたとおりやんな。下に行くんだ」

行くしかなかった。勘吾は転がり落ちるように下の甲板へと逃げた。

乗客たちが、おそるおそる勘吾を取り巻いてきた。勘吾はその乗客たちをうながし、後部甲板のほうへと移動させた。

「何者だ、あいつら？」と、ひとりが訊いてきた。

「野盗だ」勘吾は答えた。「船を乗っ取りやがった」

「女とアイヌ、ふたり組のか。聞いたことがない」

「聞いたことがあろうとなかろうと、ご覧のとおりだ」

「何のためにあんたらが乗ってたんだ」

勘吾は思わず大声をあげた。

「うるさい！　文句があるなら、あとで聞く」

勘吾の剣幕に気圧《けお》されたのか、男は口調を変えて訊いた。

「おれたちはどうなるんだ」

「どうにもされんさ。どこかの岸に置き去りにされるくらいだろう」

「おれの金も巻き上げられるのかな」

「知らんって！　そんなことは、連中に訊け！」

男は首をすくめて、勘吾のそばから離れていった。

船は、篠路の船着場の真向かいへと向かっている。このあたり、川幅は百間あまり。船着場のひとの姿は、ほんの芥子粒《けしつぶ》ほどにしか見えない。船着場にも邏卒がいたなら、異常事態の発生にすぐにも船を出してくれるのだろうが。

船は濁った水をかきあげながら、ゆっくりと岸に近づいていった。岸の茂みの背後に、いくつかひとの影が見えるようになった。黒っぽい洋服姿の男たちだ。茂みの背後には、どうやら馬もいるらしい。

船はやがて、浅瀬に乗り上げた。船底にどんと衝撃があり、船はとまった。岸からほんの三間ばかりのところだった。

ここにも筏が作られていて、五人ほどの男たちが乗っている。男たちは船が静止したところで、筏で近づいてきた。

操舵室からアイヌの青年が出てきて、綱を筏に投げた。筏の上で男たちのひとりが綱を受け取り、筏を巧みに船の腹につけた。男たちが四人、素早く船に乗りこんできた。みな銃を背負っていた。短銃を腰につけている者もいる。

あの娘も、操舵室の下の甲板へおりてきた。新たに乗りこんできたひとりに言っている。

「邏卒はひとりだけ。もうひとりいたんだけど、撃ってしまった」

相手の男は言った。

「見ていた。やむをえまい。上出来だ」

その男が、勘吾に近づいてきた。長靴を履き、つばの短い帽子をかぶっている。精悍《せいかん》そうな顔だちの男だ。頭領と見えた。

男が勘吾に訊いた。

「銃を積んでいることは知っている。どこだ？」

勘吾は問いには答えず、逆に訊いた。

「貴様ら、島松で開拓使の荷馬車を襲った野盗か？」

男は微笑した。いや、苦笑であったかもしれない。

「どうしてもおれたちを、軍とは認めてくれんのだな」

「共和国騎兵隊と名乗ったとか」

「そのとおりだ。共和国騎兵隊の名に於いてこの船の積荷、インチェスタ銃を没収する。十二挺《ちょう》積んでいるはずだが」

そこまで知っているのか。

勘吾は少々驚く想いだった。もっとも、治安悪化にともない、邏卒を新式銃で武装させるとは、このところ開拓使はおおっぴらに言ってきたことだ。ごろつきどもへの脅しの効果を狙ってのことだった。

またべつの筏がつけられ、五人の男たちが乗り込んできた。勘吾は両腕を荒縄で縛られた。

頭領格の男がもう一度、おだやかな声で訊いた。

「銃はどこだ？」

答を拒むことはできないと感じた。脅し文句ではないのに、男の声には、逆らえぬほどの威厳がある。

勘吾は、しぶしぶと答えた。

「下の船倉だ。ストーブやら農具やらのうしろにある。木箱で、横文字が書かれている。弾薬は、銃の箱の隣りだ」

男は、手下らしき男たちにうなずいた。手下たちが六人、すぐに船倉へと向かっていった。

あのアイヌの青年と娘が、船から降りようとする。

勘吾は、自分の前を通りすぎる娘に言った。

「女と見て油断した。野盗の一味だったとはな」

女は足をとめ、鼻で笑って言った。

「あんたたちには、女もアイヌも最初から目に入ってない。おあいにくさま」

「マルーシャとか呼ばれていたが」

「覚えられてしまったのね」女は得意そうに言った。「マルーシャだ。邏卒を撃った女。あちこちでそう吹聴しな」

女はアイヌの青年と共に、筏に乗り移っていった。あのアイヌ青年のことを、女はトキノチと呼んだようだったが。

それにしても、マルーシャという名前はアイヌのものなのだろうか。妙に異国めいた響きのある名前だ。

船倉へおりていった六人が、木の箱を抱えるようにして運んできた。インチェスタとかいう連発銃が十二挺。それにたっぷりの弾薬。

勘吾は乗っ取られた船を見渡しながら、小さくため息をついた。

護衛任務に失敗したことで、おれはたぶん、厳しく叱責《しっせき》されることになるんだろうな。減俸だろうか。薄野《すすきの》の遊廓《ゆうかく》には、つけがたまっているんだが。

4

品川の船着場には、外輪式の蒸気船がつながれていた。函館と品川のあいだを往復している米国籍の輸送船である。隅倉兵馬から乗るよう指示された船だった。船腹にはローマ字で、ヤンシー、と船名が書かれている。

矢島従太郎は、ヤンシー号という船の名に覚えがあった。箱館戦争の当時、京都政権軍の輸送船として兵士弾薬を北海道に運んだ船のはずだ。あれから五年になるが、ヤンシー号はまだ日本の海で、海運に重宝されているということだ。

船着場には、隅倉もきていた。足もとに黒い革の鞄《かばん》を置いている。先日同様の洋装で、いかにも能吏《のうり》然とした様子だった。

従太郎は、隅倉に近づいて黙礼した。

隅倉は、従太郎の風体をしげしげと眺めてから、愉快そうに言った。

「やはりあんたには、俵担ぎのなりよりも、そういう服装が似合うな」

従太郎は、自分の身なりにちらりと目をやってみた。乗馬袴《ばかま》に乗馬用の長靴、ネルのシャツ、厚織りの上着、それに幅広の帽子。すべて昨日、銀座の古着屋で揃えたものだ。身体の大きい従太郎には、白人の着古しでも十分間に合った。手荷物としては、帆布製の雑嚢《ざつのう》。中には、外套《がいとう》と替えの衣類が突っ込まれている。

似合うとは思わないが、いくらか目立つなりであることは承知だ。洋行帰りの技師か何かのように見えるはずだ。

従太郎は、帽子をとって髪をかきあげながら言った。

「北海道にふさわしい身なりにしたんだが」

「そろそろ寒くなるぞ。外套や替えは用意したのか」

「あの地でひと冬過ごした。ぬかりはない」

「不機嫌そうだが」

「そうかな?」

「ああ。この仕事を喜んでいないように見える」

「相手が、かつての同僚となればな」

「こう考えろ。新政府に仕えることを潔しとできないならそれでもいい。だが、群盗たちの跋扈《ばっこ》は止めねばならぬ。北海道の開発が遅れる。滞る。治安が悪化すれば、新天地建設の計画は、いっとき放棄されるかもしれん。そして開発が遅れて苦しむのは、すでに入植した開拓農民やアイヌたちだ。自分は北海道開発の障害を除くために、この仕事に就いたんだとな」

「そこまで心配してくれなくてもいい。おれひとりの胸のうちのことだ」

「ならいいが。そうそう」

隅倉は、自分の鞄の中を探ると、丸めた革の帯を取り出してきた。短銃と、その弾帯だった。

「使ってくれ」隅倉はその短銃を差し出してきた。「わたしが脱走兵たちを討伐したとき、押収したものだ。古いが、十分に使える」

手に取ってみた。よく使いこまれたアメリカ製の輪胴式短銃だった。全体に細身の三角の美しい形をしている。

「見覚えがあるような気がするが」

「そうか？　持っていたのは、賊軍《ダッソウ》の名木野《なきの》とかいう男だった」

「ああ」

思い出した。榎本軍随一の狙撃手《そげきしゅ》。やくざな男だったが、肝《きも》はすわっていた。あいつはたしか、箱館でアメリカ人水夫か海軍の軍人と賭《かけ》をして、相手から短銃を取り上げた、と聞いたことがある。これがその短銃か。戦いの最後まで生き残ったが、五稜郭開城の日、投降した兵士の中にはいなかった。降伏の前夜に五稜郭を出た、という話を聞いた。上官の蘇武《そぶ》という男と一緒だったはずだが。

隅倉は言った。

「アメリカの、海軍士官用制式短銃だそうだ。レミントンという。弾もたっぷり用意しておいた」

従太郎は訊いた。

「あんたが、こいつの持ち主を撃ったのか」

「賊軍《ダッソウ》だからな。北海道の東の果てまで追い詰めて、処断した」

「もうひとり、一緒に脱走した男がいたと思うが」

「同じさ。蘇武という男だった」

胸の内を、冷たい風が吹き抜けたような気がした。つまりは、おれに求められていること も、やはり兵頭の処断ということか。それも、同じ脱走兵が持っていた短銃で。

隅倉が皮肉な調子で言った。

「どうした。この期《ご》に及んで、仕事を拒むか」

ヤンシー号の汽笛が鳴った。乗客たちに、乗船を促す汽笛だった。

従太郎は言った。

「やる。成果には、期待しないで欲しいが」

「陸軍大尉の職を忘れるな。あれは討伐成功と引き換えだ」

「ひとつだけ訊きたい」

「なんだ？」

「降伏から五年も沈黙していた連中が、いまになって戦争を始めたわけは何だ。何かわけがあって、いま新たに戦争を始めたのだろうか」

隅倉は眉間《みけん》に皺を寄せて言った。

「そこだ。わたしにも、いちばんわからぬ点はそこなのだ。降伏から五年もたって、とつぜん政府の前に立ち現れてきたのは、なぜなんだ？　何か勝算があってのことか？　いまが蜂《ほう》起《き》や反乱の好機だと言うなら、根拠は何だ？　わたしにもわからないのだ。じつを言えば、兵頭という男をよく知っているあんたが、その疑問を解いてくれることを望んでいるんだ」

「直接会って訊くしかないのかもしれんが」

「そうだ。だからこそ、あんたにこの役を頼んだ。なんとか説得して投降させろ」

「そう言えば」

「ん？」

「兵頭から、誰か囚人を釈放しろといった要求はきていないのか」

「いや、きていないと思うが、どうしてだ」

「あいつは、部下を見捨てない。絶対にだ。劣勢で退却を余儀なくされたときでも、倒れた部下を救うために、もう一回突撃するような指揮官だった。もしやこの一連の行動が、仲間を救うためではないかと思ったからだ」

「いや、そういう要求はまったく聞いていないぞ」

再び汽笛が鳴った。ヤンシー号の米国人水夫が、大声で何ごとか叫んでいる。

「ハリアップ！」

「急げと言っている」言いながら、隅倉は鞄から綴じられた書類を取り出してきた。「開拓使がまとめた、野盗たちの狼藉の記録だ。中には兵頭とは無縁のものがあるかもしれん。船の中で、読んでおいてくれ。作戦立案の役に立つだろう。北海道の地図も一緒だ」

従太郎はその書類と短銃を雑嚢に突っ込んでから、帽子のつばに手をやった。あいさつのつもりだ。

振り向くと、船の階段が吊《つ》り上げられるところだった。従太郎はヤンシー号に向かって駆けた。

従太郎が乗ると、すぐに階段は引き上げられ、船は桟橋《さんばし》を離れた。

一時間後、船は東京湾、富津《ふっつ》岬《みさき》の沖合を、黒い煙をもうもうと吐きながら南下していた。

ヤンシー号は、このころの蒸気船がすべてそうであるように、風があるときは帆に風を受けて走り、風のないとき、あるいは逆風のときは、蒸気機関を動かす。いま船の両舷の外輪は、水音を響かせて力強く回転していた。

従太郎は、後部甲板の風の当たらぬ位置に腰をおろして、隅倉から渡された書類を広げた。記録は、明治二年七月の開拓使設置以来の、開拓使が取り扱った犯罪事件の抜粋であった。単純ですでに解決ずみの泥棒、強盗事件は除かれている。それにしても、未解決の泥棒、強盗は、三十件ばかりあった。ただし、どれも規模はごく小さい。群盗なり脱走兵の一味がやったと思えるものは少なかった。

読んでゆくと、兵頭たちが関わったかもしれぬ、と思える事件が最初に出てくるのは、やっと昨年になってからであった。

「明治六年十月十八日

日高国・新冠《にいかつぷ》種馬育成牧場に馬泥棒あり。その数六ないし八。放牧地より育成中の種馬十二頭を盗む。牧場雇員らただちにこれを追うも、安平《あびら》の原野付近で盗人らを見失う」

この馬泥棒たちは、共和国騎兵隊とは名乗っていない。だが、馬泥棒にしては、大がかりだ。兵頭たちの仕業でないとは言い切れまい。

つぎの記録。

「十一月二日
札幌の火薬商に猟銃十挺を求める者ふたりあり。不審ありて商店主、邏卒屯所《とんしょ》に通報、邏卒直ちに駆けつけるも、同人らは商店主らの制止を振り切って、馬で元村《もとむら》道を北に逃走せり」

十挺の銃を購入する者がいるとなれば、店の者が不審に思って当然だった。しかし、これも兵頭たちとのつながりははっきりしない。

「十一月十日
虻田《あぶた》郡官営牧場に馬泥棒あり。育成中の軍馬六頭を盗む。一味は七、八人にして、銃で武装せるものなり。牧場雇員を銃撃。雇員ふたりに手傷を負わせたり」

新冠の馬泥棒一味とのつながりは不明だ。

「十一月十八日
勇払《ゆうふつ》の漁場持ち丸亀屋《まるがめや》甚平《じんべい》宅に賊あり。家人使用人を脅して金品二万円相当を強奪、北方向へ逃走す。賊は七、八人にして、銃器、刃物等で武装せり。邏卒翌日賊らを追うも、厚真《あつま》付近で手掛かり消失せり」

似たような記録は、もうひとつある。

「十二月三日
小樽《おたる》村の漁場親方安田益二郎《やすだますじろう》宅に暴徒侵入、家人使用人らを脅して金品を強奪。賊は六、七人の屈強なる男たちにして、みな覆面姿なり。ひとりふたりは、脱走軍黒羅紗軍服と見えるものを着用したり。強奪後、賊は馬で銭函《ぜにばこ》方面へと逃亡せり」

北海道の奥地へ消えた脱走兵は、何百人もいたのだ。彼らが軍服を着ていたからといって、これも兵頭らの仕業ということにはならない。

「十二月七日
夕張郡幌内《ほろない》付近で探鉱中の開拓使技師団一行、馬に乗った不審者たちと遭遇せり。数は十余人。一部は賊軍《ダッソウ》軍服らしきものを着用せり。開拓使役人は彼らへの取り調べを試みるも従わず、むしろ発砲して抵抗、逃走せしものなり。
翌八日、幌内山中に於いて脱走兵らの隠れ里と判断しうる無人の住居群を発見。前日の遭遇により、これを放棄せし模様。住居跡に賊軍弾薬鞄等残置あり」

役人の指図に従わず発砲したというのだ。これは兵頭たちのことか。幌内という土地のことは、あとで地図にあたってみなければなるまい。

そこから今年の夏が終わるまでずっと、野盗の記録はなかった。そしてとつぜんつぎのような報告が現れるのだ。

「七年十月二日
胆振国・千歳の邏卒屯所を騎馬の野盗たちが襲撃、放火。野盗どもすべて銃で武装して、一部は脱走軍服を身にまといたり。共和国騎兵隊を名乗る。邏卒、応戦するも、野盗ども全員栗山《くりやま》方面へ逃走せり」

「七年十月十一日
札幌本道・島松付近で、開拓使の運用金輸送馬車が野盗に襲わる。賊は八人にして、全員銃で武装せり。銃撃戦により邏卒ふたり撃たれて絶命、三人が負傷。賊の頭領はみずからヒョウドウ・シュンサクと名乗り、一味を共和国騎兵隊と称す」

つまり、こういうことだ。

北海道の石狩原野の一帯では、昨年秋以来、急に馬泥棒やら押しこみ強盗が増えだした。不審な者の動きも、確認されている。これらの報告のうちの一部は、まちがいなく兵頭たちがやったことだ。彼らは、とにかく馬と、金と、銃を欲しがっている。

でも、なぜ？

五稜郭開城から五年目の秋になって、なぜこれまでひっそりと隠れ住んでいたと見える兵頭たちが、荒っぽい真似を始めたのか。そして今年の秋になってからは、なぜ堂々と自分たちの存在を誇示するようになったのか。それも共和国騎兵隊などと、かなり狂気じみて聞こえる名で。

開拓使とことをかまえるだけ馬と武器が揃ったからか？

だとしても、ではなぜ、沈黙の四年のあいだ、馬や武器の強奪には出なかったのだ。昨年になってから、馬や銃の強奪を始めたことには、何か切迫した理由でもあるのか。あるとしたら、それは何だ？

一味の数が増えたのか。強奪でもしなければ、食ってゆけなくなったか。

いや、そもそも、四年間の沈黙の意味は何だ？　やつらは蝦夷地の奥に逃走した後は、戦いをぴたりとやめてきたではないか。あれはただ投降を拒否したというだけではなく、蜂起の機会を待っていたということなのか。

記録をもう一度読み返してみた。答は見つからなかった。あとは、札幌でもっと詳しい事情を聞いてから考えるべきかもしれない。現地の者はもっと情報を手にしているだろうし、現地なりの解釈もあることだろう。

従太郎は書類綴《つづ》りを雑嚢の中に突っ込むと、甲板の木椅子《いす》の上に背中を伸ばした。

函館には、この外輪式蒸気船で丸三日の行程だという。三日後の昼には、自分はあの思い出深い港に降り立つことになる。

「兵頭よ」と、従太郎は東京湾を覆う曇り空を見上げてつぶやいた。「貴様、ほんとうに戦争を再開したのか。本気なのか。本気で新政府を相手にするつもりなのか。わずか十人ばかりの脱走兵を率いて、本気で戦争をおっ始めたのか?」

問いは潮風に散って消えた。

第二章

1

北海道はすでに秋も終わりの様相であった。

黄葉も盛りをすぎ、葉や草の朽葉《くちば》色のあいだに、黒ずんだ茶褐色が混じっている。出来秋《できあき》の目も覚めるような黄金色もなく、秋蒔《ま》きの麦の鮮やかな緑もない。天然はいま、色褪《いろあ》せ、光も弱まって、感動のない眠りへと入るところであった。

ただ、函館の街だけは、従太郎の記憶にあった以上の賑《にぎ》わいだ。もともと開港場として、浮き立つような活気とふしぎな異国的彩りのあった街だったが、戦争が終わってから五年、あの時期を倍する建物が建ち、ひとが行き交っているように見える。戦争の最終局面、街の中心部を焼いた大火からも見事に復興したようだ。真新しい建物が多い。港に停泊する船の数も横浜に劣らず、しかもその七割近くは外国船と見えるのだ。

従太郎は、桟橋にゆっくりと近づいてゆく船の上から、無言のまま北海道の大地に見入った。函館の街並みに見入った。

この地は忘れがたき戦場であったと同時に、彼を含めて榎本軍三千の軍勢が、いっとき新国家建設の夢を育《はぐく》んだ土地であった。士官から兵卒まで、日毎夜毎談論し、新しい国家のありようについて、口角泡を飛ばした大地だった。

リパブリック。

従太郎らを惹きこみ、魅了し、奮い立たせた言葉。

リパブリック。

わずか七カ月の夢だ。共和国建設の夢は、七カ月の戦争の果て、官軍、と自ら名乗る王政派連合軍の前に、ついえ去ったのだ。七カ月間の夢だった。

けたたましく汽笛が鳴った。

従太郎はわれに返った。

ヤンシー号は、函館港の桟橋に接舷《せつげん》するところだった。

従太郎が梯子《はしご》を降りると、腰にサーベルをさげた男が近づいてきた。制服のような黒い洋服を着ている。

男は言った。

「矢島従太郎というのは、あんたかな？」

従太郎は立ち止まって答えた。

「わたしだ」

中年の男は、開拓使の邏卒と名乗って言った。

「はるばるご苦労さま。東京で聞いている以上に忙しくなると思うが」

「と言うと？」

「一昨日、また野盗が出た。開拓使の運漕船を襲って、銃を奪ったよ。邏卒ひとりが死んだ」

「場所はどこだ？」

「石狩川。札幌に通じる船着場の真ん前で、大胆なことだったそうだ」

「そいつらも、共和国騎兵隊と名乗ったのか」

「ああ。しかも、アイヌと女が手先になっていたらしい」

「ほう」

「脱走兵だけかと思っていたが、アイヌと女まで、一味に加わっているとはな」

「共和国騎兵隊の話は、もうそうとうに広まっているのか」

「このところ、どこの酒場でも、その話題でもちきりだ。北海道じゅうの漁場持ち連中は、用心棒を増やしているそうだ。邏卒たちも、びくびくしてるよ」

「おれは、このあとどうすればいいのだ？　札幌へ行けという指示だが」

「ここから森《もり》という港まで、馬車が出ている。森からは開拓使の蒸気船で、内浦湾《うちうら》を突っ切る。室蘭に上陸して、そこから札幌まで、また馬車で丸二日、徒歩なら五日の行程だ。きょうは、函館で休んでゆくかね」

「きょうじゅうに、どこまで行ける？」

「森まで」

「行っておきたい。馬車ではなく、馬を借りられるなら、借りてゆく」

「駅逓に案内しよう」

風が冷たかった。

従太郎は雑嚢から上着を取り出して羽織ると、邏卒のうしろについて船着場を出た。


道は、整備された車馬道だった。開拓使が拓《ひら》いた幹線道で、札幌本道と呼ばれているのだという。森の港への途中で、従太郎の馬は、四頭立ての馬車とすれちがった。

六年前、内浦湾・鷲《わし》ノ木《き》から箱館に進軍したとき、同じ道を逆に通っているが、あのころの道ときたら、単に熊笹《くまざさ》が刈られているという程度のものでしかなかった。この六年間で、北海道の開拓は急速に進んでいるということだろう。

馬が森の港に着いたのは、日もそろそろ落ちるという時刻だった。従太郎は駅逓の一室でいったん旅装を解いた。ここから先の北海道は、従太郎にとって未知の大地である。なぜか気分がたかぶり、なかなか寝つくことができなかった。

翌朝、蒸気船に乗って内浦湾を渡った。室蘭の港に着いたのは真昼ころである。

函館近郊とはちがって、めっきりひとの気配が減った。建物も粗末になっている。原生林は、港町のすぐ背後にまで迫っていた。

一緒に船に乗ってきた男が、従太郎に言った。

「ここから先が、ほんとうの北海道さね。内地や函館の気分じゃ、一日ともたない」

ということは、とうとう兵頭俊作らが無法を働く土地に入ったということだ。

従太郎はまた馬を借りて札幌をめざすことにした。夕方には、白老《しらおい》という土地の駅逓に着くという。

札幌本道は、海岸沿いに東へと向かう一本道で、道に沿って電信の柱が延々と連なっている。船を降りた乗客の一部を乗せて、四頭立ての馬車が走っていった。続いて、馬船頭の曳《ひ》く荷馬の隊列。

従太郎のように、駅逓で馬を借り出して乗ってゆく者は、ほかに三人いるだけだ。乗馬の訓練を受けているのだから、開拓使の役人か、武士くずれということなのだろう。

中にひとり、どこかで見たことのあるような顔があった。歳のころは従太郎と同じくらいで、鼻梁《びりょう》に横一文字の傷痕がある。向こうも、従太郎を気にしているようだ。

従太郎は、その鼻傷の男に近づいて言った。

「札幌まで行くんだ。初めてなんだが、あんたは？」

「いや、うん」鼻傷の男は、あいまいに答えた。「おれもあっちのほうだ。おれも初めてさ」

「仕事かい」

「まあな。あんたは？」

「仕事だ」

「近ごろ、物騒らしい。不景気なのかもしれん」

「そうだな。用心しよう」

「じゃあ」

鼻傷は、馬の手綱を引いて離れていった。

妙な気がかりだけがあとに残った。向こうも同じかもしれないが。


白老の駅逓は、海岸からいくらか内陸に寄った場所にあった。心細くなるほどに広漠とした大地の一隅で、そのあたりだけ、三十戸ほどの民家が固まっている。いっとき仙台藩が幕府に命じられて本陣を置いた土地でもあり、すぐ近くには、戸数の多いアイヌの集落もある。蝦夷地時代から、わりあいひとの出入りの多かった土地だという。

従太郎がその白老に着いたとき、日はとっぷりと暮れていた。

駅逓は商店と酒場を兼ねており、主人の女房らしき女が、愛想よく迎えてくれた。

「寒かったっしょ。火にあたんなさい。すぐご飯にするかい？」

従太郎は部屋にはすぐ入らず、薄縁《うすべり》に腰をおろして、まず酒と飯を注文した。

その部屋は、草鞋《わらじ》や靴を脱がずに囲炉裏《いろり》を囲めるように作ってある。十人ばかりの男が、ある者は周囲の板の間に上がりこみ、ある者は囲炉裏のすぐ前で框《かまち》に腰をおろして、酒や飯にかかっていた。

従太郎は運ばれてきた燗酒《かんざけ》に口をつけた。徳利を一本空けたところで、新しい客があった。あの鼻傷の男だ。鼻傷は、従太郎と目が合うと、軽く会釈してきた。彼も土間から上がらず、框に腰かけたまま酒を注文した。

小半刻《こはんとき》もたったころだ。表で馬のいななく声がした。

従太郎が玄関口に顔を向けると、引き戸が勢いよく開けられた。

三人の男が、土間に飛び込んできた。銃を手にしている。

「騒ぐな！　騒ぐとぶっ殺すぞ！」

三人のうちふたりは板の間に土足で上がってきた。女将は悲鳴をあげて尻餅《しりもち》をついた。茶碗や徳利がひっくりかえり、部屋は一瞬、イタチに襲われた雁《がん》の営巣地の様相を呈した。

一瞬の混乱の後、客たちはみな凍りついたように動きを止めた。

男たちは三人とも、猟師か山師といった身なりだ。

ひとりは手拭《てぬぐ》いの頬《ほ》っかむり。ひとりは手拭いで鼻から口を覆っている。土間にいるひとりは、顔に黒く炭か何かを塗って、顔の判別がつかぬようにしていた。獣皮の袖無《そでな》しを着込んでいる。

獣皮の袖無しを着た男が言った。

「おれたちは、キョウワコク・キヘイタイだ。静かにしろ」

従太郎は目を見張った。こいつらが、共和国騎兵隊？　兵頭の一味だと言うのか。

獣皮の男は続けた。

「金と金目のものをもらうぜ。ひとりずつ、ゆっくりと出すんだ」

頬っかむりの賊が怒鳴った。

「動くなって！」

賊は銃の台尻で客のひとりの顎を払った。客はうっと悲鳴を上げた。客の全員がぴくりと身を縮めた。

頬っかむりが言った。

「ひとりずつだ。ゆっくりやんな」

頬っかむりは、客のひとりに銃を向けてうながした。

その客は左右を見渡してから、しぶしぶという表情で懐に手をやり、巾着《きんちゃく》を取り出してきた。覆面姿の賊が、素早くその巾着を取り上げた。

「つぎは、お前だ」

囲炉裏を囲む客を、順に指名してゆくようだ。となると、自分は五番目になる。従太郎は、脇においた雑嚢をそっと手元に引き寄せた。

兵頭たちは、旅人を狙っての追剝《おいは》ぎまがいのことまでやっているのだろうか。漁場の親方を襲うのならともかく、旅人から小銭を奪うなんてことを。

自分は、十人以上いるという兵頭の一味がどのような男たちで構成されているのか知らない。中には、この追剝ぎ連中のような男もいるのかもしれないのだが。

「聞かせてくれ」と、客のひとりが言った。

客も賊も、一斉にその男を見た。鼻傷の男だ。

鼻傷は言った。

「あんたたちが、有名な共和国騎兵隊なのか？」

獣皮を着た男が答えた。

「そうだ。おれたちだ」

「あちこちで邏卒を襲っているってのは、あんたたちか」

「そうだ。荒っぽいのは知ってるだろうな。阿呆《あほう》なことは考えるなよ」

「頭領は誰だ？」

「誰だっていいだろう」

「兵頭俊作とかいう男が頭領だと聞いたが」

賊は答えずに、仲間に言った。

「続けろ。金子《きんす》頂戴《ちょうだい》だ」

鼻傷はまた訊いた。

「誰が、兵頭俊作だ？　賊軍《ダツソウ》の中でもいちばん性根のすわった男だと聞いてるけど、誰だ？

ここにいるのか」

獣皮を着た賊が、うるさそうに言った。

「おれだよ。おれが、そいつだ」

「そいつって、兵頭俊作か？」

「そうだよ」

鼻傷が、ちらりと従太郎に目をやってきた。

ありがとうよ。従太郎は声には出さずに、礼を言った。こいつらが共和国騎兵隊とは何の
関係もないことがはっきりした。こいつらは、ただの意地汚いならず者だ。兵頭らの名を騙《かた》
る卑劣漢だ。

順がまわってきて、覆面姿の賊が従太郎の肩を銃で小突いた。

「金を全部出しな」

従太郎は、雑嚢を膝の上に引っ張りあげながら言った。

「おれは明日から、どうやって食っていったらいいんだ」

「知るか」と賊。

正面で、鼻傷が自分を注視していた。従太郎は雑嚢の中で短銃の握把《あくは》に手をかけ、引き金に指を添えた。

鼻傷が、また土間の賊に言った。

「おれたちから金を巻き上げて、どこに逃げるんだ？　札幌か。それとも日高のほうか？」

問われた賊は怒鳴った。

「うるせえ！　黙ってないと、ぶっ殺すぞ！」

その剣幕に、客の誰もがその賊のほうを見た。賊の仲間たちの意識も、一瞬、従太郎から離れた。

従太郎は撃鉄を起こしながら短銃を取り出し、横に立つ覆面姿の男に向けて、無造作に一発放った。覆面姿の胸に小さく赤い穴が開いた。

客たちはわっと叫んで、その場に身を伏せた。

獣皮の男が銃をさっと従太郎に向けようとした。

鼻傷は、その賊に向けて囲炉裏の薪を横殴りで叩きつけた。薪は賊の顔に当たった。火の粉が宙に飛び散った。

従太郎は、その様子を横目で見ながら、二弾目を左手の頬っかむりに向けて放った。頬っかむりは被弾の衝撃にはじかれ、背後の板戸にぶつかった。

土間の獣皮の賊が体勢を立てなおした。

「野郎！」

銃を鼻傷に向けようとする。

鼻傷は二本目の薪を取り上げてふりかざした。

従太郎は、獣皮の賊の額に向けて撃った。賊の後頭部から、赤い霧が散った。続いてもう一発。賊は銃を持ったままくるりと身体を回転させ、背後の膳《ぜん》の棚に倒れこんだ。膳が崩れ落ちてきて、賊の身体を埋めた。

従太郎は素早く立ち上がり、板の間に転がった覆面姿の賊の手拭いをはぎとった。

とうぜん、見知らぬ顔だ。

賊はまだ意識があった。ぎろりと従太郎をにらみつけてきた。

「こん畜生」

銃を持つ手が動いた。従太郎はその銃を蹴り飛ばして、胸にとどめの一発を撃ちこんだ。男の身体は、一瞬床の上で跳《は》ね上がった。

続いて頰つかむりの賊だ。壁に寄りかかり、足を投げ出している。駆け寄って、この賊の顔からも手拭いをはぎとった。

やはり、知った顔ではない。

賊は哀願してきた。

「助けてくれ。命だけは」

従太郎は応えずに男の顔に銃弾を放った。男の眉間の部分が陥没した。自分の顔に、生ぬるい飛沫のはじけた感触があった。

動きを止めることなく土間に降りた。ひっくり返った膳の下で、獣皮の賊は四肢を伸ばしている。たしかめるまでもなかった。その賊は死んでいた。

しかし、憤怒はおさまっていない。従太郎はその賊に銃口を向けて、引き金を引いた。かちりと、虚《むな》しい金属音。もう一回引いた。やはり発射されない。やっと気づいた。自分は、弾倉の弾を撃ち尽くしたのだ。かちかちとたて続けに二回引き金を引いてから、短銃を床に向けた。

ふっと荒く息をついて部屋の中を見渡すと、客たちもやっと恐怖の金縛りから解放されていた。身を起こし、従太郎と賊たちとに交互に目を向けてくる。彼らの顔には、驚愕《きようがく》と嫌悪とが混じり合っていた。

従太郎は、その目の色には自分への非難も混じっていると見た。やりすぎだ、とでも思っているのだろう。むしろ従太郎のほうが危険な男だとも。

鼻傷が、その場の空気を察して言った。

「こうするしかねえだろう。冗談ごとじゃないんだ」

また鼻傷と視線が合った。

見覚えがある。

従太郎は確信した。自分は絶対にこの男を知っている。だが、どこで知り合った。やつは誰だ？

どうしても思い出せなかった。

駅逓の主人が従太郎のそばに寄ってきて、困惑を見せながら訊いた。

「あんた、お役人さんなのかい」

従太郎は、短銃を雑嚢に収めながら答えた。

「ああ。まあ、邏卒のようなものだ」

ぶるりと身体が震えた。自分は激しく興奮していたようだ。まだほとぼりはさめていない。

主人が言った。

「礼を言うよ。きょうは、好きなだけ飲んでおくれ。あたしが振る舞う」

「遠慮なくごちそうになろう」

「さあ、あんたらも」と主人は客たちに言った。「手伝ってくれ。この賊軍《ダッソウ》連中を外に運び出しちまうんだ」

何人かの客が、のっそりと腰を上げた。

鼻傷が言った。

「この連中が、兵頭一味のはずはないぜ。ただの押しこみだよ」

主人は首を振りながら言った。

「どうちがうのかね」

鼻傷は、無言で転がった茶碗や徳利を片づけ始めた。

翌朝、寝苦しい一夜を過ごして従太郎が目覚めたとき、あの鼻傷の男はすでに駅逓を発っていた。


従太郎が、目的地札幌に到着したのは、さらにその翌日の午後のことである。

町の境だという大きな川に、木造の真新しい橋がかかっていた。丸太の組み方は、日本の様式ではない。砦《とりで》の櫓《やぐら》を横にしたとも見える豪壮な造りの橋である。欄干《らんかん》には、豊平《とよひら》橋と表示があった。その欄干の手前に、馬に乗った邏卒がいた。

従太郎が近づいてゆくと、邏卒は言った。

「矢島従太郎さんですな。お迎えにあがりました」

従太郎は馬を寄せて言った。

「おれがいま着くことを、どうして知った?」

「電信というものです」邏卒はいくらか得意そうに言った。「札幌本道に沿って、柱が連なっておるのはお気づきでしたでしょう。函館と札幌のあいだは、電信で結ばれているのですわ。今朝のことは、昼のうちに伝わります」

「では、一昨日の押しこみ連中のことも？」

「存じております。さっそくひと仕事されたわけで、まっこと心強い」

「おれは、どこへ行けばいいのかな。開拓使の本庁か」

「ええ。ご案内します。あたしは、山上勘吾。開拓使の邏卒で、二年前から札幌邏卒屯所勤務です」

中年の、憎めない顔だちの男だった。

従太郎は勘吾と名乗った邏卒と並んで、その長い橋を渡った。

勘吾は馬を進めながら言った。

「まったくもって、野盗どもときたら、これでもう開拓使の邏卒を三人も殺しました。狼藉の度もすぎている。これはもう戦《いくさ》ですな」

従太郎は言った。

「本人たちも、そう言っているのだろう？」

「戦争は続いている、と言ってるそうです。箱館の戦がまだ続いている、という意味のようですが」

「なぜ、連中がいまになって暴れ出したのか、わけはわかるか？　いままでは、彼らはなりをひそめていたのだろう？」

「野盗どものやることはわかりません。ただ、開拓が進んで、隠れ住む場所が狭められているのかもしれませんな」

「記録を読むかぎり、彼らがねぐらとしている場所は、石狩の原野のどこかだろうと見当がつく。札幌からせいぜい十里以内の。開拓使は、それがどこか目処《めど》をつけているのだろうか」

「そこまで見当がついたって、何の役にも立ちません。札幌本道や元村道から一里もはずれたら、もう羆《ひぐま》と狼しかいない土地になるわけですからな。隠れ家が石狩原野のどこかだろうと百里奥だろうと、同じことです」

「それじゃあもうひとつ。連中は去年の秋から目立つ動きを始めたようだが、真冬から今年の春、夏にかけては、またぴたりと動きがない。ふたたび動き出したのは、今年の十月になってからだ。この不可解な動きは、どう解釈できる？」

「北海道の気候や天然はご存じで？」

「函館近在しか知らぬ」

「北海道も、夏になればけっこう暑くなります。山には下草が生える。湿地には虫がわく。とても馬では動けるものじゃありません。だけどこの季節になれば、馬が使える。進むも逃げるも自在となります。だから連中、この季節になってまたぞろ出てきたんでしょう」

「そういうことか」

なるほど兵頭たちが、秋から初冬にかけて活発に動く理由はわかった。だが、なぜいまになって、という疑問は解決しない。

森の中に拓かれた道を進んで、街に入った。街は一町ごとに縦横に走る十二間幅の道路で整然と区切られており、楡《にれ》か楢《なら》と見える大木がほうぼうに残されていた。

右手の一帯に建つ建物はすべて木造の洋風建築で、壁には白や青や赤の塗料が塗られている。建物のひとつひとつは、軒を接することなく、前後左右にたっぷりと余裕を取って建てられていた。

通りを白人が歩き、馬車が行き交っている。

従太郎は、街並みを見やりながら言った。

「異国に行ったことはないが、まるで異国にきたようだな」

「そのとおりですよ」勘吾はまた得意そうにうなずいた。「開拓使は、アメリカから大勢の技師を招いて、本府建設にあたらせているんです。測量技師、水利技師、建築技師、大工、鉱山技師、鉄道技師、木工職人や鍛冶屋《かじや》、農業技師。そういった連中が、アメリカそのままの街を企画し、役所やら官舎やら工場やらを建てているんでさあ。開拓使の黒田次官は、北海道はそのほうが具合がいいと判断された」

「黒田清隆《きよたか》だな」五稜郭包囲軍の参謀だった。薩摩出身だ。「連中が、いっとき攘夷《じょうい》を叫んでいたのは何だったのかな」

「はあ？」

「いや、いいんだ」

かつてその黒田と同じようなことを、兵頭俊作が語ったことがあった。新国家の首府は、文明開化の展示場でなければならんと。鉄とガラスの建物。石畳の道。鉄道と乗合馬車。蒸気機関を使った工場。何より、大火にも燃えることのない石か煉瓦《れんが》造りの町民衆の長屋。そういう首府を、メリケンやフランスの技師の力を借りて作らなきゃあならん……。五年前のことだが。

従太郎は話題を変えた。

「いま、札幌のひとの数はどのくらいだ？」

「ええと、戸数は八百弱だったと思います。ひとの口は、二千ほどでしょうか」

「どのくらいの街にするつもりなんだ？」

「さあて。ただ、いまは十町四方ばかり拓かれていますが、開拓使は二十町四方ぐらいまでは街を広げるつもりのようです」

運河をふたつ渡り、幅が一町もある大通りを越えた。大通りの中ほどは、馬の放牧場となっている。勘吾は、この大通りが、官用地と町家地とを分けているのだと説明した。大通りの北側には、土塁《どるい》に囲まれた洋風建築が連なっているが、これは高級官吏の官舎だという。行く手に、天蓋《てんがい》のある大きな洋風建築物が見えてきた。天蓋の頂では、旗がひるがえっている。

「あれが開拓使本庁です」と勘吾。「旗は、開拓使の北辰旗。青地に赤い星ですが、野盗どもも似たような旗を旗印としています」

本庁は、事実上砦のようなものであった。敷地は四町五町の広さというから、京の二条城に匹敵する広さということになる。しかも全体が六尺ほどの高さの土塁で囲まれていた。高級官吏たちの屋敷も土塁で守られているし、官用地と町家地が幅一町もの通りで分けられていることと合わせて考えると、この街を計画した者たちが、内戦や騒擾《そうじょう》に備えたことは明らかだ。

兵頭俊作は、と従太郎は思った。いずれこの街の開拓使本庁まで攻撃をしかけるつもりなのだろうか。だとしたら、それはそうたやすいことではない。脱走兵やらアイヌやらを数十人まとめたところで、この開拓使本庁は落とすことはできまい。もしどうしてもやるつもりなら、お前は一千の兵を率い、大砲を用意しなければならない。

花壇のしつらえられた通りを進んで、門を抜けた。

従太郎は、馬の手綱を引いて、足をとめた。

真正面に見るものに、いささか呆気にとられたのだ。

牧草地の向こう二町ほど先に、真っ白の洋風建築がある。左右対称で、縦長の窓がいくつもしつらえられた二階建てだ。屋根の上には、物見台のついた二層の塔。遠くから天蓋と見えていたものがこれだった。そして塔の上でへんぽんとひるがえる北辰旗。従太郎はこれまで、これほど美しく、また威風堂々たる洋風建築は見たことがない。東京でも、函館でも。北海道開拓に賭《か》ける新政府の意気ごみが伝わってくる建築だった。

勘吾が横で言った。

「札幌にやってきた者は、だいたいみなここでぽかんと口を開けますな」

従太郎は、なんとか感想を口にした。

「つい昨日まで、道すらなかった土地だろう。よくもまあ、こんなものを建てる気になったものだ」

「こういう建物ができますと、お上は北海道開拓に本気なんだ、と信じることができます。一杯の気付け酒ぐらいの力はありますな」

従太郎は多少は同意の意味をこめてうなずいた。

2

通されたのは、開拓使本庁舎二階の、判官執務室だった。

庁舎の正面にあたる部屋で、天井は高く、床は板張りである。洋風の調度が入っていたが、ひときわ目を引くのは、隅の羆の剝製《はくせい》であった。明治三年春の札幌で、三度にわたって人を襲ったという大熊である。後脚で立ち上がり、前脚を上げて、攻撃の姿勢をとっていた。優に百五十貫はあろうかと思える巨大熊だった。

従太郎は、ちらりとその剝製に目をやりながら、真正面の机へと向かった。顎髭《あごひげ》を生やした、頑固そうな面立ちの男が、机に着いている。

「矢島従太郎だな」と、男は言った。「ご苦労。わたしが、開拓使判官、岩村通俊《いわむらみちとし》だ」

土佐出身の硬骨漢だと、勘吾から聞かされていた。従太郎は、とりあえず威儀を正して言った。

「矢島従太郎です。参謀局の隅倉少佐の懇請により、やってまいりました」

「仕事の中身は聞いているな」

「ええ。邏卒特別部隊の相談役となれと」

「紹介しよう。部隊を率いる、畑山六蔵《はたやまろくぞう》大尉。東北鎮台よりの派遣だ。大尉も昨日、部下と共に札幌に着いたばかりだ」

岩村判官の視線の先に目をやった。羆の剝製と反対側の位置に椅子があり、軍服姿の男が腰掛けている。軍靴を脱ぎ、靴下も床に放って、ぼりぼりと指のあいだを掻《か》いているところだった。

岩村が言った。

「大尉。それじゃあ、作戦の打合せとゆきたいのだが」

畑山六蔵と紹介された男は、おっくうそうに顔を上げ、従太郎を見つめてきた。猪首《いくび》で、軍服が窮屈そうだ。歳は従太郎よりも二、三歳上か。その畑山の視線は、値踏みするかのように従太郎の頭から爪先《つまさき》へと走った。

畑山は言った。

「お前も賊軍《ダッソウ》だそうだな」

のっけから、敵意を含んだ声だった。

従太郎は身構えて応えた。

「すでに赦免された。いまさらそのことが何かの障害になるのか」

「身元をたしかめておきたかっただけだ」

岩村が言った。

「それでは、討伐隊編成の目的と手順をはっきりさせておきたい。いいですな、大尉」

畑山は言った。

「いまさら、はっきりさせることなんてありませんよ。討伐はおれにまかされた。あとは、放っておいてくれればいい」

「そうはゆかん。討伐隊は、開拓使が編成するんだ。軍は、開拓使を応援してくれるというだけだ」

「まかされたんだ」

「部隊の指揮を委《ゆだ》ねるということだ」

「同じことだろう」

岩村は返事をせずに、従太郎に目を向けてきた。

「聞いていると思うが、群盗たちの跋扈《ばっこ》に対して、開拓使は特別の討伐隊を編成する。だが、人手不足でもあるし、邏卒たちはそもそも軍事訓練は受けていない。それで陸軍から応援を受けることになった。部隊は、開拓使邏卒と陸軍兵の混成部隊となる。軍の作戦ではないから制服は邏卒のものを着用してもらうことになった」

従太郎は言った。

「おれは、私服で加わってくれと指示された」

「あんたはそれでいい」

畑山が言った。

「相談役だろうがなんだろうが、おれの指揮には従ってもらう」畑山は靴下を鼻に近づけ、その匂《にお》いを嗅《か》いでから続けた。「途中、余計な口を出すな。おれが質問したときだけ、答えればいい。いいな」

「おれが助言すべきときは、おれが判断する」

「ふだんは口をつぐんでろって言うんだ。おれは、賊軍《ダッソウ》と口数の多い男は嫌いなんだ」

岩村が割って入った。

「もう賊軍も官軍もない。みな等しく日本国民だ。だからこそ、お上は榎本武揚殿に開拓使出仕を命じ、海軍中将にも任じたのだ」

畑山は鼻で笑うように言った。

「二君にまみえるとは、呆《あき》れ果てた武士だ」

「そのことはどうでもいい。討伐隊の役割について、詰めておきたい」

「おれが率い、野盗どもを追い詰めて、ひとり残らず処断する。わかりきったことだ」

従太郎は言った。

「参謀局からの指示では、群盗たちを投降させろということだった。とくに兵頭俊作については、生け捕りにせよとのことだ。おれは、作戦の助言と合わせ、彼らを説得する」

「説得?」畑山が眉間に皺を寄せた。「そんなまどろっこしいことをやれと言うのか」

「参謀局では、取り調べたいことが多々あるようだ。連中がどうしても投降せぬなら、厳しく対処するしかないのだろうが」

「説得で投降するぐらいなら、こんなことを始めちゃいまい」

「試してみて悪いことはあるまい」

「そんな悠長なことはやってられん。索敵《さくてき》、追跡、包囲、殲滅《せんめつ》。これでいい。せいぜい十日の任務だ」

従太郎は、隅倉の権威を持ち出して言った。

「参謀局、隅倉参謀少佐からの命令だ。投降させる。兵頭は生け捕り。どうしても従わぬときは、その場で処断もやむをえないだろうが」

岩村は言った。

「処断は、後日のことでもいい。一味を引っ捕らえることができるなら、それでやってみてもよいのではないか」

畑山が不服そうに言った。

「手足を縛られて、討伐はできない。何をどうやるかは、現場の指揮にまかせてくれないか」

「北海道は開拓使の管轄だ」岩村はきっぱりと言った。「あんたにまかせるのは、討伐部隊の指揮だ。兵事だけを委嘱《いしょく》する。気に入らないというのなら、内地に帰ってもらってけっこうだ。わたしは、陸軍省にべつの人物の推薦を頼むだけだ」

畑山は、いくらか気圧《けお》されたようだった。

「いいでしょう。まず投降するかどうか試してみる。だが、こういうものごとは成り行きってものがある。発砲されて、それでも辛抱強くなだめるなんてことはできませんからな」

「わかっている」

従太郎は畑山に訊いた。

「作戦の腹積もりがあるなら、聞かせてくれないか」

畑山は答えた。

「開拓使の密偵たちが、石狩の原野に散っているそうだ。連中が明後日にも帰ってくるという。ひとりぐらいは、群盗どものねぐらを突きとめて帰ってくるはずだ。その報告を聞き次第、出発だ」

「討伐隊は何人の編成だ？」

「十二人。陸軍から六人。開拓使から六人。それに、相談役のお前」

「最初の助言をさせてもらいたいが」

「何だ？」

「敵地の、それも森の中へ分け入ってゆく討伐行は不利だ。森は兵を呑《の》む」

「討伐行とは、そういうものじゃないのか？」

「向こうが最も有利な戦闘の場所と時機を選んでくる。考え直したほうがいい」

「ほかにどんな手があると言うんだ？」

「こちらの土俵を作って引き込むことだ」

「簡単に言うな。そんな土俵を作ったら、向こうだって出てきやしまい」

「やつらはいま、金と銃を求めているんだ。金と銃のあるところに、誘い出すことはできる」

「札幌に出てこいと言うようなものだ」

「いずれくる」

「そのときを、教えてくれるってのか」

「それはわからん」

「だったら、話にならん」

「討伐隊の数が十二人というのも、不足だ。相手は十人前後いることがわかっている。こちらは少なくとも二十の部隊でなければならない」

「足りないとわかったら、東北鎮台からまたひと分隊増派させる」

「戦力の逐次投入だ。もっとも拙劣な戦法だ」

言葉がわからなかったようだ。畑山は眉間に皺を寄せて首をかしげた。

従太郎は言葉を換えて説明した。

「兵を小出しにする手は、戦法としては最悪なのだ。古今、洋の東西を問わず、言い古されたことだ」

「お前がどれだけ古今のことを知っていると言うんだ」

「幕府の講武所で兵学を学んだ。武経七書《ぶけいしちしょ》も、フランス兵学も」

畑山は一瞬言葉を失ったようだった。しかしすぐ反撃してきた。

「フランス兵学だかなんだか知らないが、幕府軍は敗《ま》けた。そいつを忘れるな」

岩村が言った。

「矢島さん、あんたの助言を採るか採らぬかは、大尉の裁量だ。それはわかってくれ。大尉は、討伐隊の指揮官なんだ」

畑山は言った。

「とにかく、連中のねぐらの当たりがついたところで出発だ。明後日だな」

従太郎は、黙したままでいた。


同じころ、石狩川を河口から十里ばかり遡った達布《たっぷ》の地。石狩川の本流に、支流の美唄《びばい》川が合流する場所である。

二本の川にはさまれた大地の南端に、アイヌの親子が住み着いていた。渡し守としてである。ここ十年ばかり、石狩川を遡上《そじょう》する和人の数が増え、近くの村のアイヌたちに、渡し船を出して欲しいという依頼がひんぱんにくるようになった。そのため、村でいちばん日本語の達者なアエトモという男が、息子を連れて移り住むことになったのだった。

アエトモの親子は、左岸から呼ぶ者があれば左岸に船を出し、右岸から呼ぶ者があれば、右岸に船を向けて、渡しの便をはかっていた。

この日も、石狩川の右岸、ということは、達布の土地の西側ということになるのだが、葦《あし》の河原から呼ぶ声があった。

声を聞いたアエトモは小屋を出て、右岸に目をこらした。

幅一町ほどの石狩川の西の岸に、ひとつ男の影が見えた。五日ほど前に、この達布を渡っていった和人と見えた。砂金掘りだ、と自称していた男だ。

男は手を振りながら叫んでいる。

「舟を頼む。渡してくれ」

アエトモは手を振り返すと、十二歳の息子に言った。

「舟をおろすぞ。手伝え」

息子とふたりで、引き上げてあった丸木舟を川におろした。喫水《きっすい》の浅い小舟は、たよりなげに左右に揺れた。アエトモは自分だけ丸木舟に乗ると、巧みに櫓《ろ》を操って石狩川の流れの中に舟を出した。

あの男は、と、アエトモは舟をゆっくりと西の岸に近づけながら思った。五日前、西岸に渡りたいとアエトモに舟を出させて、あれこれ妙なことを訊いていったものだ。

このあたり、ひとり旅でもだいじょうぶかな。追剝ぎが出るということはないか？

和人たちが潜んでくらしていないか？

数年前から、アイヌのコタンに多くの和人が隠れ住んでいるそうじゃないか。

最近、妙な和人たちを見なかったか？　怪しい和人たちを渡さなかったか？

アエトモは、答をはぐらかしつつ、逆に相手に訊ねたものだ。

金《きん》よりも、ひとを探しているんかね？

どの辺に金が出るとあたりをつけているんだ?

何日ぐらい山にこもっているつもりだね。

男もアエトモ同様に、はっきりしたことを答えなかった。返事にならぬ言葉をもぞもぞと口にして、そっぽを向いたのだった。五日前のことだ。

舟を岸に着けると、その和人は言った。

「また頼むぜ。あっち岸まで、送ってくれ」

男が舟に乗ってきた。小さな丸木舟はぐらりと傾いた。

流れの中に漕ぎだしてから、アエトモは訊いた。

「砂金は、見つかったかい?」

男は、いまやってきた岸辺に目を向けたまま答えた。

「いいや。全然」

「砂金を探す和人は、いままでにも何人も案内した。石狩川から西には金はないと聞いたことがあるが」

「そうなのか?」

「そう聞いた」

相手は、話題を変えてきた。

「このあいだも思ったが、お前は言葉が上手だな。どこで覚えた」

アエトモは答えた。

「若いときに、石狩河口の漁場で働いたことがある」

「ああ。浜言葉なのか」

「それで、あんた、これから東のほうに行くのかい？」

「いいや。札幌にもどる」

「もうあきらめるのか」

「ああ。しけた土地だ。砂金もない。硫黄《いおう》もない。いくら探しても無駄だろう」

「たった五日山に入っただけで、あきらめが早いな」

「もう十分だ」

アエトモは言葉の調子を変えて訊いた。

「そういえば、あんたが気にしていた追剝ぎとか、得体の知れない和人とか、そういう連中とはでくわしたかい？」

「いや」と、ずいぶんきっぱりとした口調で、男は答えた。「会わんかった」

「あんたが山に入ってから思い出したんだが」

「何をだ？」

「和人の食い詰めたのが、何人かあっちのほうに住んでる、という話を聞いたことがある。おれもそういやあ、何人かそれらしい男が石狩川を渡るのを見たように思う。追剝ぎをやっているかどうかは知らんがね。あんたは小屋とか道とか、馬の足跡なんかを見なかったかね」

「いや。見なかったな」

「五日間も歩いて？」

「おれは、砂金探しで忙しかったからな」

「そうかね」

詮索《せんさく》が過ぎたようだ。男はいくらか不機嫌になって言った。

「いいか。おれはアイヌとお喋《しゃべ》りするのは好きじゃない。黙って向こう岸まで渡してくれたらいい。いいな」

「ああ」

東側の岸に着くと、男は砂金掘りの道具を担いで舟を降りた。船賃として一銭を放ってきた。

アエトモは礼を言って舟をもどし、小屋に入って息子に言った。

「兄さんのとこに行くんだ。おかしな和人が、西岸一帯を調べていったと。見つかったようだと」

次男は素直に言った。

「うん、父さん」

次男のカリサンは、父親がおりた丸木舟に乗りこむと、父親以上に巧みに櫓を使って、たちまち石狩川本流へと乗り出していった。

3

従太郎は、本庁舎から四町南に下った邏卒屯所で荷を解いた。

屯所は札幌の町家地側にあり、北側は大通りに面している。この街には珍しく和風の寄せ棟造りだ。都市建設のもっとも初期に建てられたものかもしれない。

邏卒屯所を案内したあと、勘吾は言った。

「討伐隊では、あたしもご一緒させていただきます。必要なものはなんなりとおっしゃってください」

従太郎は言った。

「馬はどうなっている？　馬具も、きょうのうちに揃えておきたいが」

「用意してありますよ」

裏手に厩舎があった。

行ってみると、乗り手の決まっていない馬は三頭だけだった。従太郎は六歳だという栗毛《くりげ》の牝馬を選んだ。馬は、開拓使が馬種改良のためにアメリカから移入したという種類だ。木曽駒や南部駒よりは大きいが、いたって従順でおとなしい様子だった。谷地風《やちかぜ》と名前がついていた。

鞍は、従太郎がなじんできたフランス式のものとは形がちがっていた。鞍の前部に、頑丈な突起が出ているのだ。

勘吾が説明してくれた。

「やはりメリケンのものです。牛飼いたちが使っているものとか。その角頭《つのがしら》に綱を巻きつけたり、手の支えとしたり、馬を荒っぽく使うには便利だそうで」

「慣れるだろう」従太郎はうなずいた。「鞍の右についている細長い革袋は何だ？」

「銃を収める袋です。肩に担いで行軍するよりは楽です」

「銃も渡されるのか」

「ええ。用意してあります」

相談役とはいえ、いざというときは、戦闘要員にもなれということだ。

「銃の種類は？」

「連発のスペンセル銃です。ご存じですか」

「薩摩軍が少し使っていた銃だな。悩まされたものだ」

「取り扱いは？」

「すぐに思い出すだろう」

「さっき、雑嚢に短銃が入っているのを見ましたが」

「あれで、白老の押しこみを退治したんだ」

「じゃあ、銃の取り扱いなんて、あたしが心配することじゃありませんね」

「連中には、もっと新式の銃が渡ったと聞いたぞ」

「そうなんです。開拓使がやはりアメリカから輸入した銃です。インチェスタという連発銃ですが、十二挺奪われてしまいました。あたしは、その場におりましたよ」

「あとで、そのときの様子を聞かせてくれ」

「はあ。なんなら、いまからどうです。運河の向こう側に、おもしろい酒場があるんですが」

「運河の東側は、工場地ではなかったか」

「そのとおりです。そこでいま、お雇い外国人たちが洋酒の試作をおこなっていましてな。麦酒やら葡萄酒《ぶどうしゅ》やら玉蜀黍《とうもろこし》の酒やら、変わった酒が楽しめる。酒場もできました。そこでゆっくりお話しするというのはどうです？」

「行ってみよう」

その店は、創成川と呼ばれる運河を東に越えた、工作場の建ち並ぶ一角にあった。

白い下見板張りの洋館で、横文字の看板が出ている。サルーン、と読めた。

勘吾が説明した。

「日本人の遊ぶ場所は、街の南にあります。薄野という遊廓街ですが、ここはお雇い外国人のための遊び場です。あたしらのような役人はともかく、ふつうの日本人は足を踏み入れません」

中は、勘吾の言葉どおり、白人たちでいっぱいだった。床は板張りで、土足のまま奥に進める。丸い卓が天井の高い室内を埋めており、ある卓では酒の瓶を中央に談論風発の様子だった。見慣れぬ料理を食べている男たちもいる。把手《とって》のついた茶碗で、珈琲《コーヒー》を飲んでいる男たちもいた。

勘吾は店の立ち席に従太郎を引っ張った。板に肘をつき、立ったまま酒を飲んでいる客がいた。

勘吾が同じように板に肘をつけると、板の内側に清国人《しんこく》らしき男が立った。丸い帽子をかぶり、詰め襟の中国服を着ている。好々爺《こうこうや》然とした初老の男だ。

「いらっしゃいませ」と、清国人はあいさつしてきた。「何を?」

勘吾が言った。

「おれには麦酒を。こちらのひとには、何がいいかな」

清国人は従太郎に訊いた。

「洋酒はお好きですか?」

従太郎は答えた。

「葡萄酒しか飲んだことはないが、麦酒というのはどんなものだ？」

「日本人のお客さんは、馬の小便のようだ、と言います」

「そんなものを飲むのか」

勘吾が言った。

「苦い酒ですが、慣れるとやみつきになります。とくに、汗を流したあとはうまい。評判がいいんで、来年にはきちんとした工場ができることになりました。だけど、開拓使は玉蜀黍の酒も試作しておりますよ。そちらを試してみては？」

「うまいのか」

「匂いがきついのですが、やっぱり癖になりますな」

「もらおう」

すぐに注文の酒が出た。

陶器の大きな器で出てきたのは、泡の浮いた黄色っぽい液体だ。ガラスのぐい呑みで出されたのは、琥珀《こはく》色の透明な酒だった。

勘吾が言った。

「それでは、ようこそ札幌へ」

勘吾は陶器を持ち上げて、水でも飲むようにごくりごくりと麦酒を喉に流しこんだ。

従太郎は、玉蜀黍の酒を舌の先でまず味わってみた。辛い。刺すような辛さだ。甘さがまったくなかった。匂いは、たしかに勘吾の言うとおり、きついと感じられるほどだ。つぎに少し口に含み、喉全体を湿らせてから、ゆっくりと流しこんだ。熱いものが、喉から胃袋へとおりていった。

「どうです?」勘吾が訊いた。「芋焼酎《いもじようちゆう》の味わいとも似ていますでしょう」

従太郎は、ふた口目を飲んでから答えた。

「こういう酒が飲めるとは、この辺境も捨てたものじゃないな。開国してよかったことのいちばんかもしれん」

「まったくですよ。開国をあれほど忌み嫌った連中がいるとは、いまだ信じられない」

「薩長の連中は、嫌いかね」

勘吾は、もうひと口、ぐいと麦酒を飲んでから答えた。

「開拓使ができた直後、薩摩人の兵部省《ひようぶしよう》は小樽、石狩を管轄しました。こいつらが、なぜか開拓使を目の敵にしましてな。陸揚げされた食料、建築資材さえ押さえこんでしまった。おかげで最初の冬、開拓使は往生しました。わたしら、寒さの中で餓死さえ心配したものです」

「どうしてまた?」

「よくわかりませんが、当時の開拓判官は、佐賀の島義勇《しまよしたけ》殿でした。薩摩の軍人たちは、佐賀人が嫌いだったのでしょう」

「それだけのことで、北海道開拓を妨害したというのか。食料を通さなかったというのか」

「なんとも見上げた根性ですな」

「あんたは、どこの出なんだ。やはり、薩摩長州と戦った口か？」

青森の町人の出だ、と勘吾は答えた。食い詰めていたが、明治三年、札幌に行けば仕事があると聞いて、北海道にわたってきたのだという。読み書きができるので、最初、開拓使銭函仮役所の営繕掛《がかり》の吏員となったが、開拓使に刑法局ができたとき、邏卒となった。邏卒には箱館府兵隊出身の男が多いから、珍しい経歴ということになる。

背後で、とつぜん何かの壊れる音。従太郎は驚いて振り返った。

酒場の中央の卓がひとつひっくり返っていた。床に、酒の瓶やら器やらが散乱している。卓の横で、ふたりの大男が、拳《こぶし》を固めて向かい合っている。喧嘩が始まったようだ。周囲の客たちもみな立ち上がり、大男を取り巻いて見守っていた。

勘吾が言った。

「右の髭もじゃの大男は、ロシア人の大工ですな。丸太で作る小屋の指導にあたってますよ。左の赤ら顔は、オランダ人です。麦酒の職人ですな」

ふたりの外国人は、それぞれ一回ずつ、丸太のような腕を振り回した。空振りだった。ほかの客たちは、喝采《かっさい》した。この喧嘩を楽しんでいるようだ。

勘吾はさらに言った。

「見てください。白人たちというのは、喧嘩のとき、手刀を使わないのですな。拳を固めます」

従太郎は言った。

「あんたは邏卒だろう。止めなくていいのか？」

「いいんです」と勘吾。「外国人たちは、もめごとにあたしらが割って入ることを喜びません。やつらのあいだで、うまく収めますよ」

ロシア人がまた腕を振り回した。オランダ人は背をそらしてこれをかわした。ロシア人はよろめいた。

オランダ人は、そこに猛然と踏みこんで、拳を繰り出した。ぱしっときつい音がした。観衆は、おうというどよめきをもらした。ロシア人は短い時間、凍りついたように同じ姿勢のまま動かなかった。

オランダ人は、もうひとつ拳を突き出した。ロシア人はこれを払うと、カボチャのような拳骨《げんこつ》をオランダ人の顔に叩きこんだ。オランダ人は、ふんわりと浮き上がったように見えた。身体を水平にして、そのまま後方へ飛んだのだ。丸い卓がまたひとつひっくり返った。陶器やガラスの割れる音が響いた。

オランダ人は、転がっていた洋酒の瓶を逆手に持って起き上がった。喧嘩は一段階由々《ゆゆ》しいものとなったわけだ。おもしろがって見物していた客たちも、一様に困惑の様子を見せた。

従太郎は勘吾に言った。

「ほんとに、止めなくてもいいのか」

勘吾は首を振った。

「いいんです。ご覧ください。いい頃合《ころあ》いで、いい人物がやってきた」

酒場の入口に、背の高い白人男が立った。顎髭をはやした中年男だ。腰に短銃をさげていた。

男は店の中を一瞥《いちべつ》すると、短銃を抜き出して無造作に天井に一発放った。

店の中の者たちは一斉に短銃の男に視線を向けた。

男は短銃を手にさげたまま店の中央に歩み出て、喧嘩中のふたりのあいだに割って入った。

男は何かきつい調子でふたりに言った。オランダ人はしぶしぶという様子で瓶を床に転がした。ロシア人のほうは、そっぽを向いて手をおろした。

顎髭の男は、店の客たちを睨《にら》み渡した。客たちは男の視線を避け、輪を解いて、それぞれの席にもどっていった。卓や椅子が片づけられ、店の使用人らしき若い日本人が、手早く割れた器やら瓶やらを掃き集めた。喧嘩などなかったかのように、店にいましがたまでのざわめきがもどってきた。顎髭の男は、満足そうにうなずくと、従太郎たちのいる板までやってきて、主人に注文した。

「コーン・ウィスキー」

すぐに小さな猪口が出された。

顎髭の男は、背を伸ばしたままこれをひと息に飲み干すと、板の上に小銭を転がして店を出ていった。

顎髭の男が店を出てから、従太郎は勘吾に訊いた。

「あいつは、役人なのか？　それとも店の用心棒か何かか？」

勘吾は答えた。

「測量技師ですよ。ワーフィールド少佐。アメリカの退役軍人ですが、いまでもあのとおり、軍人っぽい振る舞いが抜けていない。お雇い外国人たちの取締り官を自任してるんでしょう」

「じっさい、みんなおとなしくなっちまった」

「開拓使に進言したことがあるそうですよ。北海道の治安維持のためには、アメリカの開拓地域の警察制度を真似るべきだと。村々がそれぞれ勝手に与力《よりき》のような人物を選び、役人や邏卒の不足を補うようにするといいと。そうそう」

「ん？」

勘吾は愉快そうに言った。

「アメリカの開拓地域では、死罪は磔《はりつけ》とか打首《うちくび》ではなく、首を吊るのだそうです。それも、刑場のような場所ではなく、村の真ん中で。北海道でもそれをやるべきだと言ったそうですわ。磔ほど酷《むご》くはないが、公開で首を吊ることで、無分別な連中が罪を犯すことをふせげるようになると」

「公開でね」

「たしかに磔とか打首では、あたしだって見物しようとは思わないが、大罪人の絞首刑が街なかであるとなれば、見てみようかという気にもなる。それでもじっさいおぞましいものだとわかれば、押しこみやら人殺しやらは、あえてやろうという気はなくなりますな」

「いまの軍人なら勧めそうなことだな」

器が空になったので、従太郎はもう一杯、玉蜀黍の酒を注文した。

4

それは、白人ふたりを中心にした、総勢十八名からなる一行だった。

彼らが川船をおりたのは、篠路の船着場から川を遡ることおよそ十里、幌達布《ほろたっぷ》と呼ばれる土地である。大量の荷が岸に上げられた。

白人たちはふたりともお雇い外国人で、ひとりは地質学者、もうひとりは鉱山技師である。開拓使の依頼を受け、新たな炭鉱の探索に当たっている米国人だった。

一行には、技師の助手がふたりずつ、通辞がひとり、それに調査道具や工具を運ぶアイヌの雇いが八人まじっていた。さらに調理師がひとり、開拓使の役人がひとり。残るひとりは案内人である。ここから先の山に詳しいという猟師だった。

一行の役割は、幾春別《いくしゅんべつ》と呼ばれる川の上流で、炭鉱を発見することであった。この土地は、この春に米国人の測量技師たちが通過、非専門家としての参考意見ながら、石炭の鉱脈発見の可能性大である、と報告したところである。開拓使はこの報告を受けて、あらためて専門家を派遣したのだった。

荷物は、多くの行李《こうり》や木箱に分けられている。専門家たちが用意してきたのは、つるはしやシャベル、ハンマー、たがね等の鉱物採集道具から、分析実験道具、薬品類、顕微鏡、計測機器、アルコール・ランプ、坩堝《るつぼ》、標本見本、それにひと箱の爆薬と導火線などであった。これに天幕や調理道具など、野営のための必需品が加わる。

一行がすっかり荷物を陸揚げし、整理したときには、時刻はもう昼をかなりまわっていた。開拓使の役人は、この岸辺で野営することを決めた。調理師が早速石でかまどを造り、夕食の支度にかかった。

地質学者のピーボディは、河原の石をひととおり調べてから、通辞を通して案内の猟師をそばに呼んだ。

猟師は歳のころ三十をひとつふたつ越えたあたり。古い単発の猟銃を持った男だ。鹿《しか》のなめし革の上下を着て、貂《てん》の毛皮の帽子をかぶっている。水野と名乗っていた。

水野は、十年も前から北海道で熊やキツネを撃っているという男だった。どこか飄然《ひょうぜん》として、世捨て人のような印象があった。北海道の猟師には、この手の男は少なくない。彼は四日ほど前、たまたま札幌に熊《くま》の胆《い》を交換におりてきたところ、開拓使に声をかけられて雇われたのだった。

開拓使は、新しい調査班の派遣にあたって、幾春別川上流に詳しい案内人を探していたが、なかなか適当な人物がいなかった。土地のアイヌを雇ってもいいが、そうなると通辞がもうひとり必要になる。米国人技師たちとの意思の疎通がむずかしくなった。和人の猟師なら、日本語と英語のあいだの通辞ひとりをつければすむ。羆を撃退するためにも、猟師の案内人がつくことは都合がよかった。水野も、現金を必要としていた。話はその場で決まったのだった。

猟師は、石狩川周辺の地誌や自然に詳しかった。支流のひとつひとつの名と源流の位置を知っていたし、アイヌの風俗習慣にも知識があった。

彼は、川を遡る途上、米国人たちの質問に、考えこむことなく答えていた。

「アイヌたちにとって、川の頭は河口なんだ。川は河口から始まり、山の中の最初の岩清水で終わる。源流は尾っぽということになる。和人とは逆だ。たぶん、彼らが鮭《さけ》を崇《あが》めていることとつながりがあると思う」

「狼は、ふつうひとを襲うことはない。やつらは、ふだんは野ネズミを食らい、冬になって餌《えさ》が不足すると、もう少し大きな動物を狙う。浜では冬のあいだ、馬を放し飼いにするが、何年も前の大雪の冬に、そういう馬が狼の群れに襲われたことがあるそうだ。もっとも、滅多にひとを餌にはしないと言っても、こっちがひとりきりのときに、やつらの群れに囲まれたくはないものだ」

「アイヌは昔、自分たちで鉄器を作っていた。二百年ばかり昔の蜂起のあと、松前《まつまえ》藩が鉄器作りを禁じたのだ。ただ、北海道では、いい鉄鉱石が出ない。だから沿海州と交易して、質のいい鉄の塊を手に入れていたんだ……」

その猟師がそばにきたので、ピーボディは訊いた。

「さっき、温泉の話を聞いたが、でもこの奥の山は火山ではないのだな?」

猟師も通辞を通して答えた。

「おれは分水嶺《ぶんすいれい》にまで立ってみたことがあるが、火山の様子はなかったな。アイヌの古老たちに聞いても、この奥に火山はない。火を噴いているのは、いったんこの山脈を東に横切った先だ。いまも噴煙を上げる火山がある。徒歩で、十日ほど先になるが」

地質学者は、水野の答に満足せずに言った。

「この島は、ほうぼうに火山がある。函館の北にも美しい火山が横たわっていたし、白老の北にも活火山があった。この奥には、いまは休んでいる火山があるのかもしれん。硫黄の川などは見なかったか」

　水野は首を振った。

「いいや。硫黄の匂いもかいだことがない」

「ふしぎだな。温泉は湧《わ》いているのだろう？　なのにこの河原には、スコリアも溶岩餅《べい》も発見できない。火山性の石などは見なかったか？」

　通辞は、スコリアという言葉も溶岩餅という言葉も理解できなかった。ふしぎだ、という部分だけを水野に伝えた。

　水野は言った。

「だけど、石炭の話なら、アイヌの老人からよく聞くな。十勝石みたいな輝きだけど、ずっともろく柔らかくて、燃えるという石のことは」

「アメリカでも」と地質学者は言った。「鉱山の発見は、土地の伝説がきっかけになることが多いんだ。地名を調べることで、貴重な鉱物資源を発見することもある。この川の名前、幾春別というのは、アイヌ語でどういう意味だ？」

「イ・クシ・ン・ペツ。向う側の川、という意味になるな」

　地質学者は、感心したように言った。

「ほんとにあんたは、土地のことをよく知っているな」

「なんでも聞いてくれ」

そのとき、開拓使の役人が、頓狂《とんきょう》な声を出した。

「あいつら何だ？」

役人は、背後の河岸段丘の上を指さしている。

みなも同じ方向に目を向けた。

段丘の上に、馬に乗った男たちが見える。六騎いるようだ。

開拓使の役人は、あわてふためいたように言った。

「まさか。まさか」

石狩川運漕船が野盗に襲われたのは、つい五日前のことだ。役人は動転していた。

ピーボディは猟師に顔を向けて訊いた。

「あの男たちは、何者だ？」

猟師は、よく知っていることのように、まったく口ごもらずに答えた。

「共和国騎兵隊の連中ですな」

「騎兵隊？　いま噂《うわさ》の群盗たちのことだろうか」

「当人たちは、群盗のつもりはないはずです」

「われわれに何か用があるのだろうか」

「荷物にですよ」

「というと？」

「彼らは、爆薬が欲しいのですよ」

「何のために？」

「戦争に必要なんです」

やりとりのあいだに、男たちの数は増えていた。八騎になっている。横一列に並んで、馬の上からこちらを見下ろしていた。

猟師は背中から銃をまわし、開拓使の役人に銃口を向けながら言った。

「だから爆薬をおとなしく渡しな」

もう猟師には、世を捨てた山男の雰囲気はなかった。猟師はまちがいなく、この世と鋭く関わっている者の目をしていた。顔の筋肉のすべて、身のこなしやしぐさのひとつひとつに、鋭敏そうな意思が貫かれていた。

開拓使の役人は目をむき、口から泡を吹きながら言った。

「貴様、じゃあ、貴様も、あの群盗どもの？」

水野は、役人の鈍さを笑うように答えた。

「そのとおり。仲間だ」

「最初から、これをもくろんでいたのか」

「ずばりだ」猟師は通辞に顔を向けて言った。「そのメリケンふたりに、歯向かったりしないよう言ってやってくれ。欲しいのは、爆薬だけだ。ひとの命じゃない。阿呆な真似をしないようにとな」

段丘の上のほうから、馬の蹄《ひづめ》の音が聞こえてきた。騎馬の男たちが、段丘の斜面を駆け降りてきたのだ。

一行は、男たちのあいだにひとり、小さな旗をかかげる者がいることに気づいた。旗は例の北辰旗のようだった。

第三章

1

矢島従太郎が札幌に着いた翌々日である。

昼前、従太郎が大通りの放牧場で馬を馴《な》らしているとき、山上勘吾が駆けつけてきて言った。

「矢島さん。密偵のひとりが帰りました。何ごとかつかんできたようです。すぐに屯所へもどってください」

従太郎は、馬の首をめぐらして応えた。

「行く」

屯所に行ってみると、邏卒《らそつ》長の事務室にはすでに畑山六蔵が駆けつけていた。畑山は邏卒の制服を着こんでいたが、上のボタン三つをかけていなかった。

密偵のほうは、砂金掘りのような恰好をしていた。じっさい、十年ほど前までは砂金を掘っていたという。喜八郎《きはちろう》という名の小男だった。開拓使の邏卒ではない。石狩平野の奥地に土地勘があることから、開拓使よりとくべつに偵察行を依頼された民間人のひとりであった。畑山と喜八郎のあいだには、一枚の紙が広げられている。石狩川流域の概略の地図と見えた。


畑山が、その地図を示しながら従太郎に言った。

「見つけた。石狩川右岸だ。ここからおよそ八里の土地だそうだ」

従太郎は密偵の喜八郎という男に訊いた。

「ここに何があった？」

喜八郎は答えた。

「丸太の小屋だ。馬もいた。遠目だったが、ひとの影もあった」

「無願開墾の者たちじゃないのか？」

「百姓たちなら、あんな不便なところに、ひと目を避けるようにして入植しない」

「アイヌたちということはないのか」

「アイヌの小屋とはちがった。それに、おれがアイヌを見たことがないとでも思っているのか」

「ひとの数は？」

「七、八人だったか」

勘吾が言った。

「一昨日には、幾春別川で開拓使の技師一行が襲われています。連中は、全員いつも一緒とはかぎらない」

従太郎はさらに喜八郎に訊いた。

「そこは、どんな土地だ？　森の中と言ったか？」

喜八郎は答えた。

「柏《かしわ》の森の奥だ。まわり一帯は低くてだだっ広い土地で、谷地と言ってもいいくらいだ。小さな沢が、網の目のように走ってる」

「陣をかまえるのに、向いた土地だろうか」

「さあて。陣のことなんてわからんよ」

「小屋のまわりに、柵《さく》や堀のようなものはなかったか？」

「なかった。だけど、いま言ったように、まわりには沢がいく筋も走ってる。近づこうとしても、あたりに不案内な者は、沢に行く手を遮《さえぎ》られて往生するだろうな。守るにはいいかもしれない」

従太郎は、畑山に顔を向けて言った。

「そこが兵頭たちのねぐらかどうかははっきりしないが、どうする気だ？」

「行くだけだ」と畑山は答えた。「十中八、九、まちがいあるまい」

「一網打尽にするつもりなら、兵は三十は必要だ。大きく包囲して、輪を縮めてゆくのが常道と思うが」

「まだ言ってるのか。群盗や脱走兵相手に、そんな大仰《おおぎよう》な真似ができるわけがない。いまの数で十分だ」

「しかし」

畑山は耳を貸さずに、喜八郎に言った。

「じきに出発だ。馬には乗れるな?」

「すぐにかい?」喜八郎は、うんざりしたような顔で言った。「おれは山の中からもどってきたばかりだ」

「お前は船に乗りかかってしまったんだ」

「ひと休みさせてくれよ。追いかけるから」

「お前がいなければ、出発できん」

「達布《たつぷ》の二股《ふたまた》のところに、アイヌの親子が住んでる。連中、なんとなく群盗たちのことを知っている素振りだった。やつらに案内させたらどうだ」

「達布?」

勘吾が言った。

「石狩川と美唄《びばい》川の合流点です。馬で一日半の行程だ。船でも行けないことはないが、騎馬十四、五となると、開拓使の蒸気船をまわさなきゃならない」

「まわせ」

「いまから用意させているあいだに、ずいぶん進めますよ。それに、達布を経由せずに、当《とう》別《べつ》から行けば近道だ」

畑山は少し考えた様子を見せてから言った。

「半刻後に、馬で出発だ。この密偵も、案内役として同行する」

「やれやれ」喜八郎が言った。「開拓使からは、割増しもらうぜ」

邏卒屯所の前に、総計十四人の男が馬に乗って集合した。

うち十二人は、開拓使邏卒の黒い制服で、外套を身につけている。完全に冬装備だ。全員、馬の脇の銃袋には改造スペンセル連発銃を収めていた。

十二人のうち半分は陸軍兵士たち、残り半分は開拓使邏卒である。

私服を着た従太郎は、列の左端に立った。隊員たち同様、やはり外套を着こんだ。喜八郎は、山歩き姿の上に刺し子胴着を引っかけていた。

列の横には、天幕や食料を振り分けて積んだ馬も三頭。

畑山が隊員たちを見渡して言った。

「いよいよ群盗討伐だ。巣窟《そうくつ》を急襲するんだ。むずかしくはない。作戦は三日以内に終了するだろう。ただし、手際よくやれ。その場になって、ためらいや情けは無用。始まったら、躊躇せずに突き進むんだ。いいな」

討伐隊員たちは、さして意気の上がらぬ声で応えた。

「よし」畑山が言った。「出発だ」

隊列が大通りを東に進みだした。行き交う札幌市民が、馬上の従太郎たちに興味深げな目を向けてきた。

町を出てから、従太郎は最後尾にいた若い隊員に声をかけた。

「あんたは、陸軍からだったな?」

「さようです」その隊員は答えた。「田原午之助《たはらうまのすけ》です」

「あの隊長は、妙な江戸訛《なま》りでしゃべるように思う。どうして薩摩言葉じゃないんだ?」

「隊長は」午之助と名乗った隊員は答えた。「若いときから、薩摩の江戸屋敷詰めでしたと。いつのまにか、お江戸言葉になったとです」

「無理のある江戸言葉に聞こえるが」

「江戸言葉は、女子《おなご》の言葉のようで好かんとゆうちょります」

「だったら、薩摩言葉を使えばいい」

「江戸が長かと。隊長は、ご維新のきっかけを作ったのは自分だと、よく自慢しよります」

「ほう？」
「江戸の火付けで、幕府に薩摩の屋敷を攻撃させたとです。隊長は何度も火付けにまわった
と聞いちょります」
江戸の住民の常識で言うなら、最大級の犯罪人ということになる。従太郎は反応する言葉
もなかった。
達布の合流点、美唄川の東岸にひとりの男が現れた。
旅姿の和人である。アエトモは銝《マレク》を使う手を休めて、男を見つめた。
男も、向こう岸でアエトモに気づいたようだ。足をとめ、こちらに顔を向けている。
船の手配か。それ以外の用事か。
見ていると、男は浅瀬にじゃぶじゃぶと足を踏み入れてきた。
「とうさん、とうさん」屈託のない声でそう呼んでいる。「とうさん、ちょっと訊きたいん
だが」
この時期、川の水は身を斬《き》るほどに冷たい。アエトモのように鮭の皮の靴でも履いていな
ければ、川を渡りきれまい。案の定、男は悲鳴をあげ、浅瀬を駆けだした。
男が岸に上がったので、アエトモも漁をやめた。男は三十代なかば、鼻梁に横一文字の傷
があった。物腰から、和人の百姓とは見えなかった。侍の出かもしれない。

男は、アエトモが河原で焚《た》いていた火のそばに寄ると、濡《ぬ》れた脚絆《きゃはん》をほどきながら訊いてきた。

「言葉はわかるか？」

アエトモは答えた。

「読み書きはできねえが」

「十分だ。とうさんは、このあたりの事情に詳しいんだろう？」

「どこにキツネの巣があるかまで知ってる」

「このあたり、和人は多いのか？」

「このところ、増えてきたな。ぽつりぽつりと、畑を拓く和人も出てきた」

「いい和人ばかりか？」

「和人に、いい悪いの区別があったのかい。知らなかった」

鼻傷の男はまばたきした。アエトモの言葉の意味を解しかねたようだ。男は言いなおした。

「おれもどこかに入植しようとしてるんだが、悪い和人のそばには住みたくない。どこを避けたらいいか、教えてもらえるかと思ってね」

「どんな和人が、あんたの言う悪い和人なのかね」

「そうだな」男は慎重に言葉を選びながら答えた。「たとえば、鉄砲を持って金品を奪ったり、馬を盗んだり、お上から追われてるような連中だな」

「ああ、あの群盗たちのことを言っているのかい」

「群盗たち？　兵頭とかいう一味のことか」

「連中のことを言ったんだろう？」

「まあ、そいつらも含めてだが」

「このところ、連中はどこにいる、と訊《たず》ねてくる和人が多いよ」

「ほう。それで、とうさんはどう答えてるんだ？」

「あちこちで金をみせびらかしてなって。そうすりゃ、向こうのほうから寄ってくる」

男は笑った。

「なるほど。道理だ」

「あんたは、金を持ってるのかね」

「いや、狙われるほどの金持ちじゃない」

「じゃあ安心だ。どこにだって住めるよ」

男は替えの脚絆を巻いてから言った。

「ここにくるまでにも、何人かのアイヌのとっつぁんと会った。あんたが、たぶん知ってるんじゃないかと言っていたぜ」

「悪い和人のことを？」

「群盗たちのことを」

「知らんよ」

「このへんに出ることはたしかのようだぜ」

「おれにゃあ、群盗も開拓使の測量隊も区別がつかんのだよ。金を奪われたわけでもないし」

男は立ち上がり、荷物を背負いなおした。

出発するようだ。アエトモも火のそばから立ち上がった。

男はあたりをぐるりと見渡してから訊いた。

「さて、悪い和人を避けるには、おれはどっちに行ったらいいかな。そっちの広い川の向こう岸か。それとも、この中州の上のほうか。いまきた側の岸か」

目には、真剣な光がある。

アエトモは、答える前に考えねばならなかった。彼は、避けたいのではない。接触したいか、あるいはそのねぐらに到達したいのだ。なぜなのかは、はっきりしない。彼は正体をほのめかしてもいない。開拓使の役人ともとれるし、武器商人かもしれないのだ。

また、この和人は、自分を何と思っているだろう。兵頭一味に近しい者と見ているか、ただの地元のアイヌと見ているか。それによっても答は変わる。

男はまっすぐにアエトモを見つめて、もう一度訊いた。

「おれは、どっちを避けたらいい？」

アエトモは答えた。

「こっち側が無難だよ。あんたがいまきたほうは、ちかごろ物騒だって話だ。ひとが増えたんで、それを食い物にする和人も増えた」

鼻傷の男は言った。

「とうさん、ありがとうよ。その忠告に従うよ。向こう側に行ってみる。船を出してもらえるかな」

アエトモは失策を悟った。反応を読みちがえた。いや、ひょっとすると、男の正体を読みそこねたのかもしれなかった。

男を石狩川の右岸に送ってから、アエトモは次男のカリサンを呼んで言った。

「また兄さんに伝えてこい。妙な和人が行ったってな」

次男は、先日同様、巧みに丸木舟を操って向こう岸へと渡っていった。


討伐隊の一行は、その日の夕刻までに、当別の地に到達した。

石狩川の左岸沿いに達布の合流点まで行く道もあったが、この経路を採ると、何度も水の中に踏み入れて川を渡らねばならない。夏場の水量の少ない時期ならともかく、雨がちの天気が続いているこの季節は、採るべき道ではなかった。

それよりも一行は、札幌に近い位置で石狩川を渡り、右岸の原野をまっすぐ達布方面へと向かうことにしたのだ。当別には渡し番屋があり、平底の舟が石狩川を往復している。討伐隊十四騎は、三度の往復で石狩川を渡ることができた。

岸辺の渡し番屋で、一泊することになった。馬を外につなぎ、隊員たちは全員が番屋の囲炉裏のまわりに集まって暖をとった。

飯が終わると、従太郎は番屋の奥の壁にもたれかかって、毛布を胸まで引きあげた。まだ新暦十月の下旬というのに、北海道の夜は冷えこむ。明日の朝には霜がおりていてもふしぎはないと思えるほどだった。

邏卒の山上勘吾と野本新平が、従太郎の左右に寝場所を確保した。新平という若い邏卒は、半月ばかり前、島松で兵頭たちに襲われたときのひとりだという。

その新平が、右隣りから訊いてきた。

「矢島さんは、五稜郭にいたんでしたね」

従太郎は、低い声で答えた。

「ああ。あそこで降伏した」

「教えてほしいんですが」

「なんだ?」

「共和国って、どんなものです? 群盗たちが言ってる共和国って、どんなものです? 榎本軍も、五稜郭では、自分たちは共和国の政権と軍だ、と主張したと聞きましたが」

左隣りでは、勘吾がこちらに目を向けてきた。

囲炉裏のまわりの連中も、何人かは新平の問いが聞こえたようだった。

従太郎は答えた。

「天子さまを持たない国のことだ。世襲の天子さまはなく、将軍も民びとが選ぶ」

「将軍の血筋や家柄は、どうなるんです？」

「血筋や家柄は考慮されない。器と力量だけで決まるんだ。まつりごとも、やはり入れ札で選ばれてきた者たちが、合議で決める」

「そんな国、ほんとにあるんですか」

「アメリカを知らないってことはあるまい？」

「あ、なるほど。でも、そんな国があるなんて信じがたい」

無理もないな、と思った。自分も箱館にいた七カ月のあいだに、初めて共和制や共和国というものがあることを知ったのだ。榎本軍の軍事顧問であった、フランス人士官や下士官たちから直接に聞かされた事実であり、思想だった。

フランスでは百年ほど前に革命が起こり、天子が首を切られた、という事実を教えられた。それは最初、聞きちがえたと思ったほどの驚きだった。そんなことが世の中にあってよいのかと。なのにあの軍事顧問たちは、その革命の一部始終をむしろ誇らしげに語ったのだった。

とりわけ、ふたりの下士官、マルラン軍曹とフォルタン砲兵下士官のふたりは、過激なまでの共和制主義者だった。彼らは士官のブリュネたちが本国政府の命令に従って五稜郭を退去したあとも、なお榎本軍と共にとどまって、共和思想を説いたほどだ。自由、平等、博愛、という言葉も、民権論も、みな彼らを通じて知ったのだった。それは自分にとってじつに衝撃的であり、新鮮な世の見方だったが、いったん知ってしまえば、深く納得できる識見だった。

彼らのおかげで、箱館戦争の後半、従太郎たちの戦いの目標ははっきりと共和国建設に置かれるようになっていったのだ。中でも、もっとも感化されていたのが、この自分だったような気がする。兵頭などは、自分に較べれば、まだ幕臣の頭を残していたと思えるほどだった……。

箱館の日々を思い出しながら、従太郎は新平に言った。

「北海道にはこれだけアメリカ人がきているんだ。聞いたことがあるだろう。頭領は民の入れ札で選ばれるんだ。おれたちも、五稜郭では総裁を入れ札で選んだ。榎本さんが総裁となったのは、士官たちが榎本さんこそ頭領の器と信じたからだ」

「天子さまがいない国が、まとまるんですか。国は乱れて収拾がつかなくなるように思いますが」

「国がまとまるのも乱れるのも、頭領次第だろうな。だから、入れ札はあだやおろそかにはできないことになる」

「じゃあ榎本軍は、日本には天子さまはいらないって言ったことになるんですね」

「自分たちには、だ」

「そして、兵頭俊作も？」

「やつもそうだな。共和国騎兵隊を名乗っているというからには」

囲炉裏のそばから、田原午之助が振り返って言った。

「不逞《ふてい》の輩《やから》のたわごとですたい。日本に天子さまがいらぬなどと、言語道断でごわしょう」

従太郎は午之助を見た。午之助は、どんぐり眼《まなこ》を見開き、鼻の穴を広げている。本気で立腹しているようだ。ほかの陸軍兵たちも、従太郎たちに不快そうな目を向けてくる。

従太郎は挑発するように言った。

「おぬしは、それほど天子さまが大事か」

午之助は言った。

「当然でごわしょう。われら薩藩の尊皇攘夷の旗印は、伊達《だて》じゃありません」

「攘夷のお題目なんてものは、いつのまにか消えたろうが。かつてはあれほど開国に反対したというのに、新政府は、いまや誰もがとまどうほどの洋化一辺倒だ」

「攘夷のほうは、たしかに。しかし、それがご時勢ならいたしかたありません」

「ご時勢しだいで、ころころと旗印を変えるのか」

「だけど、尊皇の一点だけは変わり申さぬ」

「では、天子さまの暗殺などもってのほかだな？」

「暗殺？」

「先帝は毒殺された、との噂を聞いたことがないとは言わせんぞ」

「根も葉もない話でごわす」

「そうかな。公武合体でよしとする孝明《こうめい》天皇が、すこやかそのものだったのに、突然死だ。ふしぎとは思わないのか。そして、先帝が死んで得をしたのは誰だ？　王政復古、祭政一致を唱える公家《くげ》たちと、おぬしたち強藩だったではないか。先帝を暗殺して、代わりにお若き天皇を擁立、あとは好き勝手のし放題だ」

囲炉裏の向こう側で、畑山が立ち上がった。

「不敬だぞ、矢島」

怒鳴り声に、隊員たちは全員、ぴくりと身をふるわせた。

畑山は軍刀をつかんでいる。

囲炉裏で薪がぱちぱちと勢いよくはぜた。

畑山は従太郎を睨みすえて言った。

「先帝の暗殺など、でたらめだ。賊軍《ダッソウ》の言い出した、でまかせだ」

従太郎は畑山の反応を笑って言った。

「そうかな。おれは、そのうち必ず、御典医あたりが証言すると思うね。先帝の突然死は、まちがいなく薬物中毒によるものだったと」

従太郎は、さらに午之助に目をやって言った。

「おぬしらの言う尊皇の旗印など、その程度の重みしかない。手前勝手をやるためには、帝を毒殺しても屁《へ》とも思っていないんだ。笑わせてくれるな」

畑山はまた怒鳴った。

「聞き捨てならんぞ！」

怒鳴りながら、畑山は軍刀の柄《つか》に手をかけた。一歩前へ踏み出してくる。囲炉裏を飛び越えかねない勢いだった。

従太郎は素早く短銃を抜き出し、撃鉄を起こして畑山に銃口を向けた。畑山は動きをとめた。

その場全体も凍りついた。

勘吾が、狼狽《ろうばい》した顔で、畑山と従太郎を交互に見た。

従太郎は、銃口をぴたりと畑山の胸に向けたまま、おだやかに言った。

「聞き捨てならんと、どうだと言うんだ？」

畑山は左右を見渡してから、いくらか口調を弱めて言った。

「言葉に気をつけろ。朝廷侮辱《ぶじょく》は許さん」

「いまのが朝廷侮辱か？　先帝も新帝もおいたわしやと言ったんだぜ。おれが非難したのは、尊皇を口にしていた連中のあこぎさだ」

「ふん」軍刀の柄をにぎったまま、畑山は言った。「賊軍《ダッソウ》は、いつまでたっても賊軍だな。お前のような男が赦免されるとは、お上も甘すぎる」

邏卒たちは、居心地悪そうに顔を見合わせた。

勘吾が立ち上がって畑山に言った。

「まあ、そのくらいで。大事な任務を控えてるんですから、もう収めましょうや」

畑山は、もう一度その場の隊員たちひとりひとりの顔を眺め渡すと、やっと軍刀から手を離した。

従太郎も、撃鉄をもどし、短銃をひっこめた。

勘吾が畑山に言った。

「ついでに言いますと、開拓使の邏卒には、元賊軍という者が多いんですわ。あまり賊軍賊軍と言われるのは、同じ邏卒のひとりとして、気分がよいものじゃありません」

畑山は勘吾の言葉を無視して言った。

「矢島、心しておけ。また不穏当なことをぬかしたら、おれが手打ちにしてやる」

「聞いた」と従太郎は答えた。「しかし、お前も覚えておけ。おれたちはなるほど五稜郭で貴様らに降伏した。だが、だからといって、貴様らに大義があったということにはならないのだ」

勘吾がもう一度割って入った。

「まあ、まあ。そのくらいで」

畑山はようやく腰をおろした。顔が真っ赤に見えたが、これは囲炉裏の火が映っていたせいか。

ほかの邏卒たちが、そっと息を吐いた。番屋の緊張は、ふたたびゆるんでいった。

2

その男は、柏の疎林の中の窪地《くぼち》で、不用心にも火を焚いていた。

とっぷりと日の暮れたこの原野の中では、それは太鼓を打ち鳴らしているに等しい。そこにひとがいることを、一里四方に告げているようなものだ。

狼や熊などの獣たちは、たしかに火に怯《おび》えて近寄ってはこない。この地で野宿するには、火を絶やさぬことが鉄則だった。しかし山賊を恐れるならば、むしろ火は使わぬほうがいい。賊をおびき寄せるようなものだからだ。

トキノチは、相手が愚かなのか、それともあえて自分たちを招いているのか、判断しかねた。招いているのだとしても、出ていったあとの反応はふた通り考えられる。つまり、歓迎するか、逆に襲ってくるかだ。

いまトキノチは、火から三十歩ほどのところまで近寄った。鹿を狩るとき、トキノチは音を立てぬように二十歩まで近寄ることができる。枯れ葉を踏む音、枯れ枝を折る音も立てずに、弓矢の確実な射程内まで接近できた。かつてはコタンで一番の狩人の評判を取っていた。相手が嗅覚の鈍い人間であれば、三歩の距離まで詰め寄ることができる。

柏の木の陰に身をひそめて、男をうかがった。男は旅姿の和人で、歳は三十代なかばか。弟のカリサンが伝えてくれた特徴と一致する。武器のようなものは持っていない、とのことだったが、小さな刃物くらいは身につけているかもしれなかった。いずれにせよ、ここからは武器の有無までは判別できない。

男はいま倒木に寄りかかり、綿入れのようなものを胸まで引きあげている。眠りこんでいるかどうかまではわからなかった。男の前の焚き火は、いくらか勢いが衰えている。しばらくのあいだ、新しい薪がくべられていないことを考えると、眠っていると見てよいか。

トキノチは、火を横目で見やりながら男のうしろにまわりこみ、慎重に近づいた。三歩近寄っては様子を見、また三歩前進しては、耳をすました。

倒木にあと三歩のところまできて、足が柔らかい土の中にめりこんだ。まだ腐食しきっていなかった木の枝が、小さくポキリと音を立てた。トキノチは動きをとめ、息を殺した。男は、物音に気づいた様子はない。

静かに五つ呼吸してから、トキノチは男に飛びかかった。左腕を男の首にまわし、右手で山刀を男の頬に当てたのだ。男ははね起きようとした。

トキノチは左腕に力をこめて言った。

「動くな。殺すぞ」

男は、そこで動きをとめた。素直だ。こうなると予想していたかのようだった。

トキノチは、男を押さえつけたまま、大声を出した。

「押さえた。きてくれ」

焚き火の向こう側、柏の疎林の奥で物音がした。ふたりの仲間が駆けてくるのだ。すぐに炎ごしに仲間の姿が見えた。銃をかまえて走ってくる。

仲間はトキノチの前まで駆けてくると、両側から男に銃を突きつけた。

「この手合いが増えてきたな」

「首をはねて、開拓使に送ってやればいいんだ」

男は、何ごとか言いかけた。トキノチは、首にまわした左手を、少しだけゆるめてやった。

男は、おおあわてで言った。

「待ってくれ。田沢惣六《そうろく》だ。五稜郭の銃士だ。加わりたくって、やってきた」

仲間のひとりが、大きく目をみひらいた。

「田沢惣六？　あの田沢か？」

「ああ。第二列士満《レジマン》だった」

もうひとりが、火のついた薪を取り上げ、男の顔に近づけた。男の顔が照らし出された。

「ほんとうだ」仲間が言った。「覚えてるよ。その鼻の傷。田沢惣六だ」

トキノチは、仲間に訊いた。

「開拓使の密偵じゃないのか？」

仲間のひとりが答えた。

「五年前はまちがいなく味方だった」

田沢惣六と名乗った男は言った。

「兵頭さんのところに連れていってくれ。噂を聞いて、はるばる八王子からやってきたんだ。おれもあのひとの下で働きたいんだ」

トキノチは、当てていた刃物を男の顔から離した。


田沢惣六と名乗った男を、宿営地まで連れ帰った。惣六が焚き火していた場所から、直線でほぼ半里の距離の森の中である。この場所を当面の宿営地と決めてから、ほぼ一年がたっていた。

昨年の初冬、夕張郡幌内《ほろない》の宿営地は、探鉱中の開拓使の技師団一行に発見された。それ以上幌内にとどまるわけにはゆかなかった。兵頭たちはただちに幌内を捨てたのだった。幌内は渓谷の奥の守りやすい土地だったが、近辺には良質の石炭が埋まっているとのことだ。いずれ炭鉱が拓かれることになる。もどることはできないだろう。

兵頭たちは石狩川を渡って、この地にあらたな宿営地を設けた。ここであれば、石狩川が天然の要害となって、とうぶん役人たちの攻撃をかわすことができるだろうとの判断だった。

しかし先日、トキノチの父、アエトモから、不審な和人が近所をうろついていたとの知らせを受けた。どうやら、兵頭たちの隠れ場所を探っていたらしい。帰路の様子から、その場所も突きとめられたようだった。

またこの宿営地を捨てるか。

そんな話が出るようになっていた。

そこにまた、アエトモから不審な和人の報《しら》せがあった。トキノチは兵頭俊作から、ふたりの隊士と共にその男を見つけて連れ帰ることを命じられたのだった。この日の夕刻のことだ。真っ暗な森の中を小半刻歩いて、やっと宿営地にたどり着いた。柏の森の奥の、乾いた台地状の土地である。

ここにはロシア式の丸太造りの小屋が三つ建っており、そのうち最も大きな小屋に、十六人の仲間全員が集まっているのだ。石で作った暖炉を半円形に囲む恰好である。

小屋の中には、最初、ひとしきり興奮があった。仲間十六人のうち、榎本軍の脱走兵は十二人だったが、その十二人の男たちは、みな古い戦友の来訪がうれしくてしかたがないようだ。惣六という男の肩をたたき、頬っぺたをひねった。彼に濁り酒の盃《さかずき》を突き出し、暖炉の前のいちばん暖かい場所を提供した。戦死していたと思われていた男が、思いがけなくも陣地に帰着したかのような歓迎ぶりだった。

田沢惣六は、兵頭俊作をはじめとする不精髭の男たちに言っている。

「……と、そんな話を聞いて、矢も楯《たて》もたまらなかった。すぐに長屋を引き払い、少々の家財は金に替えて、函館行きの船に乗ったたってわけです」

トキノチとマルーシャは、小屋の中の興奮に取り残されている。歓談の中に入ってゆけない。

トキノチはいささか呆れる想いで、田沢惣六とほかの面々を眺めていた。

トキノチが兵頭俊作たち脱走兵に出会ったのは五年前のことだった。石狩川沿いのコタンで、乞われるままに兵頭たちにわずかばかりの食事を提供したのだ。兵頭たちは、宗谷《そうや》を抜けて樺太へ向かうという。道案内を頼まれ、これを引き受けたことから、トキノチはいつのまにか同志となってしまったのだった。

会ったとき、兵頭の一味は六人だけだったが、宗谷へ向かう道々、降伏を拒んで脱走した兵士たちが少しずつ合流していった。仲間のうちふたりは、今年になってから加わってきた。彼らは五稜郭の脱走兵ではない。

横を見たとき、マルーシャと目が合った。マルーシャは苦笑している。自分がいま、この男たちの輪の中に入ってゆけないことを、悔しく思っているようでもあった。

マルーシャがトキノチに言った。

「あたし、ここでも除《の》け者《もの》にされるようなら、行く末を考えなきゃ」

トキノチは言った。

「おれのような者もいる。気にするな」

マルーシャは樺太生まれだ。ロシア人の父と、アイヌの母親から生まれた。育ったのは樺太南部の日本人も住む集落だったので、日本語も話す。兵頭たちが樺太へ渡ったとき、仲間に入ってきたのだ。それ以来ずっと行動を共にしている。仲間うちの唯一の女であった。隊員たちのあいだでは、マルーシャと夫婦になりたいと希望をもらす男が何人もいたが、いまのところ、マルーシャはその男たちすべてをはねのけている。

ふとわれに返ると、兵頭が惣六に言っている。

「去年の秋から、おれたちがおおっぴらに攻勢に出ているのは、お前のような男がもっと出てくることを期待してのことだ。かつての同僚たちが、もう一度戦列にもどるようにと、派手に見得を切ってきたんだ」

惣六は言った。

「初めて共和国騎兵隊の名を聞いたのは、ほんのふた月ほど前のことなんだ。まだあまり知られていないのじゃないか」

「残念だな。こっちだって、役者にでもなった気分で、共和国騎兵隊を名乗ってきたんだが」

「これから続々と出てくるさ。北海道に、もとの同僚たちがもどってくる。馳《は》せ参じてくる。このご時世に生きることを苦々しく思っている者は多い」

「かつての同僚以外からも、参集してほしいものなんだが」

「そういえば」

惣六は真顔になって言葉を切った。

「ん？」

「矢島従太郎も、北海道に上陸した」

「矢島が！」兵頭は頬を輝かせた。「やつもきたのか！」

「喜ぶな」惣六は首を振って言った。「矢島は、どうやら開拓使に雇われたらしい」

惣六は、白老《しらおい》の駅逓で遭遇したという事件のことを簡単に語ってから、最後に言った。

「そして役人がやってくると、矢島は何か書面を取り出して見せた。役人は納得して、矢島の身元をそれ以上詮索したりはしなかった。押しこみを退治したとはいえ、三人も殺しているんだ。何か調べがあってもよさそうなものだが、短銃の所持についても、いっさいお咎《とが》めなしだ」

兵頭が、横を向いて言った。

「与助、どう思う？　矢島は開拓使で何をやる気なんだろう？」

中川与助が答えた。

「矢島さんを開拓使が雇うとしたら、その理由は限られます」

「あいつは、算盤《そろばん》は得意ではないはずだが」

「矢島さんは、軍の指揮がとれる。北海道に土地勘がある。そして」

「そして？」

「兵頭俊作という男をよく知っていますよ」

兵頭は、それが聞きたかった答だとでも言うようにうなずいた。

「そのとおりだな。開拓使は矢島従太郎におれたちの討伐を命じたのだろう」

兵頭の左隣りで、猟師姿の水野兵太郎が言った。

「かつての同僚が、敵にまわるとは」

兵頭が言った。

「この五年、内地の変わりようは激しいものがあったはずだ。誰がどうなっても、おかしくはない」

惣六が言った。

「賊軍《ダツソウ》出身には、世の風は冷たいんだ」

「それにしても」と水野。「あのひとはいちばん強く降伏反対を唱えていた」

「ひとそれぞれだ」と、兵頭は水野を制して言った。「おれたちは、ここを引き払うときがきたようだ。矢島が討伐側に加わるんだ。開拓使と政府は、本気になったということだ。おっ始まるってわけだ」

与助が訊いた。

「ここを、捨てるんですか」

「すでに密偵に突きとめられた。矢島もきた。とどまるわけにはゆかん。明日、移動する」

「どちらへ？」

「もう一度、石狩川の東岸へ。あっちに陣営を設ける」

「退却ということですか」

「ちがう。明日以降は、攻めに出るんだ。もう石狩川に守られている必要はなくなった」

小屋の中が、軽く沸いた。


討伐隊が騎兵隊一味の宿営地を発見したのは、翌日の午後も遅い時刻である。

喜八郎をともなって隊列の前方を偵察に出ていた隊員たちが、柏の森の奥に丸太小屋群を発見したのだ。位置も喜八郎の記憶にあるとおりの場所だった。

ただ、ひとの気配はなかった。馬もいない。隊員たちは木立ごしにしばらく様子を見たのち、その宿営地には出てゆくことなく、本隊へともどったのだった。

この報せを受けて、畑山はその宿営地の四半里ほど手前まで馬を進めてから命じた。

「馬をおりて、散開しろ。丸太小屋を包囲する」

従太郎は畑山に言った。

「もし連中がいるようなら、まず話をさせてくれ」

畑山は、皮肉っぽく言った。

「お前の話を聞くようであればな。言葉の前に鉄砲弾《だま》が返ってきたら、そこから先、お前の出番はない」

「いいだろう」

包囲が少しずつ縮められた。

従太郎は勘吾、新平の組と一緒に、南からその丸太小屋群に近づいていった。

台地状の土地の上、そこだけ柏の木々が切り倒されて開けた一角がある。広さで言えば、ちょっとした寺の境内ほどか。もちろんそこには寺などなく、小屋が三つ、肩を寄せ合うような具合に建ち並んでいるのだ。小屋の造りは、明らかにアイヌの家とはちがう。従太郎が札幌で見た、ロシア人が指導して作ったという丸太小屋の形によく似ていた。

小屋の周囲に馬をつなぐ横木はあるが、馬囲いや牧草地はない。馬がいるとすれば、台地を下った先の谷地のほうだろう。

左手の木立の中で、畑山が手を振った。

森の四方から、陸軍の兵士たちが身をかがめて出てきた。少し駆けては木に身を隠し、また素早く駆けては、木の陰に隠れる、その繰り返しだった。それぞれが、隣り合う兵士の動きを掩護《えんご》できるような動きかただ。

やがて五人の兵士は、ふたりと三人の組となり、それぞれ両端の小屋の扉を蹴破って、中に飛びこんでいった。

やがて、中央のもっとも大きな小屋から田原午之助が姿を見せ、大声で言った。

「誰もおらんとです。もぬけの殻です」

従太郎は立ち上がった。

もぬけの殻？　ということは、いま留守ということか。それとも、兵頭たちはこの宿営地を捨てたのか。

畑山が軍刀を抜いて駆けだした。従太郎も続いた。ほかの隊員たちと一緒に森を抜けて、小屋へと走った。

地面に蹄の跡やひとの足跡がくっきり残っている。連中は、ほんの今朝まではここにいたにちがいない。

手早く小屋の中と周囲をあらためた。

この宿営地は、やはり放棄されたようだった。食器や衣類、寝具の類が見つからなかったのだ。もし兵頭たちが、あらたにどこかの襲撃に出ているのだとしたら、食器まで持参することはないはずだ。もちろん、銃も弾薬も見つからない。

いちばん大きな小屋には、暖炉が設けられていた。まだ薪が形を残したまま赤くなっている。

ひととおり点検したあと、討伐隊の全員がその小屋に集まった。

畑山が、暖炉の中を棒でかきまわして言った。

「半日だけ遅かったようだな」

午之助が言った。

「もどってくる様子じゃなかとですね」

「襲撃を勘づかれたのかな」

「追いますか？」

「もう日も落ちた。無理だ」畑山は、隊員のひとりに命じた。「火をおこせ。見張りをふたり立て、交代で休む。明日、夜明けと同時に追跡にかかる」

隊員のひとりが、暖炉に手近にあった薪をくべた。べつの隊員が、人形のようなものを持って暖炉に近づいた。

「なんだ？」畑山が訊いた。

その隊員は答えた。

「床に転がってました。案山子《かかし》ですね」

たしかにそれは、背の高さ一尺半ほどの案山子だった。へのへのもへじの顔に、詰め物をした胴。木の枝の手足。

妙なものを残す、と従太郎は思った。

畑山が言った。

「カラスでも追わせたのかな。つけ木代わりだ。燃やしてしまえ」

隊員はその案山子を暖炉に放りこんだ。暖炉の火は、すぐに案山子の顔と胴を包む乾いた布に燃え移った。火の勢いが強くなった。

従太郎はとつぜん気づいた。

「罠《わな》だ！」

隊員たちが従太郎を見た。

従太郎は叫んだ。

「伏せろ。罠だ」

つぎの瞬間、暖炉で爆発があった。

大音響と共に、燃えた薪や石の砕片が飛び散った。爆風がそばの者すべてをなぎ倒し、吹き飛ばした。従太郎は背に爆風を受けて飛び、床に転がった。頭にぱらぱらと小石が降りかかってきた。木材がきしみ、崩れ落ちる音が響いた。瞬時に小屋の中に煙が満ちた。何も見えなくなった。

従太郎は見当をつけて小屋の戸口へと這《は》った。何人かの男たちも同じことをしていた。這ったままぶつかり、押しのけあった。生暖かいものを頬に感じた。いくらか粘りのある液体のようだった。

目の前に、煙の流れがあった。外へ吹き出しているようだ。その煙を追うように戸外へ転がり出た。地面を二間ばかり這ってから立ち上がり、振り向いてみた。

丸太の小屋は半分崩れかけていた。暖炉側の屋根が崩落している。爆発は、石積みの暖炉を完全に吹き飛ばしたようだ。煙が小屋の内側で渦巻き、立ちのぼっていた。ちろちろと炎が成長している。

顔を真っ赤に染めた男たちが、よろめいて小屋から出てくる。崩れた丸太の壁を乗り越えてくる。

畑山が出てきた。無事のようだ。顔は煤《すす》で黒くなっているが、血を流してはいない。ふらふらと左右に揺れている。

畑山は、白目だけが目立つ顔を従太郎に近づけてきた。

「やつら、はめやがった。引っかけやがった」

何人やられたろう?

従太郎は動いている男の数を数えてみた。

自分と畑山を入れて六つ。七つ、八つ。

またふたつ、ひと影が煙の中から飛び出してくる。勘吾と新平だった。これで十。

討伐隊は、全部で何人だった？

十四だった。しかもうちふたりは民間人だ。

一瞬にして、戦力は三分の二になったということだ。まだ相手がたとは接触もしていないうちにだ。

残っていた小屋の屋根が、地鳴りのような音を立てて崩れ落ちた。


トキノチは、木立ごしに丸太小屋が崩れ落ちてゆくのを確認した。

壁の内側では、炎も見える。すぐに小屋全体は火に包まれることになるだろう。

うまくいった。案山子の罠は、見事にやつらを引っかけた。木っ端《こぱ》を巻いた胴の部分に、棒状の爆薬を三本、束ねておいたのだ。爆薬は、先日、幾春別川で鉱山技師たちを襲ったときに手に入れたものだった。

仲間のうち、火薬の扱いに慣れた者が、この罠を考えだした。暖炉の火を残し、そばにこの案山子を置いておけば、連中は必ず案山子を火の中に放りこむと。そのとおりになった。しかも爆薬の威力は、想像以上だ。たぶん、討伐隊のうち三、四人はもう使いものにはなるまい。

仕掛けの相談をしているとき、ひとりが言った。矢島さんを殺すことになりかねませんが、かまいませんか。

兵頭は答えた。討伐隊に矢島が加わってるなら、しかたがあるまい。だが、もしその場に矢島がいるなら、その罠には引っかからぬようにも思う。

矢島という男は、あの場にいるのだろうか。いるとしたら、どうなっているだろう。

答は、いずれわかる。

トキノチはくるりと踵《きびす》を返すと、暗くなりはじめた柏の森を敏捷《びんしょう》に駆けだした。

仲間たちは、半日先を行っているが、トキノチの脚であれば、すぐに追いつくことができる。真っ暗になったころには、自分は愉快な報せを仲間たちにもたらして、うまい飯をかっこむことができるのだ。


隊員のうち、ふたりが死んでいた。ひとりは、重体だ。顔と胸が陥没している。もうじき彼の胸の上下動もとまり、あえぎ声も聞こえなくなることだろう。

もうひとり、小屋の中で即死した者がいた。あの案山子を暖炉に放りこんだ隊員だ。彼の身体は、四肢が吹き飛び、胴体もふたつに分かれていたのだ。彼は開拓使の邏卒だった。

死者は、陸軍側と開拓使側それぞれふたりずつだ。生き残った者も、程度の差こそあれ、負傷している。従太郎自身は、頭や首筋に火傷を負っていた。

もう小屋は焼け落ちている。太い丸太が数本分、まだ形を残したまま真っ赤になっているが、朝までにはすべて灰になるだろう。

勘吾が近づいてきて、従太郎に金物の器を差し出してきた。

「味噌汁です。とりあえず、腹を温めてください」

従太郎は器を受け取って言った。

「ありがたい」

「連中は」と、勘吾は燃え落ちた小屋に目を向けてから言った。「本気で戦争をやってるんですな。それがよくわかりました」

「数が少ないからとあなどれない。戊辰の戦いの当時、やつの部隊は奇襲を得意とした。敵の意表を衝く場所へ駆けつけて、少ない兵で相手かたを攪乱《かくらん》した。兵頭は、こういう戦いに慣れている」

「あたしら、どうすりゃいいんで？」

「札幌にもどる。増援を待つ。それ以外にはないと思うのだが」

「隊長は、そうするでしょうか」

横手の畑山に目を向けてみた。彼は木の切株に腰をおろして、軍刀を持ったまま腕を組んでいる。表情までは見分けることができなかった。

従太郎は言った。

「明日の朝には、正気と分別を取りもどしているさ」

勘吾は、何も言わずに従太郎のそばを離れていった。

しかし翌朝、畑山は隊員たちに告げた。

「出発だ。連中を追う」

有無を言わせぬ、断固たる口調だった。

隊員たちは、のっそりと腰をあげた。

3

石狩川の浅瀬を渡ったところで、足跡を見失った。

およそ二十頭ばかりと見られる馬の蹄の跡が、河岸の段丘の上へ上がったところで、散り散りになったのだ。まるで一頭ずつ勝手な方向に走りだしたように見える。もちろん追手の目をあざむくためだろうし、いずれまたどこかで集合しているのだろうが、その場所まで追いきれなかった。

十人の討伐隊は、川風の吹き抜ける平原で途方に暮れることになった。

喜八郎が、畑山に言った。

「石狩川をわざわざ東岸へもどったとなれば、行く方向は北と南、どちらかだ。真東は峻《しゅん》険《けん》な山岳地帯だからな。連中の向かったのがもし北なら、妹背牛《もせうし》の原野か、さらにその先、カムイコタンの山峡を抜けて、宗谷方面だろう」

「もうひとつは？」

「美唄川を東に渡り、石狩の平原を南東に抜け、千歳とか日高へ向かったか」

畑山は訊いた。

「どっちだと思う？」

「さあて。そもそもやつらが何を目論《もくろ》んでいるのか、見当がつきませんから」

従太郎は言った。

「やつらには、襲う対象が必要だ。北へは向かっていないと思う。空知《そらち》に行ったところで、村もない。駅逓もない。襲うべきものがないんだろう？　やつらは、札幌から離れることはないと見る。南東だ。美唄川の東岸へ渡った」

「討伐が始まることを察して、尻尾《しっぽ》を巻いて奥地に逃げたとも考えられる」

喜八郎が言った。

「川の合流点にアイヌの親子が住んでいますが、あいつなら何か知ってるかもしれない」

「一味の仲間だと言うのか」

「なんとなく、うさんくさいアイヌだった」

「案内しろ」

石狩川の東岸を、流れに沿ってしばらく下った。

河原に一軒、アイヌの住居が見えてきた。

ひと影がふたつあった。父親らしき男と、十二、三歳と見える男の子だ。ふたりとも家の戸口のすぐ前に立ち、緊張の面持ちで討伐隊を眺めてくる。

畑山は馬をおりて、アイヌの男に近づいていった。従太郎も畑山にならった。

「開拓使の者だ」と畑山は名乗った。「ちょっと訊きたい。言葉はわかるか」

アイヌの男は、強張《こわば》った顔のままで答えた。

「わかる。なんだ？」

「きょう、このあたりを二十騎ほどの男たちが通らなかったか？」

アイヌの男は答えた。

「ああ、あの連中か」

拍子抜けするような返答だった。喜八郎の話から、従太郎もそのアイヌが一味にいくらかは同情的かと思っていたのだ。

アイヌは言った。

「おれは、昼頃、少し上流の浅瀬で鮭をとっていた。そのとき、見かけた」

畑山が確かめた。

「例の群盗たちだな？」

「群盗か何かは知らん。だが、向こう岸の奥に住んでて、ときどき銃を持って出てきた連中だよ」

「そいつらは、きょう、どうした？」

「浅瀬を渡って、てんでばらばらに河原の奥に消えていった。荷物を積んだ馬もいた」

「誰かと話をしたか？」

「いや」

「ばらばらと言ったが、ばらばらの方向に進んだのか。それとも、ひとりずつ、間を置いて同じ方向に向かったのか」

「ひとりずつ間を置いて、北に向かった」

畑山は振り返って、喜八郎に目を向けた。この男の言葉を信用できるか。そう問うたような目だった。喜八郎は、アイヌの男を睨みつけたまま首を振った。

従太郎がアイヌの男に訊いた。

「ここには長いのか」

「三年になる」と相手は答えた。

「連中とは、行き来はあったのか？」

「いや」

「まったく？」

「和人とは、つき合わないんだ」

「仲間にはアイヌもいるはずだが」

男はかすかに狼狽を見せた。

「そうか？　そうだったか」

嘘《うそ》を言っている。

従太郎は確信した。

あいだに大河があるとはいえ、この住居と兵頭たちの宿営地とは、直線で二里も離れてはいまい。ひとの気の薄い土地だから、この程度の距離はほんの隣りと言ってもよかった。声をかけあう程度のつきあいがなかったはずはない。それに、兵頭の一味にはアイヌがひとりまじっていることもわかっている。そのことをこの男が知らぬはずもなかった。

つまり、兵頭たちが目指したのは、東の方角だ。美唄川東岸へと渡った。このアイヌは、兵頭たちをできるだけ遠くにやるため、嘘をつくことを引き受けたのだ。

それを畑山に告げようとしたときだ。畑山はアイヌの子供のほうを向いて、猫なで声で言った。

「坊主、いいものをやろう、こい」

言いながら、馬のほうへ十歩ばかりもどった。

少年は父親の顔を見上げた。父親は、かすかに困惑している。

畑山はなお言う。

「こい、ちょっと」

畑山は、馬の背につけた雑嚢から、一本の小刀を取り出した。鹿の角の柄がついており、革の鞘《さや》に入っている。舶来のものと見えた。

少年が父親のもとを離れて、おずおずと畑山の前にやってきた。父親のほうは、戸口で警戒の目の色だ。畑山が何をしようとしているのか、想像がついたのかもしれない。

畑山は腰をかがめ、少年の目の前で小刀を鞘から抜いて見せた。初冬の弱々しい日差しの下ではあったが、刃は鋭く銀色に光った。

少年の目が輝いた。唾を飲む音が、ごくりと聞こえたような気がした。

畑山は小刀を少年に手渡して言った。

「触ってみろ。アメリカのものだ。素晴らしい切れ味だぞ。鹿の皮をはぐのだって、鮭をおろすのだって」

少年は小刀を手にして、魅入られたように口を開けた。

畑山が小声で訊いた。

「群盗たち、ほんとはどっちへ行った? ほんとに北に向かったのか。こっちの川を渡ったのではないのか。ほんとうのことを教えれば、こいつをやる」

少年は返事をしない。小刀を目の前にかざしてから、ちらりと父親に目を向けた。

従太郎も父親のほうを見た。

父親のアイヌが、少年になにごとか厳しい調子で言った。従太郎の解さぬ言葉だった。

少年は父親に背を向けた。

畑山が少年に言った。

「そいつをやるから、教えるんだ。どっちだ。北か、東か。言うのがいやなら、指をさせ。どっちだ？」

少年は畑山から鞘をひったくり、小刀を収めた。すっと父親が住居の中に入った。

少年は、左手で小刀を握りしめて、腰のところで右手を小さく動かした。指さす先は、東だ。美唄川の向こう側だ。

銃声があった。従太郎の眼前が、刹那《せつな》、赤くなった。

少年の額から、血が吹き出した。

従太郎はその場から飛びのいた。右手は腰の拳銃に伸びた。

少年は髪の毛を逆立ててその場に倒れた。

短銃を抜きながら振り返ると、住居の戸口に父親がいた。銃を手にしている。銃口からは、白い煙。父親は身体をひねって、中へ引っこもうとするところだった。

また銃声。こんどは、討伐隊員の側からだ。父親のアツシ織りの着物の背で、散る物があった。父親は半回転して戸口に身体を打ちつけた。

従太郎は短銃の撃鉄を起こしながら、討伐隊員たちを振り返った。馬上から午之助が発砲したのだとわかった。ほかの面々は、ぽかりと口を開けている。

従太郎は当惑した。あのアイヌの父親は、息子の密告に死の罰を与えたということか。倒れた少年の頭の下で、血溜《ちだ》まりが面積を広げていた。戸口の父親のほうは、戸口の柱に背をあずけ、首を横に倒していた。アッシ織りにじんわりと赤い染料が広がっている。

ふたりとも、じきに息絶えることだろう。

畑山は、その場で棒立ちとなり、呆然《ぼうぜん》とした顔でまばたきしている。顔に少年の血の飛沫がかかっていた。

畑山は言った。

「あの野郎、あのアイヌときたら、撃ちやがった。手前の息子を撃ちやがった……」

従太郎は、呼吸を落ち着けてから、畑山に言った。

「東に向かったことは、判断できただろう。子供をもてあそぶことはなかった」

畑山は、まだ言っている。

「あのアイヌときたら、手前の息子を撃ちやがった……」

勘吾たちが馬をおり、銃をかまえて、倒れたアイヌの父親のそばへ駆けていった。

昼過ぎ、美唄川の東岸で、やっと兵頭たちのものと思われる足跡を発見した。足跡は、南東へ向かっていた。喜八郎の判断を尊重するなら、群盗たちは千歳か日高方面へ向かっていることになる。

しかしその足跡も、しばらく追うとまた消えた。石狩の原野を南東方向へと進むに連れ、枯れ草と堆積《たいせき》する落ち葉のせいで、足跡の判別がむずかしくなったのだ。

従太郎は畑山に進言した。

「足跡をたどる必要はない。この方角で、行けるところまで進むべきだ。足跡を探していては、彼我《ひが》の距離は開くばかりだ」

畑山は同意した。

「おれも、そう考えた」

やがて日も暮れた。討伐隊は、原野を覆う冬枯れの柏の森の中で野宿を決めた。

五つの天幕を円形に配置し、ひとつの天幕にふたりずつが入ることとした。馬は天幕から三十歩ほどの位置に、立木に引き綱をつないでまとめた。

焚き火を囲んでの食事を終えると、畑山が喜八郎に訊いた。

「さっきから、狼の遠吠《とおぼ》えが気になる。このあたりは、多いのか」

喜八郎が答えた。

「ああ。少なくはないな。遠吠えの様子だと、近くに群れがきているようだ」

「群盗と、狼と、ふたつ心配しなければならんのか」

「連中は、もうずっと離れていまさあ。心配するのは、狼のほうだ。襲われないまでも、狼が近づいてきて、馬が暴れ出すと厄介だ」

「どうしたらいい？」

「火を絶やさぬように」

畑山は、新平に顔を向けて言った。

「今夜は、お前が最初の見張りだ。火を消すなよ」

はい、と、新平は短く答えた。


天幕にもぐりこんでどのくらいたったか、従太郎はとつぜんの馬のいななきに目を覚ました。

馬が怯え、ざわついているのだ。

狼？

従太郎ははねおき、短銃の革帯をつかんで、天幕の外に飛び出した。

木立の方向で、十七頭の馬が妙にたかぶっている。癇《かん》が立っているようだ。

必死で綱をほどこうとしている。頭を振り、あとじさっている。後脚を蹴り上げる馬もいた。

月明かりの下、見張りに立った新平が必死で馬をなだめようとしているのがわかった。

「よし、こら。どう、どう。おとなしくしろ！」

従太郎は焚き火に目を向けた。焚き火は消えかけている。いまは、ほとんどおき火としか見えぬほどの大きさだった。

しかし、暗がりには、そのおき火ほどの明かりをはね返すものがある。ふたつずつ並んだ小さな赤い点が見えるのだ。

やっぱり、狼だ。

馬はいよいよ激しく猛《たけ》り狂った。歯をむき出し、いななき、後脚で立ち上がる。身体をぶつけあう。一頭の馬が、とうとう引き綱を振り切った。結び目を切ってしまったようだ。あるいは、綱をゆわえた木を折ってしまったか。

その馬は輪から離れ、たちまち天幕のあいだを抜けて外へ走りでた。

隊員たちが天幕から飛び出してきた。何人かが残った馬を抑えようとしたが、遅かった。木を折り、綱をひき千切り、残り全部の馬も地面を揺らして駆けだした。天幕のふたつがたちまち蹄にかかってつぶれた。

畑山が怒鳴っている。

「馬をとめろ。馬を！」

馬は奔流となって駆けだしている。山の上から土や石が崩れ落ちるときのような勢いだった。とめることなど、できるものではなかった。たちまち馬は木立の奥へと走り出ていった。

暗がりの中で、いくつもの小さな影が動いた。馬を追うように、木立のあいだを走った。ふたつずつ並んだ赤い点は、すっとかき消えていった。

真っ暗な空間から、蹄の音だけが響いてくる。馬の群れは、少し駆けては何かの障害にあたって向きを変え、また少し走っては向きを変えているようだ。しだいに遠ざかっている。

竜巻が通りすぎた跡のような幕営地で、畑山が怒鳴り始めた。

「あれほど言ったのに、この野郎！　眠っちまったのか」

新平が答えた。

「すみません。つい、あんまり疲れてたもんで」

「言い訳するな。見ろ、火が消えちまった。だから狼が近づいたんだ」

「すみません。いま、火はおこします」

「馬鹿野郎。遅い。もう遅いんだ。昨日の爆弾といい、これといい、開拓使ってのはどうしてこうぼんくら揃いなんだ」

「申し訳ありません」

「取り返しがつかん。揃いも揃って役立たずばかりで」

畑山は新平に近づくと、いきなり拳で新平の鼻っ柱を殴った。

隊員たちは、あっと息を飲んだ。

新平は一瞬身体の動きを止めていたが、すぐに腰をかがめて、足元の銃を拾い上げた。銃口は畑山に向けられた。新平は槓桿を操作して、薬室に弾を送りこんだ。

陸軍兵たちも、即座に反応した。それぞれの銃をとり、新平に向けたのだ。

開拓使の邏卒たちも、何のためらいも見せなかった。同じように銃をとり、かまえた。互いに槓悍を操作するカチャカチャという金属音が、夜の原生林に大きく響いた。

討伐隊は、ふたてに分かれて互いに銃を向け合う形となった。互いを隔てる距離は、わずかに五、六歩だ。

「よせ」と、畑山が手で制して言った。「何をやる気だ」

新平が、ぶるぶると声をふるわせて言った。

「薩摩の作法は知りません。だけど、おれは、人前で殴られるようなことがあったら、男の名に賭けて相手と戦えと教えられました。鉄砲では不足ですか」

「おれは、お前の上官だぞ」

「眠ってしまったことは謝罪します。腹切りものだというなら、腹も切ります。だけど、男をひと前で殴るのがどれほどの侮辱か、わかってるでしょうね。それとも、薩摩ではこれが当たり前ですか。上役の侍に殴られても、下の者は受け入れるんですか。薩摩の侍は、面目ってものがないんですか」

「待て。待て。落ち着け」

かまわずに新平が一歩前へ出た。

畑山は、両手を前に突き出したまま、二歩退いた。

ふたり以外の隊員たちも、双方ともすっと腰を落とした。

喜八郎が割って入った。

「よせやい。味方同士で鉄砲撃ち合ってどうなる。頭を冷やしなよ」

従太郎も、喜八郎にならった。

新平の前に出て、銃身に手をかけ、そっと地面に向けた。

「新平、畑山さんはお前に頭をさげる。それで許してやれ」

新平は身体をふるわせて言った。

「許さなきゃなりませんか」

「ひとを許したことで、面目は失われたりしない」

新平の銃の銃身を押さえたまま、従太郎は振り返って畑山に言った。

「頭をさげてくれ、畑山さん」

畑山は、喉を不服そうに鳴らしたが、けっきょく言った。

「やりすぎた。かっとなった。このとおりだ。お前は、腹を切る必要はない」

畑山は頭を下げた。

新平は銃から左手を離し、畑山に背を向けた。

ほかの面々も、銃のかまえをといた。みな、いましがたの自分のとっさの反応に、自分自身で驚いているような顔だった。

翌朝、日が昇ってから、ようやく十二頭の馬をつかまえることができた。近くの沢筋に固まって、枯れ草を食《は》んでいたのだ。

野営地の近くでは、二頭の馬の死骸が発見された。狼の群れに襲われたことが歴然としていた。原野に残っていたのは、ほとんど骨ばかりだった。

あとの三頭の馬は見つからない。そうとう遠くまで逃げていったようだ。

ふと思った。

昨日の狼の襲撃も、兵頭たちが仕組んだことか？　馬が逃げだせば、やつらは何頭かの馬を自分たちのものにできる。北海道で馬は貴重だ。銃一挺にも匹敵するだろう。兵頭たちは、とにかく馬欲しさから……。

考えてから苦笑した。

兵頭がどれほど野戦にたけた軍人だとしても、狼まで自在に操ることはできまい。おれは、少々臆病《おくびょう》になっているようだ。

討伐隊員たちは、つかまえたうちの十頭になんとか鞍を載せた。食料や天幕を運ばせる馬は一頭減ったが、無理して二頭に荷物を振り分けた。

出発の支度が整うと、畑山は迷った様子も見せずに言った。

「行くぞ。連中を追う」

従太郎は言った。

「増援を求めにもどる頃合いだと思うが」

畑山は取り合わなかった。

「まだ群盗どもとは、一度も対面していないんだ。のこのこ帰ることができるか」


昼近くになって、また馬の蹄の跡を発見した。

蛇行する川に突き当たったところだった。喜八郎に訊くと、川は、夕張川だという。夕張の急峻な山地から流れ出している川とのことだった。

泥の上に残された足跡から、馬の数は五頭か六頭と判断できる。兵頭たちのものとすれば、数が少ない。かといって、兵頭たちのものではない、と決めつける根拠もなかった。

落ちていた馬糞《ばふん》をあらためると、ごく新しいものだった。通過してまだせいぜい一刻《いっとき》ほどしかたっていない。

畑山が従太郎に訊いた。

「どう思う？　群盗たちか」

従太郎は答えた。

「たぶん。本隊とは分かれた組だろう。だが、なぜ分かれたのか、わけはわからん。意味があるはずだが」

畑山は、あっさりと言った。

「野糞《のぐそ》でもして、遅れたんだろう」

午之助が言った。

「ひと影です。馬に乗っています」

午之助の指さす先を見た。

蛇行する夕張川の向こう岸、朽葉《くちば》色の原野に、ぽつりと黒く一点、動くものがある。

従太郎は目をこらした。馬に乗った人物だ。馬を並脚で移動させている。

畑山は望遠鏡を取り出して目に当ててから言った。

「女だ。こっちに気づいた」

勘吾が言った。

「一味には、女がひとりまじってます。マルーシャとかいう女だった」

畑山が望遠鏡を渡してくれた。のぞいて確かめてみると、なるほど女だった。雪袴《もんぺ》をはき、男同様の恰好で馬にまたがっている。髪がまるで馬の尾のように長く伸び、風になびいていた。

女は、銃を背負っているように見える。

ときおりこちらに顔を向けてくる。発見されたことに気づいており、しかもそれに慌てたりしてはいない。

女はやがて、馬の足を速め、こちらに背を向けて原野を遠ざかり始めた。

望遠鏡を畑山に返して、従太郎は言った。

「あそこまで、半里ほどか。近くで川を渡れるなら、追いつけるが」

畑山は隊員たちに、陽気な調子で言った。

「女の尻《しり》を追っかけるぞ。お前らの好きなことだろう」

馬の腹を蹴り、みずから先頭で駆けだしていった。ほかの隊員たちも、同じ速足で続いた。従太郎は最後尾だった。

夕張川の岸を南にしばらく進み、浅瀬を見つけて渡った。川幅は一町ほどだった。

川岸に上がってから、女が去っていった方向に進路をとった。そこはもう石狩の原野の東端と言ってもよい土地のようで、行く手には山並みが見えてきた。

やがて沢筋に出た。新しい馬の足跡をみつけた。いましがたの女のものであることはまちがいない。足跡は、沢に沿って前方に見える谷の方向へと続いている。

畑山は、ほとんど馬の足をゆるめることなく突き進んでゆく。沢筋がしだいに狭まってきたので、いつのまにか隊列は縦一列になっていた。両岸の木々が少しずつ密になっている。

従太郎は自分の馬を駆けさせて畑山に並び、助言した。

「おかしい。おれたちは、どんどん狭い谷に誘いこまれてゆくぞ」

「女ひとりだ。恐れることはない」

畑山は言った。

「一味のひとりなんだぞ」

「一味の本隊はずっと先に行ってるはずだ。女は、野糞で遅れたんだよ」

「ほかに五、六人いるはずだ」

隊列のうしろから、声があった。

「ひとり遅れています」

従太郎と畑山は馬をとめた。隊列の後方から、伝言が伝わってきた。

従太郎のすぐうしろにいた午之助が言った。

「喜八郎が、ついてこないそうです。どうします？」

畑山は馬をとめ、むずかしい顔で言った。

「ひとり、うしろの様子を見にやれ」

その伝言が、後方にひとりずつ伝えられていった。

従太郎は不安な想いで沢の左右に目をやった。沢は、小さな函《はこ》と呼んでよいだけのものに変わっている。かろうじて川岸には平坦な部分は残っているが、両岸とも広いところで二間ほどの幅だ。その外側は、すぐ切り立った崖《がけ》となっている。崖の高さは、ひとの背の倍はあるだろう。

襲うなら、悪くない地形だ。もし自分が襲う側にいたとしても、ここに誘いこんで、うしろの者からひとりずつ襲ってゆく。もっとも、銃を使えば、すぐに前の者にも知られて警戒されるわけだが、銃声が聞こえなかったということは、喜八郎はただはぐれただけか。

いま聞こえるのは、沢の流れの音だけだった。静寂が、沢一帯を包みこんでいる。沢に沿って長く伸びた隊列に、ふたたび伝言がもどってきた。

「喜八郎が、死んでます」

つぎの瞬間、従太郎は馬の首をめぐらし、腹を思い切り蹴っていた。馬はびくりと反応し、短くいなないて駆けだした。

左右から、一斉射撃があった。崖の両側で、連続して銃声がはじけた。弾丸が、鞭をふるったときのように唸って空気を裂いた。小さな谷はたちまち硝煙に包まれ、火薬の匂いに満ちた。

隊員たちの馬は恐慌を起こし、後脚で立ち上がっていた。隊員たちは必死で馬を抑えつつ、反撃しようとしていた。

従太郎は、反撃などする気もなかった。この谷を抜けることが先決だった。縦列となった隊員たちの脇をすり抜け、発砲する隊員の前では身を屈めて、従太郎は馬を駆けさせた。従太郎にならって、畑山の命令も待たずに反転する隊員もいた。ひとりは、従太郎がすれちがう瞬間、馬から転げ落ちた。

銃声は続いている。馬のいななき。何かが地面に落ちる音。短い悲鳴。背後には、修羅場が現出している。

振り返らなかった。この谷間で、そんなことをしている余裕はないはずだった。

一町ほどの距離、沢を下ったところで、地面に転がっている喜八郎を見た。胸に刃物が突き刺さっている。

両岸が低くなり、河原が広くなった。銃声はずっと背後にしりぞいた。従太郎は馬をとめ、振り返った。硝煙の散る谷間から、何頭かの馬が駆け出てくる。馬上の男たちは、馬を走らせながら背後に発砲していた。

谷を二番手で脱出してきたのは、畑山だった。そのあと、午之助、勘吾、新平と続いている。

四騎だけ？

畑山は従太郎の前を通りすぎた。足をゆるめようともしなかった。そのまま、西に向かって逃げきるつもりのようだ。

従太郎ももう一度馬の腹に蹴りを入れた。午之助、勘吾、新平が、従太郎の脇を、鬼でも見たかという形相で駆け抜けていった。

あと、ついてくる者はない。銃声もいつしかやんでいた。

五人か。いましがたまで十人いた討伐隊は、半分に減ったのか。

畑山の馬がとうとう音《ね》をあげ、原野に立ちどまった。

襲撃された谷からは、おそらく一里は駆けてきたと思える位置だ。追ってくる者は見当たらなかった。従太郎も馬をとめた。

畑山は、目を大きくみひらき、激しくあえいでいる。南国の男らしい大きな目が、いつもの倍の大きさにも見えた。

従太郎をはじめ、討伐隊の残った面々が畑山を囲んだ。

畑山は、ひとりひとりの顔を見渡し、落ち着きなく周囲に目をやった。恐慌からまだ立直っていないように見える。

隊員たちが黙ったままでいると、畑山はまだ胸を上下させながら言った。

「罠だった。女ひとりと、甘く見たのがまちがいだった」

従太郎は言った。

「女の尻は、いつだって災いのもとだ」

「みな殺しになるところだった」

「札幌にもどるしかないな？」

畑山は、不本意ながら、という調子で小さく言った。

「それしかあるまい」

「増援を求めるんだな？」

「いや」畑山は首を振った。「数はいらん。必要なのは、精鋭だ」

勘吾が、ちらりと畑山を見た。何も言わなかった。

畑山は、開拓使の邏卒は役立たず、とあらためて口にしたのだろうが、そうなると、開拓使の邏卒たちはこの任務からはずれることになるかもしれない。勘吾は、たぶんそれを喜ぶだろう。

畑山が部下たちに声をかけた。

「行こう」

弱々しい声だった。

畑山を先頭に、生き残りは西の札幌の方角に向かって原野を進みだした。三日前、出発したときは馬に乗る男たち十四人と、荷を積んだ馬三頭の隊列だった。開拓使邏卒の制服も、黒々として勇猛そうな印象を周囲に振りまいていたことだろう。いまは、馬に乗る者五人。四人の男たちの制服はくたびれ、血や泥にまみれて、へたをしたら流浪の群盗たちと見間違えられかねない。

従太郎は、一行の様子を馬上から眺め渡して思った。自滅だ。討伐隊は、なるべくして自滅した。

第四章

1

開拓使本庁舎二階の判官執務室には、豆を焙《い》って焦がしたときのような匂いが漂っていた。開拓使判官の岩村通俊が、矢島従太郎と畑山六蔵のふたりに、珈琲を勧めたところなのだ。討伐隊が札幌にほうほうの態《てい》で帰りついたその日の夕刻である。

岩村は、運ばれてきた珈琲を自分もひと口すすりながら言った。

「アメリカ人に教えられて、すっかり好物になった。この豆も北海道で作りたいと思ったのだが、北海道では珈琲豆は育たないそうだ。暑い土地でなければ駄目らしい」

畑山は匂いを嗅いでから言った。

「日本には、宇治茶がある。こんなものわざわざ作ることはありませんや」

「飲めないか？」

「泥みたいですな」

従太郎は、箱館で何度か珈琲を口にしたことがある。嫌いではない。ラムという酒を少したらすと、いっそううまくなることを知っていた。この豆が、新天地北海道では栽培できないとは、残念なことだった。

器を机に置いてから、岩村は言った。

「それでつぎの対策はどうなるのかな」

畑山が言った。

「東北鎮台《ちんだい》に応援の要請を出すしかありませんな」

「数は十分ということではなかったか？」

「やつらは凶悪になってきている。武器も増えた。おそらく、ひとも増えているでしょうから」

「増派を求めるとして、どのくらい？」

「一個中隊くらい。八十から百欲しい」

「いきなり十倍になるのか」

「こうなったら、徹底的な掃討をやるしかありませんや」

岩村は従太郎に顔を向けてきた。

「増派だけで、いいと思うか？」

従太郎は答えた。

「応援は必要ですが、山中へ掃討に入っていっても、翻弄《ほんろう》されるだけです」

「どうしたらいい？」

「最初に言ったように、こっちが戦いやすい土俵へ、引っ張り出すしかないと思います」

「そんなことができるのか」

「放っておいても、いずれ彼らは、札幌本府か函館を襲撃すると思うのですが」

「どうしてだ？」

「戦争をやっている、と言っているからです。北海道を奪取するつもりなら、札幌か函館を攻めなければならない」

畑山が笑った。

「たかが十数人のごろつきが、そこまでやれるはずもない。北海道奪取はおろか、札幌を一日でも占領できるものか。そいつは、阿呆の見る夢だ」

「あいつが」従太郎は言い直した。「兵頭が、いささか常軌を逸したことを夢想する男であることはたしかです。こんどの件でも、ひそんでいた地をまたあっさりと捨てたり、ずいぶん行き当たりばったりと思える。どんなふうに先を見通しているのかもわからない。しかし、やつがただの夢想家とちがうのは、あいつは、本気で、夢想するということだ」

本気で、の部分を強めて言った。

岩村が訊いた。

「だから、勝算もなしに、無謀なことをするというのか」

「やつは、勝ち負けの基準がわれわれと少しばかりちがうのです」

「たとえば？」

従太郎は、兵頭の顔を思い起こしながら答えた。

「あいつは、たとえ作戦全体は不首尾でも、自分の部隊が薩長軍の最強部隊に十分損害を与えたのなら、それを喜んだ。逆に、戦闘では勝っても、ひとりでも捕虜になったものがいるときなど、それで我慢しなかった」

「薩長軍ではない」と畑山。「官軍だ」

とつぜんひらめいた。

「兵頭を、こちらの土俵に引っ張りこむ手があります」

畑山も岩村も、身を乗り出してきた。

「やつの部下を捕らえて、公開処刑を触れまわるのです。兵頭は、絶対に仲間の処刑を放ってはおかない」

畑山が笑った。

「簡単に言うな。その部下をどうやって捕らえたらいいんだ？」

「やつらだって、町や村に出てこないことには、生きてゆけない。米、塩、味噌を買い、着物を買わなければならないんだ。それも、十五人から二十人ぶんのだ。誰かが確実に、ときおりどこかの町に買い物に出ている。そして、一度に目立つほどの量を買いこんでいるはずだ。北海道各地の町々に注意をうながす。邏卒を張りこませる。通報があれば、すぐ引っ捕らえる」

岩村が言った。

「それはもう、やっている。札幌本道沿いの町、駅逓、商店には、触れをまわした。食品や油、火薬、衣類を大量に買いこむ者は、すぐ通報しろとな。邏卒も配置してある」

「鍛冶屋はどうです。やつらの馬には、大部分蹄鉄《ていてつ》が打たれているようだった。鍛冶屋にも、触れはまわっていますか」

「気がつかなかった。鍛冶屋も、そうだな」

「やつらは、ねぐらの砦を捨てた。また新しく建てなければならない。釘《くぎ》や針金、工具などをあらたに求めるはずです」

「要するに、今後不審な買い物客は、すべてあらためろということだ」

畑山が訊いた。

「捕らえて、公開処刑とか言ったか？」

従太郎は、岩村のほうに顔を向けたまま言った。

「アメリカの開拓地の話を、ここの酒場で聞きました。あちらでは、罪人を公開で首吊りにするそうです。それも町はずれの処刑場ではなく、町や村の広場に首吊り台を作るのだそうです。同じことを、兵頭の仲間に対してもやるといい。日付を告げ、鳴り物入りでやるのです」

「それでどうなる？」と岩村は怪訝そうに言った。「連中がひとり減るだけじゃないのか」

「兵頭は、仲間を見殺しにはしません。その公開処刑の場を襲撃しますよ。こちらは、百人の軍をひそませておけばいい」

岩村はうなずいて言った。

「刑法掛と相談しよう。うまくゆかなかったとしても、こちらに損はないわけだ」

「開拓使の断固たる意思を伝えることができます」

岩村は、畑山に顔を向けて言った。

「畑山さん、あんたには陸軍のほうに至急電報を打ってもらいたいが」

畑山は、椅子からのっそりと腰を上げた。従太郎は、珈琲の器を持ち上げ、またひと口すすった。ラムという酒はないか、と判官に訊くのは、非礼すぎるだろうかと考えた。洋酒が欲しいのなら、またあの酒場に行けばよいのかもしれない。あとで山上勘吾を誘ってみよう。自分は今夜、あの酒場の立ち台に肘をついて、玉蜀黍《とうもろこし》の酒を注文するのだ。惨めな失敗に終わった討伐行の締めくくりには、あのぐらい強い酒が必要だった。

2

札幌から南へおよそ十六里、苫小牧の集落は、札幌本道の開通によってにぎわうようになった土地である。

駅逓が置かれたことで、これにともなっていくつもの商店が進出してきた。よろず屋、鍛冶屋、種や農具を扱う店、海産物の仲買人、薬屋、湯屋を兼ねた旅館等々である。戸数は二十あまりだった。近在の漁場や入植地から、漁民や農民が買い物にやってくる。アイヌたちも熊の胆や狐の皮を持ちこみ、帰りに必需品を買って帰っていった。商圏は、胆振《いぶり》地方一帯から石狩平野の一部にまで及んでいると言ってよかった。

札幌本道の両側に、木造の商店や建物が並んでいる。駅逓の前だけは広く前庭がとられており、ここがいわば町のへそとなる部分であった。この夏には、この広場に櫓が立てられ、盆踊りの夕べがもたれた。

水野兵太郎は、集落を見おろす小高い丘の上で馬をとめた。

仲間の中川与助、大門弥平次も、兵太郎にならった。

三人はいま、新しく建設する砦のために、必要な道具やら材料やら食料やらを買い出しに出てきたところだった。夕張の山中をあらたな陣営と決めたが、そこからは直線距離では千歳か島松駅逓の商店が近い。しかしそれだけに、邏卒の手配がまわっていることが考えられた。それでわざわざ苫小牧まで足を延ばしたのだった。

弥平次と与助は、入植者のような身なりである。榎本軍の軍服は着ていない。小銃も持ってはいないが、念のためにと、それぞれ背嚢《はいのう》の中に短銃を収めている。

兵太郎自身は猟師の身なりそのままで、愛用のミニエー銃を背負っていた。ただし、貂《てん》の毛皮の帽子はかぶっていない。一度その恰好で開拓使の技師一行をだました。貂の毛皮の帽子の男に注意せよ、との触れがまわっているはずだった。

集落の様子を眺めてから、兵太郎は言った。

「軍隊や邏卒部隊がいるようには見えない。だが、油断せずに行こう」

与助が言った。

「男三人組と見られるのもまずいな。ばらばらに入ろう」

弥平次が言った。

「おれは、まず鍛冶屋に行かせてもらう」

兵太郎は、馬の腹を軽く蹴りながら言った。

「おれが、先に行く」

兵太郎は慎重に丘を下り、札幌本道に入って、苫小牧の集落に向かった。

天気は小春日和で、風もない。集落の通りにも、ちらほら行き交うひとの姿があった。あちこちの商店の前には馬がつながれ、通りの脇や広場に荷馬車がとめられている。犬が二匹、通りでじゃれ合っていた。

先日は、夕張川支流の撃ち合いで、討伐隊を五人も殺している。開拓使が、もう徹底的な殲滅《せんめつ》戦に出てくるだろうとは想像がついていた。兵頭俊作も言っていた。いよいよつぎは軍隊の投入となると。軍隊の到着を待ちつつ、開拓使は札幌本道沿いの村や集落で、厳しい警戒を敷いているはずである。油断なく用事をすませ、さっさと帰路に就かねばならなかった。

兵太郎はいったん集落の反対側まで通り抜け、またもどって駅逓前の広場に馬をつないだ。よろず屋の看板が通りの反対側にあった。兵太郎は幅十間ほどの通りを横切り、引き戸を開けて店に入った。

兵太郎を見て、店の主人らしき男が、ぎくりとした様子でしりぞいた。

兵太郎は言った。

「どうしたい？　おれが何か？」

頭の薄い主人は、兵太郎の背の銃に目をやり、さらに兵太郎の頭の先から足元まで目をやって言った。

「あまり見ないひとだな」

「初めてだ。この北の風不死《ふっぷし》岳で、羆を追ってたんだ」

「例の群盗一味かと思ったんだよ」

「おれが？」兵太郎は、心外だと言うように言った。「鉄砲背負ってる者にいちいち驚いていちゃ、北海道で商売になるまい」

「あんたは、鹿革服だし」

「珍しいものじゃないぜ」

「そりゃあそうだが、いま時期が時期だ」

「群盗が出るって？」

「買い物にも出てくるかもしれない」

「やつらもひとの子だろうしな」

「とにかく、その背中のものは、戸口のところにでも置いてくれないか。気になる」

「いいだろう」

銃を背からまわして、戸口のすぐ脇に立てかけた。

主人は言った。

「開拓使から、味噌だの塩だのを大量に買う者がいたら注意しろって言われてるんだ。あんたは何を？」

「味噌と塩をくれ」

主人は、かすかにとまどいを見せた。

「どのくらい？」

「味噌は小さめの樽をひとつもらうか。塩は二貫目」

「ひと冬過ごせるな」

「そのつもりだ」

主人はそれ以上詮索しなかった。

兵太郎は、ほかに唐辛子と黒砂糖を少し買った。もちろん、食料品はこれだけではとても足りない。いまは、騎兵隊の面々は、女やアイヌも含めて十七人となっているのだ。弥平次や与助も、それぞれここで味噌や塩、米を買いこんで行くことになっていた。

店の中には、山暮らしの必需品が目移りするほどにいろいろ並んでいた。小刀、工具、手袋や獣皮の尻当て、革靴。煙草《たばこ》や飴《あめ》などの嗜好品《しこうひん》もある。兵太郎は、買うつもりはなかったが、興味津々《しんしん》で店の中の商品をあらためたのだった。

勘定を払う段になって、何げなく窓に目をやった。半紙大のガラスが一枚だけ入った窓だった。通りを見渡すことができた。

通りの向こう側、駅逓の前の広場に開拓使の邏卒がいた。ふたりだ。

いつからいた？　自分たちのあとから、集落に入ってきたのか？

ふたりの邏卒は、与助に銃を突きつけていた。与助は、群盗のひとりだと疑われたようだ。邏卒たちは、与助の背嚢の中身を調べようとしている。短銃が見つかったら、申し開きはできない。

銃で小突かれ、与助はしぶしぶといった様子で、背嚢を背からおろそうとした。

兵太郎は戸口まで歩き、引き戸を勢いよく開けた。与助と邏卒ふたりが、こちらに目を向けてきた。

兵太郎は与助に大声で言った。

「おーい、とっつぁん。かみさんが、手伝ってくれってさ」

与助は、まばたきしたように見えた。兵太郎が何を言っているのか、理解できていない。

邏卒のひとりが、兵太郎に銃を向けながら、言った。

「なんだ、お前は？」

兵太郎は、すっとぼけた調子で答えた。

「近在の者でさあ。そいつがどうかしましたか」

「こいつは、仲間か？」

「隣りに住んでる男ですよ」

「どこに住んでいるって」

「風不死《ふっぷし》のほうです。山ん中」

「何？」

もうひとりの邏卒の注意も、すっかり兵太郎のほうに向いている。

「お前も、ちょっとこい」

言いながら、邏卒は兵太郎に銃を向けて、大股《おおまた》に近づいてきた。

「何者だ？　何をやってる？」

兵太郎は、与助に向けて大声で叫んだ。

「おい、何やってんだぁ。早くしろって。ぐずぐずするなよ！」

与助に銃を突きつけていた邏卒も、不審気に首をかしげて兵太郎を見つめてきた。意識も体も完全に与助から離れた。

与助が、そこで背嚢から短銃を引き出し、無造作に引き金を引いた。邏卒は、放り出された操り人形のように、へなへなと地面に崩れ落ちた。

兵太郎に向かっていた邏卒は驚いて振り返り、銃を与助に向けようとした。

兵太郎は、戸口の内側の銃に手を伸ばし、ぽんと放り上げるように持ち上げて、銃が両手に納まった瞬間に引き金を引いていた。邏卒の背で赤い飛沫が飛んだ。邏卒は前のめりに地面に倒れこんだ。

与助が、撃った邏卒から銃と弾入れを取り上げた。

切り抜けた。

そう思ったのも束《つか》の間《ま》だった。左手で銃声があった。兵太郎は反射的に戸口に身体を引っこめ、銃声のしたほうに目をやった。

ほかにも邏卒がいた。ふたりいる。通りの左手から、駆けてくるところだった。

与助が建物の陰に入り、応射した。邏卒たちも、左右の建物の陰に飛びこんだ。

兵太郎は自分の銃に新しく弾をこめた。

うしろから、店の主人が言ってきた。

「やっぱり、群盗一味だったんだな」

兵太郎は振り返って言った。

「代金払えば、客にはちがいあるまい」

「まだもらってない」

「とりこんでるんだ。品物は置いてゆく。文句はねえだろう」

「撃ち合いは、外でやってくれ」

戸口から顔を出し、様子を窺《うかが》ってみた。いきなり目の前の路面で弾がはじけた。あわて て顔を引っこめた。

こうなったら逃げるしかないが、自分の馬は通りの向かい側、駅逓前の広場につないだ。通りを横切ることは不可能と見えた。

与助は、邏卒たちに向けて、まだ銃を放っている。

通りの中ほどには、兵太郎の撃った邏卒が倒れたままだ。そばに銃が落ちている。新政府軍が使っていた改造スペンセル銃だ。連発式である。この場では、自分の単発ミニエー銃よりは、あちらのほうが断然有利だ。

兵太郎は、与助に手で合図した。

あの銃を拾う。掩護しろ。

与助はうなずき、建物の陰から半分身体を出して、一発放った。それと同時に、兵太郎は通りに飛び出した。身をかがめて倒れている邏卒のそばに駆け寄り、銃を拾いあげた。手元で、土くれが散った。与助がふたたび放った。

銃をつかむと、兵太郎は通りを反対側へと駆けた。銃弾が耳もとで唸った。

与助の横まで駆けて、兵太郎は言った。

「四人いたとはな」

与助が応えた。

「巡回していたのか。常駐なのか」

「これから、買い出しもむずかしくなるってことだ」

「山まで、商人を呼ぶしかなくなるだろう」

「どうする？　戦うか。逃げるか」

「弥平次が加勢すれば、三対二だ。逃げるまでもない」

身を隠していた商店の板壁が、激しい音を立ててはじけ飛んだ。ふたりは首をすくめ、離れた。また板壁に銃弾がめりこんだ。

反対側にも邏卒？

兵太郎は首をめぐらした。よろず屋の隣りの商店の陰で、白く硝煙が広がった。邏卒の制服がちらりと見えた。兵太郎は広場に身を投げ出し、停めてある荷馬車の陰に転がりこんだ。

与助が、商店の壁にもたれかかって言った。

「だめだ。まだほかにもいるぞ」

兵太郎は訊いた。

「お前の馬は？」

「鍛冶屋に預けた」

自分の馬は、この広場につないである。その馬は、いましがたから始まった銃撃戦に驚いてか、落ち着きなく足踏みを繰り返していた。

兵太郎は与助に言った。

「掩護しろ。馬を連れてもどる」

兵太郎が荷馬車の陰から立ち上がった瞬間、二発同時に銃声があった。荷馬車の車輪や荷台の板がはじけた。

残っている邏卒は、全部で四人か？

荷馬車から馬までの距離は、およそ二十歩。弾をかわして飛び乗ることができるか、むずかしくなった。

裏手にまわるか。

与助を見た。彼も、困惑していた。左手に短銃、右手にスペンセル銃。しかし、相手は四人。事実上、与助も兵太郎も銃の射程内にさらされているのだ。

与助のほうに、銃弾が集中した。与助は建物の壁に沿って後退し、発砲した。

包囲が、縮められている。逃げ道は、集落の背後しかないようだ。

そのとき、広場の左手方向で銃声があった。乾いた、短い破裂音が二回続いた。短銃の音だ。

銃声に重なって、蹄の音。馬が疾駆してくる。それも、一頭だけではないようだった。

荷馬車の陰から顔を出した。

通りの先から、弥平次が馬を疾走させてくる。与助の馬を従えていた。

兵太郎は立ち上がって、邏卒たちの隠れている建物に銃弾を撃ちこんだ。与助もふたたび通りに身をさらして、通りの右手方向に発砲した。

広場の前に、弥平次が躍りこんできた。短銃を発砲しながらだ。

「早く！」弥平次は叫んだ。「乗れ！」

兵太郎は荷馬車の陰から飛び出し、自分の馬に向かった。

与助も、二挺の銃を交互に撃ちながら、広場の中央に出てきた。馬が目の前にきたところで、与助はスペンセル銃を放り投げ、自分の馬の鞍に手をかけて飛び乗った。

兵太郎も自分の馬にまたがった。腹を蹴り、叫んだ。

「はいし！」

広場は銃声で満たされている。硝煙が霧となって広場一帯を覆った。双方が乱射していた。

弥平次と与助は、撃ちながら、硝煙を吹き散らすかのように通りの先へと駆けていった。

兵太郎の馬は、とつぜんつんのめった。足を折るように、前方へと転がったのだ。兵太郎は地面に投げ出された。そこに、馬の身体が覆いかぶさってきた。

すぐ立ち上がろうとした。身動きがとれなかった。腿《もも》の上に、馬の巨体が載っている。馬ももがいているが、兵太郎の身体は下になったままだ。

そこに、邏卒が駆け寄ってきた。銃が口の中に突っこまれた。べつのひとりが、兵太郎が手にしていた銃を取り上げ、うしろへ放った。

銃を突っこんできた邏卒が言った。

「殺してやる、群盗」

もうひとりが、あわてた様子でこれを制した。

「いかん。命令は、生け捕りだぞ」

銃身が口から抜かれた。口の中に、血の味が広がった。

倒れたまま、顔をめぐらしてみた。

自分を囲んでいる邏卒の数は、全部で五人になっていた。この小さな集落に七人いたことになる。開拓使も、ついに堪忍袋《かんにんぶくろ》の緒を切ったということなのだろう。

いや、と兵太郎は思った。猛《たけ》り狂ったのは、開拓使ではなく、新政府か。

3

玉蜀黍の酒は、例のとおり喉を焼いて胃袋にしみ通っていった。

矢島従太郎は唇を横に伸ばし、左右の隙間《すきま》から、熱い息を逃してやった。そうでもしないことには、胃袋が火傷してしまいそうな気がした。西洋では、この手の蒸留酒を火の酒と呼ぶことがあるそうだが、火酒か、なるほど言いえて妙だ。

ほんとうにうまい酒だ。文明開化とお雇い外国人の大量導入で、こんな酒がこの国でも仕込めるようになるのなら、それは歓迎すべきことと思えた。

従太郎は、皮肉に思った。

この酒は、愚にもつかぬリパブリックの理想を移入するよりも、はるかにましなことかもしれぬ。酔ったところで、悪い影響といえばせいぜい頭痛か小間物を広げることぐらいだろう。悪酔いの結果、はたの者に迷惑をかけたとしても、その範囲はたかが知れている。せいぜい酒場の中だけだ。ところが、リパブリックの理想に酔ったとしたら、頭痛では収まらない。酒場の卓を壊す程度では、けりはつかぬのだ。社会のほうぼうに死人を出し、あげく軍隊を引っ張りだすことになる。

「は?」と、隣りで言う者がある。

我にかえった。

酒場の立ち台の左隣りで、山上勘吾がふしぎそうに従太郎を見つめていた。彼の手には、前のときと同様、把手つきのおおぶりの陶器。彼はきょうも、麦酒を飲んでいるのだ。

「いや、いいんだ」従太郎は首を振って言った。「うまい酒が飲める世の中を、喜んでいた」

「お気に召したようですな」勘吾が言った。「開拓使も、評判がいい試作酒は、本格生産にかかるつもりですからな。できがよければ、函館で外国船が買ってくれるかもしれない。そうなると、北海道の輸出品として育ちます」

「薩長の世迷いごとを輸出するよりは、百倍もいい」

勘吾は笑った。

「矢島さんは、つくづく新政府がお嫌いのようですな」

「おれはただ、足の臭い男が苦手なだけだ。ま、そういった連中が作る政府とも、そりは合ってはいないが」

そのとき、酒場の扉が勢いよく開けられた。白人客たちが、なにごとかと顔を向けた。従太郎たちも、入口に目をやった。

扉を開けたのは、野本新平だった。

新平は、立ち台に勘吾と従太郎を認めて、大声で言った。

「群盗が、苫小牧に出ました。ひとり、生け捕りです」

従太郎と勘吾は顔を見合わせた。

従太郎は言った。

「早いじゃないか」

勘吾は、むずかしい顔で首を振った。

「ひとりを生け捕りにするのに、たぶん邏卒が何人か、やられてますよ」

新平は、従太郎たちに近づきながら報告した。

「開拓使邏卒二名が撃たれて死にました。向こうかた三人のうちふたりは、逃走です」

「ほうらね」と勘吾。

従太郎は、新平に顔を向けて訊いた。

「それで、判官はどうする気だ?」

「そのことを相談したいと。開拓使本庁舎まで、至急お越しくださいとのことです」

「生け捕りにした男の名はわかっているのか」

「はい」新平は答えた。「水野兵太郎と名乗っているそうです」

勘吾が訊いた。

「ご存じですか?」

「名前は」従太郎は、箱館戦争の日々を思い起こしながら答えた。「宮古《みやこ》湾の新政府軍艦に、捨て身で斬りこんだ男のひとりのはずだ。もっとも本人は、いつだって飄々《ひょうひょう》として、手柄なんぞをぜったいに自慢したりはしない男だったそうだが」

「すぐに、行けますか」と新平が訊いた。

従太郎はガラスのぐい呑みを持ち上げ、残った玉蜀黍の酒をひと息で呷《あお》ってから言った。

「駆けつけるさ」

開拓使本庁舎二階の判官執務室には、例のとおり、討伐隊長の畑山六蔵がすでにきていた。長靴を脱ぎ、椅子の上であぐらをかいている。

岩村判官は、この日も珈琲のカップを前にしていた。

従太郎は、部屋に入ると、後ろ手に戸を閉じながら言った。

「さっそくひとり、生け捕りにしたとか」

岩村判官がうなずいた。

「苫小牧に出てきたところを、押さえた。もっとも、開拓使邏卒もふたりやられたのだが」

「捕まえたのは、いつのことです？」

「ついいましがた、電信を受け取った。まだ半刻経ったか経たぬかというところだ」

従太郎は、岩村の机の前に椅子を引き出して、腰をおろした。

岩村が訊いてきた。

「さて、つぎの手は？」

横から、畑山が言った。

「捕らえた男を、札幌へ引っ張ってくるんだ。この本庁舎前で、公開の首吊りとゆく。目一杯、派手に触れまわってな」

「だめだ」従太郎は畑山を見ないで首を振った。「苫小牧から札幌まで、早馬でも丸一日の行程だろう？　移動のあいだは、警備もやりにくい。札幌本道の途中で襲われる」

畑山が言った。

「連れてくる以外にあるまい。首吊りを決めるのは、ここの刑法局だ」

「刑法局の者を苫小牧に差し向ければよいことだ」

「いま、苫小牧には、五人の開拓使邏卒しかいない。襲われても、守りきれるものじゃない」

従太郎は、岩村を見つめて言った。

「周辺の町村から、邏卒を二十人、即刻苫小牧に派遣してください。即刻です。いまなら、まだ向こうも、反撃の態勢を整えていない。向こうに時間をやっちゃなりません」

「手配しよう」

岩村は、机の上の小さな鈴を振った。横の扉が開いて、洋装の若い役人が顔を出した。岩村は、邏卒急派の件をその若い役人に伝えた。役人はすぐ部屋を出ていった。

従太郎は岩村に訊いた。

「軍の派遣のほうはどうなりました？」

「それが」岩村は、ちらりと畑山に目をやって言った。「大部隊の派遣はできんと返事があった」

「どういうことです？」

「その、西郷殿が下野《げや》したことで、近衛部隊の薩摩人士官たちが大勢帰国してしまったのは知っているな」

「去年の話でしょう？　この十日足らずのあいだに、突発事件が起こったわけでもないでしように」

「あれに加えて、この春には佐賀の乱、ほぼ同時に台湾出兵ときた。反徴兵の動きも鎮静化しない。薩摩筋から、軍の薩摩人たちになお西郷支持の働きかけもある。軍の規律は、なんとも危なっかしいものとなってる」

「内戦の危機があるとでもおっしゃっているのですか」

「うむ」岩村は腕を組んで言った。「まさか内戦とまではなるまいが、軍中央は、内部引き締めをはかりたいところらしい。大部隊の移動をためらう空気があるようだ」

「大部隊じゃあない。ただの一個中隊だ」従太郎は畑山を見た。「一個中隊派遣させようと言ったのは、あんただと思うが、どうするつもりだ？」

畑山は、おもしろくなさそうな顔で言った。

「おれが、軍中央にあれこれ指図はできん」

「あんたも、薩摩に帰るのか」

「それを望んでいるような口ぶりだな」

「そう聞こえたか?」失敗した。ここでは、いかにも残念そうにそれを言うべきだった。

「あんたなしでは、討伐隊は体をなさなくなるが」

「安心しろ。おれは、ここで任務をまっとうするさ。薩摩に帰るとしても、それからでいい」

「率いる部隊もないのに?」

岩村が言った。

「軍は、とりあえず一個分隊の派遣を連絡してきた。十日ぐらいで札幌に着くだろう。それ以上必要となれば、また検討するとのことだ」

畑山が言った。

「討伐隊は、精鋭であればいいんだ。一個中隊と言ったのは、大事を取ってのことだ」

「一個分隊では、苫小牧を襲う兵頭たちと戦うことはできん。もしや、あんた、兵頭たちの戦力を、小さく報告してはいないか? 討伐隊がほんの数日で半数以下になったことは、きちんと伝えてあるのか」

「被害は、あとからまとめて報告すればいい。いまは、とにかくその一個分隊を受け入れて討伐にあたるしかないだろう」

岩村が言った。

「通常の邏卒任務には、開拓使のほかの掛《かかり》の者を代用としてあてる。札幌や小樽、函館から、邏卒を集めて、なんとか新しい討伐隊を編成しようと思うが」

「何人くらい集まります？」

「いまの五人に加えて、周辺から苫小牧に集める二十人。この二十人のうちから十人くらいをまわせるかもしれん。はっきり約束はできんが。それに、十日もたてば、さらに軍の一個分隊」

およそ三十ということになる。兵頭たちの兵力がいまのままなら、なんとか優勢に戦える数ではあるが、兵頭たちの数はこれからもっと増える。確実に。

従太郎は立ち上がった。

「やむをえないでしょう」

岩村が、従太郎を見上げて訊いた。

「どうするんだ？」

「苫小牧へ行きます」従太郎は帽子をかぶりながら答えた。「明日、水野兵太郎の尋問にあたります」

札幌と苫小牧のあいだ十六里を、従太郎は一日で駆けた。駅逓ばかりではなく、開拓使の施設のあるところで馬を停めては取り替え、早駆けしてきたのだ。勘吾と新平が同行した。報告を受けたつぎの日の夜には、従太郎たちは苫小牧に着いていた。

駅逓の前ではかがり火が焚かれ、十名以上の邏卒が、周辺の警戒にあたっていた。

群盗と撃ち合った、という邏卒が、従太郎たちを駅逓の裏手の厩舎に案内してくれた。馬房のひとつを代用の留置場としているのだという。房の前まで行ってみると、頑丈な格子の間仕切りが、あらたにつけ加えられている。房の外には、ふたりの監視。中の藁《わら》の上に、猟師ふうの身なりの男が寝ころがっていた。

従太郎が房の前に立つと、男は背を起こした。

それまで、顔と名前はつながらなかったが、顔を見たとたんに思い出した。

そうだ、この男が水野兵太郎だ。榎本軍第一列士満《レジマン》の銃士だった。戦いの最後のころ、やつは蝦夷地開拓方として、室蘭駐屯を命じられていたはずだ。五稜郭を出た兵頭が、室蘭で募った同志ということになるのか。

水野は、従太郎を見てもとくに驚きを見せなかった。またかしこまることもなく、卑屈にもならず、緊張も見せず、敵意や憎悪の目も向けてはこなかった。

従太郎は、格子ごしに相手に言った。

「開拓使の群盗討伐隊相談役を務めている、矢島従太郎だ」

相手は言った。

「共和国騎兵隊、水野兵太郎だ。ひさしぶりだな、矢島さん。五年ぶりか」

「そう、五年ぶりということになるが、おれの顔を見ても、さして驚きはないようだな」

「あんたが開拓使に雇われたようだ、という噂は、耳にしてたよ」

「ならば、ざっくばらんに話もできるな」

「その前に、殺すつもりがないなら、もっとうまい飯を食わせろ。おれは馬とはちがうんだ」

従太郎は訊いた。

「どうして殺さないと思う？」

水野は答えた。

「生け捕りの命令が出ていると聞いたぜ」

「お前の首を吊るためだ」

水野は、一瞬とまどいの顔を見せた。聞きちがいかと思ったのかもしれない。

「おれの首を吊る？」

「ああ。できるだけきれいな縄で吊るしてやる」

「銃殺じゃなくか？」

「弾がもったいないし、派手さがない」

「派手なことが必要なのか」

「この村に大勢住人を集めて、盛大にやってやるつもりだ」

「おい」水野は苦笑したが、目には真剣な光がある。「おれは、榎本軍の銃士だった男だぜ」

「おれも同じだ」

「一緒に戦った男が、かつての同僚を吊るのか」

「いまはそれぞれ、立場が違ってしまったからな。あれから五年もたつんだ」

「たった五年だ」

「誰かが敵味方に分かれるのには、まばたきするほどの時間があれば十分だ」

「ふん」水野は、わざとらしく鼻で笑った。「ご立派になったぜ、矢島さん。あんた、五稜郭の中で、自分がどれほど激しく薩摩長州を非難していたか、覚えていないのか。降伏は絶対に認められないとぶっていたのは誰だ？　榎本総裁を罷免《ひめん》し、あらたに徹底抗戦を主張する総裁を選びなおそうと言っていたのは誰だ。共和国騎兵隊は、本来ならあんたが率いておかしくはない部隊だぜ。なのに、いまは新政府に雇われ、おれたちに敵対してくるのか」

従太郎は腰から短銃を抜き出し、格子の隙間から水野の顔に銃口を向けた。

「聞け、水野兵太郎」従太郎の声は、そうとは意識せぬままに一段低いものになった。「お前の言うとおりさ。おれは、恥じること多き生を生きてる。だが、それを指摘されて、愉快にはなれぬ。役人がお前の首吊りを決める前に、あっさり鉛を撃ちこんで、ものごとにけりをつけてもいいんだ。今夜、もう一回飯を食いたいのなら、口には気をつけろ」

「多少は、耳が痛いのか。おのれの変わり身を、いくらかはうしろめたく思っているのか」

従太郎は、銃口を水野に向けたまま撃鉄を起こした。

横で、勘吾が不安そうな目を向けてきたのがわかった。

水野は従太郎を正面から見つめ、ごくりと唾を飲みこんだ。

勘吾が、おだやかな調子で言った。

「まずいですよ、矢島さん」

勘吾の手が、そっと短銃に添えられた。指が、撃鉄と短銃本体とのあいだに入った。勘吾はそのまま力を加えて、短銃の向きをすっかり横にそらしてしまった。

従太郎は短銃を握っていた手から力を抜いた。

水野はふっと小さく、安堵《あんど》の吐息をついた。ひと呼吸待ったが、もう憎まれ口はきいてこない。

「そうだ」従太郎は、唇の端だけをあげて笑った。「その振る舞いかたが、利口だ」

「おれを吊ってどうなるんだ？　何が望みだ？」

「望みは、お前たち群盗の成敗《せいばい》だ。お前を吊ることは、その手始めだ。邏卒をもう何人も殺しているんだ。覚悟はできているだろう？」

「おれたちは戦争をやっている。押しこみや辻斬《つじぎ》りとはちがうぜ。捕虜を、そのへんの盗人なんぞと一緒くたに扱わないでほしいな。あんただって、あれが戦争だったからこそ、赦免されてそうやって生きてるんだろう?」

「戦争とは、お前たちが思いこんでいるだけのこと。やっていることは、ただの押しこみにすぎない」

「戦争だ」

「いくらでもほざけ。だが、吊るす前に知っておきたいことがある」

「なんだ?」

「群盗の数は? 構成は? 陣地は? 武器の種類と数は? いや、そもそもお前たちの目的は?」

水野は、そこでまた笑みを見せた。

「最後の問いにだけは答えられる」

「最後の?」

「そう。とうにわかっているはずだと思うが、目的は、かつてあんたの頭にあったことだ。あんたが唱えていたことさ」

いやおうなく、ひとつの言葉を思い浮かべることになった。もちろん、それをじっさいに口にすることは抑えた。喉もとで押しとどめた。

その言葉は、簡潔なものだった。

共和国建国。

兵頭は、本気でそれを求めているというのか。

翌日の午後、畑山六蔵が苫小牧に到着した。少数の討伐隊員と、開拓使刑法局の役人が同道していた。

駅逓前で馬をおりると、畑山は従太郎に訊いてきた。

「その後、何かわかったことはあるか。水野って男は、取り調べには応じているのか」

従太郎は首を振った。

「いや。何もしゃべろうとしない。ただ、連中の狼藉の目的は、共和国建国だそうだ」

「勝手ないいぐさだ。そのほうが、同じ押しこみをやるにも、聞こえがいいということか」

「連中は、言ってることを自分でも信じているようだ」

「頭を冷やしてやるさ」畑山が言った。「絞首刑の日取りは、十日先にするか。増援がきたところに」

「だめだ。十日も先では、守る側の緊張がもたない。やつらは、好きな日を選んで攻めてこれるのだからな。四日後くらいが適当だ」

「早すぎないか。公開処刑の話が、近在に伝わるか」

「こんな噂は、二日で石狩の原野一帯に広まるだろう。ということは、二日で連中の耳にも達するということだ」

「そのときは、処刑まであと二日だ」

「そうだ。つまり連中は、日を選ぶわけにはゆかなくなる。早くて前日の夜、ふつうに考えれば、処刑当日にここを襲うしかないだろう。こちらは、満を持して迎え撃つことができる」

畑山は、珍しく素直に言った。

「いいだろう。四日後に絞首刑だな。この駅逓前の広場がいい。ここに、絞首台を立てさせよう」


寺の境内を使って、すぐに水野兵太郎の裁判がとりおこなわれた。

起訴の中身は、三日前のこの苫小牧での撃ち合いの一件だけである。邏卒ふたりを撃ち殺したというのが、審理の対象となった。共和国騎兵隊のこれまで犯してきた数々の狼藉、襲撃事件は、取り上げられなかった。裁判を煩瑣《はんさ》なものにしかねなかったからだ。水野を死刑とするのには、苫小牧の銃撃戦の一件だけで足りた。

この時期、函館地方を除く北海道で、民事・刑事の裁判を担当するのは、開拓使刑法局の職員である。断刑課員がいわば判事を務める。

羽織袴姿の断刑課の役人は、大垣藩の出身で、明治三年には藩士として欧州に半年派遣されたことのある男だ。帰国後、開拓使に職を得た。酒も煙草もやらず、遊廓にも行かず、暇つぶしといえば漢籍を読むことだけという男だ。堅物と評されることを、むしろ賛辞と受け取っているふしがある。山崎吾堂《やまざきごどう》という。

その山崎が水野に訊いた。

「邏卒ふたりを撃ち殺したことを認めるか」

地面に正座させられている水野は、悪びれた様子も見せずに答えた。

「ここで戦闘があった。戦闘に参加したことは認める。ひと殺しをしたわけじゃない」

「邏卒に向けて発砲したな」

「した」

「何発？」

「十発か、もっとか、覚えていないが」

「よい。それだけ認めれば十分だ」

「繰り返すけれども、これは戦争の中で起こったことだ。おれがやったのは、戦闘だ」

「審理終了」山崎は言った。「裁きをくだす。水野兵太郎は、開拓使邏卒二名殺害のかどで死罪」

「お手軽な裁きだな」

「処刑の方法は吊るし首とする。四日後、ここ苫小牧で執行。以上」

「四日後？」水野はさすがに狼狽を見せた。「ということは、おれはあと四回しか晩飯を食えないってことか」

駅逓の方向から、槌音《つちおと》が響いてきた。広場のあたりで、何か工事が始まったように聞こえる。

山崎は、皮肉っぽい笑みを水野に向けて言った。

「何の音かわかるか？」

「いいや」と水野。

「絞首台を作っているんだ。台の上にお前が立つ。縄が首にまわされる。合図で、台の床が抜ける。お前は下に落っこちて、途中でぶらりと縄にぶらさがる」

コンコンコンと、また三つ、槌音が連続した。

山間《やまあい》の狭い宿営地に、憤激の声が広がった。

たったいま、水野兵太郎死刑の予告が、共和国騎兵隊の面々に伝えられたのだ。島松の駅逓まで様子を見にいっていたひとりが、御触書《おふれがき》を見たのだった。

それには、こう書かれていたという。

「水野兵太郎

右の者、邏卒二人殺しのかどで死罪。

きたる十一月七日正午、苫小牧にて吊るし首とされるべし

開拓使判官　岩村通俊」

中川与助が、怒鳴るように言った。

「処刑なんてさせせん。水野を救い出す。苫小牧を襲ってやる」

同意の声がほうぼうからあがった。

トキノチは、地面に腰をおろして膝を抱え、倒木に背中を預けていた。

夕張山中の宿営地である。森の中の平坦地に、いま七張りの天幕が、ちょうど円を描く恰好で張られている。円の中心には、焚き火があった。騎兵隊の面々は、この焚き火を囲んでいるのだ。トキノチだけは、輪から少し離れて、和人たちのやりとりを見守っている。トキノチは、いつだって和人たちの議論には加わらないことにしていた。議論の過程がどうであれ、自分は兵頭俊作の命令をきく。どっちみちそうなるのなら、和人たちと議論を戦わせることは虚しかった。

ひとりが言っているのが聞こえる。

「処刑が二日後となれば、ぐずぐずしてはいられない。明日にも苫小牧を急襲しなきゃあならない」

べつのひとりが言った。

「ここから苫小牧まで、一日では行くことはできん。いくら急いでも、一日半の道のりだ。おれたちが苫小牧に到着したころは、もう処刑の時刻ってことになる」

「とにかく、間に合う」

「着いたときには、こっちもくたくたになっているだろう。待ち構えてる邏卒たちと戦うのは、苦しいものになるぞ」

「気力はこちらが勝ってる。十分に勝てる」

またべつのひとりが言った。

「札幌本道まで出てしまえば、夜でも馬を進めることができる。せめて未明ころまでに苫小牧に到着できれば、なんとかなる」

「夜通し馬を駆けさせるのは、口で言うほど簡単なことじゃない」

「水野を放っておくことはできまい。どんな犠牲を払っても、水野を救いだすべきだ」

「だが、二日の時間しかないんだ。苫小牧では、かなり不利な戦いをしなきゃあならん」

議論が堂々めぐりめいてきたところで、兵頭俊作が顔をあげた。仲間たちの視線が、兵頭の顔に注がれた。

兵頭は言った。

「こいつは、矢島従太郎の発案だろう」

右隣りで、中川与助が訊いた。

「どういうことです？　水野の処刑がですか？」

兵頭は、仲間たちの顔を見渡しながら言った。

「処刑を公開でおこなうこと。札幌ではなく、苫小牧でやること。その日取りを、明後日としたこと。みんなだ」

「あの野郎」と、古くからの隊員のひとりが言った。「かつての同僚を処刑だなんて、とんでもない野郎だ」

兵頭が言った。

「やつは、この決定におれがどう対処するかを読んでいる。だから、わざわざ告示しているんだ。御触書で広めているんだ」

中川与助が首を傾けた。兵頭の解釈が理解できなかったようだ。

兵頭は、年下の子供に教えるような調子で言った。

「こいつは、やつからの誘い状なのさ。明後日の昼、苫小牧にやってこい、とおれを挑発してる」

与助が訊いた。

「何のためにです？」

「おれたちと一戦交えるためだ。たぶんいま苫小牧には、邏卒部隊が増派されている。迎え撃つ支度は整っているんだ。当日には、軍も到着しているのかもしれない」

「じゃあ、水野を救い出しに行くことは……」

大門弥平次が、あとを引き取った。

「火中の栗《くり》を拾いに行くようなものだ」

兵頭がうなずいた。

「火を焚いて、虫が飛びこむのを待っているとも言える」

「どうします？」と与助。「水野は、見殺しですか」

「挑発されたんだ。受けて立つしかあるまい」

「水野を救うことに異議はありません」と、田沢惣六が言った。五稜郭の戦士で、つい最近、仲間に加わってきた男だ。「だけどわざわざ矢島が待ち構えているところに、出てゆくんですか。作戦に妙案はありますか」

仲間たちの視線は、ふたたび兵頭に集中した。

兵頭は、きっぱりとした声で言った。

「ある」

4

従太郎は、また厩舎の奥の代用監房を訪れた。

苦小牧到着以来、これで七度目である。死罪は決まっていたが、水野兵太郎に訊きたいことは山ほどあった。しかし水野は、まだ従太郎の質問に対して、ろくに答えていない。黙りこむか、問いを無視して勝手なことをほざくか、どちらかなのだ。死刑の決まった罪人にしては、ずいぶんと振る舞いかたが横柄だった。

救出がくると確信しているせいだ、と従太郎は読んでいた。だからおれの問いになど、ばかばかしくて答えられないということだ。

この夕は、監房まで行ってみると、水野の外見は、妙にすっきりしていた。身なりを整えているように感じられる。靴まではいていた。

従太郎は、格子の外から水野に言った。

「明日吊るされる男にしては、愉快そうだな」

「そうかな」水野はかすかに頬をゆるめて言った。「覚悟が決まってるからかな」

「救出をあてにしているのなら、待ちぼうけということになる」

「どうしてだ？」

「兵頭がお前の救出に駆けつけることは、もう織りこみずみだ。この町は大勢の邏卒部隊に守られている。出入りする者の所持品あらためもおこなわれている。処刑台のまわりの民家にも、何十人もの兵士がひそんでいるんだ」

「兵頭俊作のやりくちは、すっかり読んでいると言ってるのか」

「そのとおり。あいにくおれは、五稜郭ではやつの同僚士官だったからな。やつがやることは読める。やつは、お前を救うために、絶対にこの苫小牧を襲撃するよ。今夜か、明日の朝か」

「そんなことは期待もしていないが、今夜の楽しみができた」

「だが、こちらの防備は完璧《かんぺき》なんだ。兵頭一味は、大半がこの村の周辺にむくろとなって転がるだろう。気の毒だが、明日の正午には、お前は確実に首を吊られる。足をぶらぶらさせて、縄の端にぶら下がることになる」

水野は笑った。いくらか虚勢の感じられる笑い声だった。

「まったく楽しみになってきたぜ」

従太郎は言った。

「そこで、ひとつ申入れがある」

「いまさら、何だ？」

「質問に素直に答えてくれるなら、処刑の日取りを、一日先延ばししてやってもいい」

水野は、瞬時困惑を見せた。取り引きに応じるべきか、黙殺すべきか、決めかねていた。

従太郎はたたみかけた。

「どうだ？　処刑が一日延びれば、お前にも希望が出てこようというものだ。一度目は撃退されても、二度目には兵頭はお前を救い出すかもしれないからな」

「先に質問を教えてくれ。答えるかどうかは、それから決めよう」

従太郎は、手近の腰掛けを監房の前に置いて腰をおろした。

「なぜお前たちは、昨年の秋になってから、とつぜん狼藉に出たのかということだ。終戦以来四年も生き延びたのだ。黙っていれば、そのまま逃げおおせて、楽な暮らしもできようものを、なぜわざわざ去年の秋になって、馬泥棒やら鉄砲集めやら、ばかげたことを始めたのだ？」

「降伏以来これまで、いっときでも戦いをやめたつもりはない。おれたちにとっては、戦いはずっと続いていた」

「四年間、まったく沈黙していた。しかし去年の秋に何かあったのだろう？　だからその沈黙を破って出てきた」

「何があったか言うわけにはゆかないが」

言うわけにはゆかない……。

従太郎は、頭を懸命に働かせてみた。沈黙はただの休戦でも、冬ごもりでもなかった。蜂起の下準備の時間だったということか。では、彼らはその四年間、何を待っていたのか？　そして何が去年の秋に起こったのか？

答を見いだせないまま、従太郎は質問を変えた。

「去年、今年の無法も、ずいぶんとでたらめと見える。筋道だった作戦には思えん。兵頭らしいと言えばそれまでだが、もうちょっと一貫するものがあっていいし、何をやろうとしているのか、明快なものであってもいい」

水野は、一瞬言葉に詰まったような表情を見せてから言った。

「刈り取りの心づもりでいても、その日が大雨となりゃあ、うちの中で寝ころがっているしかない。逆もあるだろう。世の中、ものごとは、そうそう筋書きをなぞるみたいにうまく運びはしないさ」

「これまでの無法は、必ずしもお前たちの筋書きどおりには運ばなかったということだな」

「さあてね。そんなことは、おれよりも兵頭に訊くべきことかもしれんぜ」

兵頭に訊くべき、か。

「なるほどな」

「さあ、おれの答に満足したなら、処刑は一日繰延べだな」

「まさか」従太郎は首を振った。「お前は何も答えていないぞ。処刑は、明日正午、布告どおりだ」

従太郎は腰掛けから立ち上がって、監視のふたりの邏卒に告げた。

「今夜から明日にかけて、例の群盗の襲撃が懸念される。油断するな」

「はい」と、ふたりの若い邏卒は、銃を持ち直して応えた。

当日の朝は、身震いするほどに冷えていた。空は雲ひとつない晴天である。雲が消えたために、地表の熱はすっかり北国の初冬の空に吸いこまれてしまったのだ。

従太郎は、飯を食う前に、駅逓の外へと出てみた。朝から、この小さな集落が、妙にざわついていた。

引き戸を開けて、軽いとまどいを感じた。駅逓前の広場に、かなりのひとだかりがあったのだ。

広場の中央には、まだ木の香も新しい松材で、櫓のようなものが組まれている。アメリカ人技術者から図面をもらったという、簡単な構造の絞首台だ。櫓の上に柱が二本立ち、一本の太い梁《はり》が渡されている。梁からは、丈夫そうな縄がさがっていた。縄の先は、ちょうどひとの頭が入るほどの大きさの輪となっている。櫓の下の部分は、腰布を巻いたように板で目隠しされていた。

その絞首台を取り巻くように柵が並んでいる。柵の内側には、銃を持った邏卒が六人。そして柵の外側に、ひとの輪ができているのだった。百、いや、百五十ほどいるだろうか。人口希薄なこの土地で、朝っぱらからよくこれほどのひとが集まったと思えるほどだ。面白い見せ物への期待なのか、ほとんどの者が目を輝かせている。

勘吾が横にやってきて、従太郎に言った。

「続々と見物人が集まってきています。みんな、弁当持ちでね」

従太郎は訊いた。

「町の手前で、手荷物はあらためているんだろうな」

「ええ。得物《えもの》となりそうなものは、斧《おの》の柄一本だって持ちこませておりません」

「不審な男衆はきていないか」

「集まってきてるのは、近在の入植者とその女房子供がほとんどです。漁師とか、近くのアイヌもいますな。しかし、群盗と見える連中は、いまのところおりません」

「ひとがこの場に集まりすぎると、厄介だな。不測のことが起きるかもしれん」

「昼までには、この数倍の数のひとが出るでしょう。いかがいたします？」

「絞首台のまわりの柵を外側に広げろ。あと六尺だ。絞首台から、ひとを離す」

「ほかには？」

「いまから、村の外に出る者がいても、追うな。一味の者が、防備の具合を調べていたのかもしれぬ」

「捕らえて吐かせないので？」

「防備は手薄だと、兵頭に報告させたい」

勘吾は、わけがわからない、という表情になった。

従太郎は言った。

「きょうやるべきことは、処刑をつつがなく執行することじゃない。兵頭一味をここに誘いこむことなんだ。襲える、と思わせなくてはならない」

「ああ。なるほど」

勘吾が去ったところに、畑山六蔵がやってきた。

「邏卒たちの大半を、周辺の民家にひそませた。馬も厩舎の中に隠した。この村に二十五人もの邏卒がいるとは、誰も思わない」

「表に出しているのは、何人だ？」

「絞首台のまわりの六人。それに、おれと、いまの勘吾だけ。邏卒が八人しかいないようだとなれば、やつらも強襲に出てくるだろう」

「昨日のうちにこの村のそばまできていなければいいんだが」

「昨日のうちに着いていれば、昨日のうちに襲ったはずだ。ときを待つことは、やつらの得にはならないんだ」

たまには畑山も、道理にかなったことを言う。従太郎は言った。

「二十騎もの兵が姿を見られず村に接近するには、北の森から駆け出てくるか、東の河原から一気に飛び出すしかない。そちらは空けてあるだろうな」

「ぐっとこらえて、道を空けておいてやったよ」

「それにしても」従太郎は、不安な想いで広場を見やった。「このひとの数が気になる。勘吾は、まだまだ増えるという。この場での戦闘は混乱をきわめることになる」

「安心しろ」畑山は言った。「いちいち女子供に遠慮することはないと指示しておいた。邏卒たちは、ためらわずに撃ちまくるさ」


森の木立ごしに、村が見える。

平坦な台地が、そこからわずかに盛り上がって、ごくゆるやかな傾斜で、遠く支笏《しこつ》湖をめぐる山並みへと続いていた。村はその丘陵地と平坦地とのちょうど境目のところにある。札幌本道に沿って、二十戸ばかりの建物が並んでいるのだ。駅逓は集落のほぼ真ん中あたりにあるはずである。ひとの姿は、ほとんど見えない。

札幌本道は村の左右に白っぽい路面を見せて、原野に延々と延びている。道の脇に、等間隔で柱が立っており、細い線が張り渡されていた。電信柱と電信線だ。

トキノチは、頭を引っこめると、枯れかけた灌木《かんぼく》のあいだを縫って駆け、森へともどった。

森の中には、仲間たちが馬にまたがって、横一列の隊列を作っている。

トキノチは兵頭に近づき、首を振って言った。

「さっきと変わりはない。とくにおかしな様子はなかった」

兵頭は、首を縦に振って言った。

「ご苦労」

トキノチは自分の馬に駆け寄って、素早くまたがった。

そばでマルーシャが言った。

「簡単そうね。拍子抜けすることになるんじゃない?」

「どうかな。邏卒がひそんでいるかもしれないんだ。見えないというだけだ。油断はできない」

トキノチは兵頭のほうにもう一度目をやった。

兵頭は、快晴の空を見上げながら、隣りにいる中川与助に言っている。

「時刻は、どのくらいになるかな」

与助も空を見上げて答えた。

「正午には、まだ半刻ほどあると思います」

「落ち着かない気分だな。刻限を区切られたりすると、ひっきりなしにお天道さまの位置を気にしなくちゃならない」

「やつら、時刻を早めに読んだりしなければいいですがね」

「それはあるまい。おれたちが動かないうちは、水野には手をかけることはないはずだ。水野はおれたちを誘い出すための貴重な餌だからな」

「どうします?」

「そろそろ、二手に分かれよう。与助、お前たちは、河原を進んで、村の手前まで行っておいてくれ。おれたちは、この森の中で待機する。おれが合図の一発を放ったら、急襲だ」

「はい」

与助は、うしろに馬を並べていた男たちに短く言った。

「行くぞ」

八人が、与助について森の奥へと入っていった。彼らは、村からは見えぬ位置までもどってから、河原におりる。河原を進めば、集落のすぐ裏手まで、ひとに見られることなく近づくことができるのだ。

トキノチを含めた残りは、森の中で兵頭の命令を待つことになる。森は村から三町ばかりのところまで迫っているから、森を飛び出してから村まで、心臓が二十も打たないうちに駆けつけることができるだろう。

そのあとのことは、成り行きにまかせるしかない。兵頭の采配《さいはい》を信じて動くだけだ。


広場の群衆は、明らかに焦《じ》れていた。いらだっているようでもある。

朝から処刑見物にきたのはいいが、十一月初頭の大気は冷えこんでいる。着物の前を合わせ、足踏みしながら待っても、もうそろそろ耐えがたくなってきてふしぎはないのだ。群衆のうしろのほうでは、退屈して輪から離れる者もいる。ひとの数は朝方よりも増えているが、逆に密度は薄くなっているように見えた。

勘吾が近づいてきて、従太郎に言った。

「そろそろ、正午になります」

従太郎は、ちらりと太陽の方角に目を向けてから訊いた。

「周囲に、不審な動きは？」

「まったく見当たりません」

「まったく？」

「ええ。不気味なくらいですよ」

「ぜったいに、この村のすぐ近所まで近づいているはずなんだ。兵頭は、仲間を取り返すためなら、劣勢でも再攻撃するのをためらうことはなかったからな」

「買いかぶりということはないですか。こんどばかりは、あきらめることにしたのかもしれない」

「やつのことだ。絶対に仲間を見殺しにはしない。一味の結束を維持するためにも、奪回はやらねばならぬことだ」

「それにしても」勘吾は広場をゆっくりと見渡しながら言った。「ほんとに強襲してくるのかどうか、はんぶん疑いたくなってきます」

「緊張をゆるめるな。やつだって、こちらの気持ちの張りが一瞬ゆるんだ隙《すき》をついて襲ってくるはずだ」

勘吾が去ってから、従太郎は短銃を抜き出し、回転弾倉を確かめてみた。意味のない動作だった。朝からもう十度も確認しているのだ。弾は六発装塡されている。事故を懸念して一発抜いてあるということもない。最初に引き金を引いた瞬間から、弾は飛び出してゆく。従太郎は鼻から息を吐くと、ふたたび短銃を腰の革袋に収めた。

森の中に、金属音が響き渡った。

兵頭が、突撃用意の合図を出したのだ。男たちは一斉に、それぞれが持つ銃の槓桿を引き、もどした。

トキノチも槓桿を前後させて、自分の銃の薬室に最初の一発を送りこんだ。これから始まるひと仕事は、ごく簡単なものになるはずだ。問題は、男たちの戦いぶりではなく、むしろ兵頭の知恵のまわり具合にかかってくる。銃を肩にかけなおしても、たかぶることはなかった。

自分はただ、兵頭を信頼して従っていればいいのだ。

陽は、いよいよ正午、と見える位置まできた。

邏卒たちが、従太郎にときどき視線を向けてくる。まだですか、と問うている目だった。もう少し待て、と従太郎も目で応える。兵頭たちを引っ張りこむ前に、執行してはならないのだ。餌を十分にちらつかせてやらなければならない。

畑山がそばに寄ってきた。

「じきに正午だぜ。あの野郎を、ひきずりだす頃合いじゃないのか」

従太郎は答えた。

「まだ、襲撃の気配もない」

「救うなんてことは、端《はな》から考えてなかったのさ」

邏卒が二十五人もいると、見破られているのだろうか。となれば、兵頭が救出をあきらめることはありうるだろうが。

畑山が、せかすように言った。

「決めたことだ。ぐずぐずしないほうがいい。この野次馬の中に、一味がいるかもしれないんだ。おれたちが処刑をためらっているようだと見ると、嵩《かさ》にかかって出てくるかもしれん」

道理ではある。

従太郎は、そばにいた野本新平に指示した。

「引っ張ってこい」

ほどなく、水野兵太郎が、後ろ手に手を縛られて広場に引っ張り出されてきた。群衆がざわついて、柵の前に寄ってきた。ようやく、退屈な時間は終わるのだ。

水野が絞首台に昇るとき、従太郎と目が合った。

水野の表情は、相変わらず飄然としたものだった。処刑前に自分が救出されることを、毫《ごう》も疑っていないかのようだ。薄ら笑いさえ浮かべているように見えた。

水野が絞首台の上に立った。ふたりの邏卒が、水野の目に目隠しを当てようとした。水野は首を振ってこれを拒んだ。

従太郎は邏卒にうなずいて見せた。

要らぬと言うなら、使わなくてもよい。

水野の首に、縄の輪がかけられた。縄の太さは、子供の腕ほどもある。その縄で首を絞められたなら、縄が途中で切れるといった幸運は期待できまい。

札幌本道の西側から、ふいに強い風が吹いてきた。群衆の着物の裾《すそ》がひるがえった。群衆は風から顔をそむけた。駅逓の上に掲げられた開拓使の旗が、ぱたぱたと激しくはためいた。

風はしばらく、村の通りや広場を好き勝手に舞った。絞首台を取り囲む群衆の輪が乱れた。

風が収まったところで、畑山が言った。

「やっぱりこないな。腰抜けどもが」

従太郎も、まばたきして周囲を見渡した。

信じがたい想いだった。

兵頭が、仲間を見捨てるのか。おれは、兵頭を見損なったか？

勘吾も、新平も、そのほかの邏卒たちも、緊張ととまどいをないまぜにした顔だった。くるなら、もうきていてよい。こないことに、何か意味があるのか？

水野も、縄を首にかけられたまま、落ち着きなく左右に首を動かしていた。

そのとき、駅逓の向かい側、郵便局を兼ねた電信所から、郵便局員が飛び出してきた。手に紙切れを持っている。

「隊長さん、隊長さん」局員は叫びながら駆けてきた。「隣村から電信です。隊長さん宛てです」

「おれに？」

畑山は、駆け寄ってきた局員から、紙っきれをひったくった。

従太郎も、広げられた紙を横からのぞきこんだ。

乱暴に記された片仮名で、こう書かれていた。

「ラソツブタイチョウドノ
チトセノムラセンキョ、ジュウミンヲヒトジチトシタ。
ミズノヲカイホウセヨ。
シタガワヌバアイ、ハントキゴトニ、ジュウミンヲヒトリズツコロス
キョウワコクキヘイタイ」

読んでから、畑山は顔を上げた。

「どういうことだ？」

完全に裏をかかれたのだ。やつのほうが一枚上手だった。

従太郎は郵便局員に訊いた。

「これは、ほんとに群盗たちからのものか。群盗たちが、千歳の村から打ったというのか？奴《やつ》らは電信を使えるのか？」

「わかりません」郵便局員は答えた。「千歳の電信所が襲われて、掛《かかり》がこの電文を打つよう、脅されたのではないでしょうか」

「いま届いたのだな？」

「まだ湯気が出ている電信です」

従太郎は苦々しい想いで畑山に言った。

「やつら、直接この村を襲わずにすむ手を見つけていたんだ。隣りの村を襲って、取り引きを持ちかけてきた。電信なんて方法があったとはな」

「どうする？」畑山は鼻孔をふくらませた。また顔が蛸《たこ》を思わせる色となっている。「首吊りは中止か？」

邏卒たちも、群衆も、けげんそうに従太郎たちに目をやってくる。異変を察したのだ。

従太郎は言った。

「出撃だ。邏卒部隊を、全員千歳に急行させる。戦いの場は、千歳だ」

「首吊りはどうするんだ？」

「やると布告したことは、やらねばならない」

「人質のほうはどうなる？　住民を殺すと言ってるんだぞ」

「脅しと見る。兵頭は、取り引き失敗がわかったとしても、町場の者を殺したりはしないはずだ」

「やつらは、町場衆と役人とを区別するかね」

「もしやつらが本気だとしたら、半刻にひとりずつ殺されるわけだ。どっちにせよ、すぐにでも千歳を攻撃したほうがいいということになる」

従太郎は、絞首台の邏卒に向かって手を振った。鉈《なた》でも振りおろすときのように、すっぱりと。

邏卒が大きくうなずき、絞首台の横手の把手をぐいと動かした。絞首台の床が抜けた。水野の身体がすとんと落ちて、途中で止まった。水野の身体は、絞首台に下半分を隠された恰好で宙ぶらりんとなった。

群衆がどよめいた。

そのどよめきは、あまりにも呆気ない処刑に、失望をもらしたようでもあった。

水野の身体が揺れながら従太郎の方を向いた。水野の顔には、驚愕が凍りついていた。縄が首を絞めるその瞬間まで、彼は自分が救出されることを確信していたのだろう。

トキノチは、不安な想いで兵頭に目をやった。

兵頭は、馬上から札幌本道の南、苫小牧の方角を凝視していた。

すでに陽は恵庭《えにわ》岳の方向に沈もうとしている。水野がもし解放されたのなら、もうこの千歳に着いていてふしぎはないのだ。馬を早駆けさせるなら、午後いっぱいで苫小牧と千歳とのあいだの道のりは駆け抜けているはずである。

水野は解放されなかった？　処刑が行われたのか？　では、苫小牧に打ったあの電信は、無視されたことになる。それとも、電信などという、トキノチにはよく仕組みもわからぬ手段を使ったのがまちがいだったか。

兵頭の隣りでは、中川与助が遠眼鏡をのぞいていた。

ほかの男たちは、ほとんどが村の南端まできて、トキノチや兵頭同様、水野の到着を待っている。どの顔にも、すでに焦慮の色が濃かった。

村人たちには、それぞれの家の中に籠《こ》もっているよう命じてある。通行人、旅人は、駅逓に閉じこめた。村の戸長と郵便局員は、監視つきで郵便局の一室だ。

与助が言った。

「弥平次が帰ってきました」

トキノチは、札幌本道の南を凝視した。土煙をあげて疾駆してくる者がある。目をこらしているうちに、それは物見に出ていた大門弥平次だとわかった。

弥平次は、トキノチたちの前まで、蹄の音の先を急ぐほどの勢いで駆けこんできた。馬の勢いに恐れをなして、トキノチたちは道を開けねばならなかった。

トキノチたちの前を通りすぎて馬をとめ、弥平次は兵頭の前へともどった。

弥平次は言った。

「騎馬の一行がこちらに向かっています。数は二十前後」

兵頭が確認した。

「邏卒部隊か」

「はい」と弥平次。

与助が兵頭に訊いた。

「どういうことでしょう。水野は解放されなかったんでしょうか」

「処刑は執行されたようだ。やつら、おれたちの電文を、ただのはったりだとみなしたのかな」

「くそっ」

「おれは、見くびられてしまったようだ」

田沢惣六がぽつりと言った。

「ここでの戦闘は予定していなかった。住民たちを楯にして戦いたくはない。引き揚げよう。この距離があるなら、引き離せる」

兵頭が言った。

「矢島従太郎か」

一行は馬の首をめぐらし、村の中央の駅逓の前までもどった。村の反対側を守っていた男たちも、駅逓前へと集合した。

戸長と郵便局員は、通りに引き立てられてきた。ふたりを監視していたのは、今年になって仲間に加わった男たちふたりだ。榎本軍の銃士だった男たちではない。

兵頭は、仲間全員を前に言った。

「どうやら、水野救出は失敗した。処刑されたかもしれない。邏卒部隊がこちらに急行している。おれたちは、引き揚げる。住民たちは解放してやれ」

戸長たちを監視していた男のひとりが、兵頭に言った。

「この戸長と郵便局員もか」

言ったのは、生田《いくた》三郎という男だ。庄内藩の下級武士の出と口にしている。

「そうだ」

兵頭は答えた。

「おれたちは、水野を解放しなきゃあ、住民を殺すと通告したぜ」

「そうは言うが、兵士でも邏卒でもない者を、殺すわけにもゆかない」

「あんたのそういう弱気を、見透《みす》かされていたんじゃないのか」

「そうかもしれん」

「言ったとおりのことはやらなきゃ、あとあと響くぜ。これからは、おれたちの言うことはみんな、はったりだと思われる。おれたちの言うことをきく者などいなくなる」

「そのときはそのときだ」

「このふたりだけでも、殺しておいたほうがいい」

「この場から去ることが先だ」兵頭はやりとりを打ち切って、全員に告げた。「ぐずぐずしてはいられん。行くぞ」

兵頭が馬の腹を蹴って通りを飛び出した。与助、弥平次らが続いた。さらに騎兵隊の面々。戸長と郵便局員は、安堵の笑みを浮かべ、へなへなと地面に崩れ落ちた。

トキノチは、一行の後方について馬を走らせた。しんがりではなかった。まだ遅れている者が何人かいる。

縦隊を作って一行は森へと向かった。森まで駆けこんでしまえば、邏卒部隊の追跡もむずかしくなる。

仲間の大半が森の中に駆けこんだころ、トキノチは後方で銃声を聞いたように思った。二発だ。馬の上で振り返った。村から、生田三郎が飛び出してきた。トキノチは馬をとめた。

生田はトキノチに追いついたが、そのまま脇を通りすぎてゆく。

トキノチは馬を並べて、生田の顔を見つめた。

生田は言った。

「そのとおりだ。あのふたり、撃ってきた」

生田は、先をゆく一行を追って、いっそう馬の足を速めた。

第五章

1

土間に横たえられているのは、ふたつの死体だった。

ひとつはやせた中年男のもので、額に穴が穿《うが》たれている。穴のふちには、赤褐色の糊《のり》状のものがこびりついていた。頭蓋骨《ずがいこつ》の中のものが染みだし、血とまじりあったのだろう。

もうひとつは、三十歳前後の男で、こちらははだけた左胸の部分に穴が開いていた。穴は、正確に心臓の真上と見える位置だ。

ふたつの死体の下には、筵《むしろ》が敷かれている。筵は血を吸って汚れていた。

札幌本道、千歳の集落の駅逓の中である。

矢島従太郎は、死体をあらためてから、誰にともなくつぶやいた。

「両方とも、至近距離からの発砲だ。目の前で撃ったんだ」

山上勘吾が従太郎の脇で言った。

「撃ち合いならともかく、丸腰の者に銃を突きつけて撃つとなると、群盗どもの大義も、いよいよあやしいものになりますな」

「まさか町場の者を殺すことはないと見たのだが、おれは兵頭を買いかぶっていたのかもしれん」

「いよいよ心してあたらねばなりませんな」

やりとりを聞いていた農夫ふうの男が、従太郎たちに言った。

「あの、お役人さん」

なんだ、と従太郎が顔を向けると、その男は言った。

「群盗の頭領と見える男は、戸長も郵便局員も、放してやれと命じておりました。われわれみんな、一度は、命は助かったのだと安心したものです」

「では」従太郎は首をかしげた。「このふたりを撃ったのは、誰だ?」

「群盗のうち、最後に村を出ていったひとりです。一味が馬で駆けだしたとき、その男だけはなぜか遅れておりました。一味が東の森のほうへ駆けこんでゆくのを見てから、戸長と郵便局員に近づき、なんともあっさりと鉄砲をぶっ放したのです」

「頭領の命《めい》に従わなかった者がいるというのか?」

「そういうことだと思います。わたしどもを助ける、というのが不服で、最後まで残ってこのふたりを撃ったのだと見えました」

勘吾が首をかしげた。

「どういうことでしょう」

従太郎は、ふたつの死体に目を向けてから答えた。

「兵頭の命が徹底しないのだ。権威が落ちているのかもしれん。もしかすると」

「もしかすると？」

「一味に、ちがう種類の男たちが加わってきているのか」

「ちがう種類と言いますと、いったいどんな連中ってことです？」

「五稜郭の残党ではない男たち。たとえばただのならず者とか」

「なるほど」勘吾はうなずいた。「そいつはありえますな。昨年秋、連中が跋扈を始めて以来、群盗どもの仲間に入ろうとする阿呆たちが、北海道にかなり渡ってきたという話があります。札幌本府建設の工夫たちの中にも、仲間に入りたいなどと、不謹慎なことをもらす者がいるとか」

「兵頭たちを、ただの群盗としか見ていないんだ」

勘吾は従太郎を真剣な目で見つめて言った。

「失礼ながら、矢島さん。あたしだって、連中を群盗としか見ておりませんよ。連中が口にする共和国など、無法の言い訳にすぎませんや。やってることは、山賊と同じです。連中の出自が、たまたま榎本軍だというだけでね」

土間の引き戸が開いて、畑山六蔵とその部下の田原午之助が姿を見せた。

畑山は、従太郎に近づいて言った。

「明日、札幌にもどろうと思う。集められた邏卒たちも、そのまま札幌で待機させ、また現れたという通報を待ちたい」

従太郎は言った。

「二十の邏卒たちは、討伐隊とはちがうぞ。あれは、ただ苫小牧を守るために近在から集められた邏卒たちじゃなかったのか」

「いま、判官にたしかめている。おれの部下に組み入れてよいかどうかをな。電信なんてものおかげで、これだけ離れていても、そういうやりとりができるんだ」

「電信を扱える者が、まだいたのか？」

「交替要員がひとり、隠れていたのさ」

従太郎は納得した。岩村判官から、了とする、と返事がくるなら、それはそれでよい。岩村は、十人くらいは討伐隊にまわしたい、とも言っていたのだ。

従太郎は言った。

「その二十もすべて討伐隊として使えるなら、札幌にゆく必要はない。このまま討伐に出るべきだ。未明にはここを発《た》とう」

畑山は頬をふくらませた。

「討伐と言ったって、やつらのねぐらがどこかも、またわからなくなったんだ」

「夕張の山地のどこか、ということまではわかってる。先日、おれたちが引っ張りこまれた土地の近くだ」

「漠としている」

「ねぐらを襲う必要はないんだ」

「石狩の平原に引っ張りだして戦えとでも言うのか」

「いいや。そもそもやつらは、正面からぶつかるような戦いかたはしてこない。きょうのことで、それがよくわかった」

「じゃあ、どうしろと言うんだ？　夕張の山地へ向かってどうする？　うっかり沢にでも迷いこめば、このあいだの二の舞だ」

「そこまで深入りすることもない。あのあたりで腰を据えて、いつでも迎え撃つ、という様子を見せるだけでいい」

畑山は、まばたきして言った。

「戦わなくていいと言うのか？　だったら、討伐にはなるまい？」

「やつらのごく近くまで詰め寄ることで、やつらを落ち着かなくさせてやるんだ。正面からぶつかることはない。向こうの領分に入りこまなくてもいい。ただ、やつらに接近する。出てきたらいつでも攻撃するという意思を見せる。それだけでいいんだ」

「わけがわからん」

「いいか。きょう、連中は仲間をひとり救えなかった。統率の乱れもある。連中はいま、ぴりぴりしてる。一枚岩じゃない。やつらを不安にさせ、気分を張り詰めさせることで、自壊が望めるんだ」

「自壊とは、どういうことだ」

「平たく言うなら、仲間割れだ。群盗同士で殺し合うことだ」

「そんなにうまくゆくかな」

「自壊しなかったとしても、こちらに害はない。連中の動きを封じるというだけでも、悪くはないんだ」

「掃討が任務だ」

「それは、軍の増援が着いてからでいい」

畑山は腕を組み、しばらく天井に目を向けていた。またも従太郎に真っ向から反対されて、そうとうに不服そうだ。しかし、この短い期間で、従太郎の助言がつねに正しかったことは証明されている。突っぱねることはできまい。かといって、面目を失わずにみずからの主張を引っこめることができるかどうか。

そのとき土間の引き戸が開いて、野本新平が顔を出した。

新平は、従太郎たちに近づいて言った。

「判官から電信がありました。討伐隊以外の邏卒たちは、それぞれ駐在の村に帰すようにとのことです」

従太郎は、勘吾と顔を見合わせた。

畑山が言った。

「あのひとは、まったく融通がきかんな」

従太郎は鼻の頭をなでて、札幌にもどってから言った。

「しかたがない。つぎの無法の報せを待つしかないな」

畑山が言った。

「最初から、それしかなかったんだ」

2

兵頭俊作たちの一行は、その千歳の駅逓からわずか二里、馬追《まおい》の丘陵地にあった。日がとっぷりと暮れるまで駆け、すっかり暗くなってから野営の準備に入ったのだった。山中の窪地に天幕を張っての幕営である。天幕ごとに、小さな焚き火が焚かれていた。幕営地の中心には、もっとも大きな焚き火がある。

水野兵太郎を救えなかったことで、仲間うちには沈鬱《ちんうつ》な空気が漂っていた。ありあわせの粗末な夕食も、一行の士気を沮喪《そそう》させていた。

おまけに、退却の途中でトキノチが兵頭に報告していた。千歳を脱出する直前、生田三郎が千歳の戸長と郵便局員を撃ち殺したという一件だ。兵頭の命令は、ふたりを放せというものだった。生田三郎は、騎兵頭・兵頭の命に背《そむ》いたのである。これまで、共和国騎兵隊にはありえなかったことだ。

兵頭がこれにどう対処するかが、隊員たちの関心事となっていた。兵頭がどう処理するにせよ、兵頭のもとでの固い団結を誇ってきた騎兵隊に、きしみが生まれるのは避けられなかった。

食事がすみ、数人ずつ焚き火を囲んでの、長いひそひそ話の時間がすぎていった。トキノチのそばに、すっと田沢惣六が近づいてきた。トキノチは、腰をずらして惣六のための場所を空けてやった。

惣六はトキノチの隣りに腰をおろすと、目の前の小さな炎を見ながら言った。

「妙な空気だな。ぴりぴりしてる」

トキノチは、言葉を選んで答えた。

「ひと仕事した夜だから」

「何もできなかった」と惣六は言った。「みんなも話してるが、水野はたぶん処刑されちまったろう。救えなかった」

「まだ、わからない」

「望みはないぜ。苫小牧ではなく千歳を襲う、という作戦、おれも最初はいいと思ったんだが」

「ほかに手はなかった」

「やはり、小細工せずに、苫小牧を襲ったほうがよかったんだ。取り引きなんてことを持ちかけるより」

「いまなら、なんとでも言える」

「兵頭さんの脅しが全然きかなかったっていうのも、奇妙だな。開拓使には、兵頭さんの言葉がずいぶん軽く受け取られているようだ。あの矢島が、兵頭さんの頭のうちを、すっかり読んでいるのかもしれん」

「おれは知らん」

「お前はまったく愛想のないやつだな」

そのとき、幕営地に中川与助の声が響いた。

「みんな、ちょっと集まってくれ。衆議したいことがある」

トキノチは、声のするほうに顔を向けた。兵頭の天幕のそばに、与助が立っている。与助の前には、もっとも大きな焚き火があって、薪が真っ赤に燃えている。ぞろぞろと隊員たちが立ち上がり、その焚き火のそばへ寄っていった。

トキノチが立ち上がると、惣六ものっそり腰をあげた。

隊員全員が焚き火を囲んだところで、兵頭が自分の天幕から出てきた。

兵頭は、仲間たちの顔を見渡してから言った。

「きょうは、水野の救出に失敗した。すまん。おれの過ちだ。諸君に頭を下げたい」

兵頭が頭を垂れた。隊員たちの中にも、これに合わせて頭を下げる者があった。

ふたたび頭を上げると、兵頭は言った。

「もう聞いていると思うが、おれたちが千歳の集落を去るとき、おれの命《めい》に従わずに、住人ふたりを撃ったという者があるらしい。生田三郎、いるか」

焚き火を囲む人影の中から声があった。

「ここに」

兵頭は、声のしたほうに身体を向けて言った。

「何があったのか、報告してくれ」

生田三郎は、少しだけ躊躇するような素振りを見せたが、けっきょく立ち上がって言った。

「戸長と、電信掛を撃った」

兵頭が、ふだんと変わらぬおだやかな声で訊いた。

「住民を放してやれ、というおれの命令は聞いたはずだ。ちがったか」

詰問ではなかった。ただ、たしかめたいことがある、と言っているような調子だった。

「聞いた」と生田が答えた。

「では、なぜふたりを撃った？」

「あのふたりは撃つべきだ、とおれが進言したら、逃げることが先だ、とあんたは言ったぞ。おれは、その暇があるならふたりを撃ってもいい、ととった」

「解放の命令を出したつもりだったが」

「そうはとれなかった。それにおれたちは、水野が解放されなければ、住民を半刻《はんとき》ごとにひとり殺すと宣言したはずだ」

「取り引きのためにだ」

「向こうは取り引きに乗ってこなかった。ちがうか？」

「そのとおりだ」

「だったらおれたちは、言ったことをやって見せねばならん。殺すと言った以上、やらなきゃならなかったんだ」

「役人ならともかく、住民を殺すことはない」

「だったら、あんな取り引きを持ちかけるべきじゃなかった。殺すなどと、やる気もないことを口にすべきじゃなかったんだ」

「あれ以外に、水野を救う方法はなかった」

「あんな手では、救えなかった」

「だとしても、住民を殺すことは、おれたちがやっていいことじゃない。おれたちの敵は、開拓使だ。そして、その上にいる薩長新政府なんだ」

「住民だろうとなんだろうと、殺すと口にした以上は、やる必要があった。やっておかなければ、おれたちの言葉は、今後信用されなくなるんだ」

隊員たちは身を固くして、やりとりに聞き入っている。しかしトキノチには、その場の空気は必ずしも兵頭に味方しているようではないと感じられた。生田の言い分にも、隊員たちは耳を傾けている。

兵頭が言った。

「お前の判断はわかった。しかし、おれはお前に、ふたりを撃てとは命じていない。どうして勝手な真似をした？」

生田が答えた。

「あの場では、命を待っていることはできなかった。騎兵隊が生き延びるために、やっておかねばならなかった」

「弱ったな」兵頭は首を振った。「こんなことは、初めてだ。どうしたらいいんだ？」

中川与助が言った。

「生田の抗命は明らかだ。これを許せば、軍律が乱れる。部隊は軍の体をなさない。生田をどうするか、決めねばならん」

トキノチの隣りで、田沢惣六が立ち上がって言った。

「待ってくれ。おれも、生田の言い分には一理あると思う」

隊員たちの視線が、すべて惣六に注がれた。

惣六は兵頭を真正面から見つめて言った。

「生田のやったことは、たしかに逸脱行為だ。だが、抗命とは言い過ぎだ。責められるべきじゃないと思う。いい判断だった。あれは、やっておくべきことだ」

与助が言った。

「指揮官の命令が無視されるのなら、もはや軍ではない。軍は、上命下達が絶対だ」

惣六は反論した。

「これは、共和国の軍だ。共和国は、頭領も入れ札で決まる。ときがきたら、頭領によりふさわしい者が名乗り出る。軍の上官も、判断を誤れば、下の者がこれをただす。それでいいのではないか」

与助が訊いた。

「もしかして、兵頭さんは騎兵頭《がしら》の器じゃないと言っているのか?」

「ちがう。そんなことは言ってない」

「そう聞こえた」

座の空気が張り詰めた。

トキノチは、与助のうしろで、大門弥平次がそっと腰の短銃に手を伸ばしたのを見た。と、右手の暗がりで、生田三郎と親しい棟方甚八《むなかたじんぱち》が、自分の銃に手をかけた。棟方も、生田同様、今年になってから仲間に加わってきた。やはり庄内藩の出という。

脇腹が突つかれた。

横に目をやると、マルーシャが兵頭たちに顔を向けたまま、そっと手を出しているのだ。トキノチは自分の腰からこぶりの山刀を抜いて、マルーシャの手に握らせた。マルーシャはすぐに山刀を自分の背に隠した。トキノチも、もう一本の短刀の柄に手をかけ、不測の事態に備えた。

田沢惣六も、空気を察したようだ。彼はいくらか動揺を見せて言った。

「ちがう。そう言ってるんじゃない。そういうことじゃなくて、ただ、あのふたりを生田が撃たったってことは、抗命と言えるほどおおげさなものじゃないってことだ。兵頭さんの判断の誤りを、すぐに生田が引き取って、うまい具合に収めたんだ。それだけのことだ」

与助が、厳しい声の調子で言った。

「兵頭さんの指揮は誤りだった、と言ってるんだな」

「あのふたりを放してやれ、というのは、情におぼれすぎだと思う」

「騎兵頭を兵頭さんにまかせておけん、と言ってるのと同じだ」

「ちがうって。そうじゃない」

兵頭が割って入った。

「誰だってまちがいはある。おれは、あのふたりを放すことが正しいと思ってそう命令したが、ちがう見方もあるかもしれん。もう少し聞かせてくれ」

兵頭が隊員たちを見渡すと、ひとりが立ち上がって言った。

「おれもそのう、生田がやったことを、とがめることはないと思う」

その横で、またひとりが立ち上がった。

「話を聞いてるうちに、おれもそう思うようになった。生田が撃っておいて、よかったんじゃないか」

ぼそぼそと、焚き火を囲む輪のあちこちで同意の声がもれた。隊員たちの顔は、焚き火を受けて赤く見える。赤い影が、ちらちらと顔の上で揺らめいていた。

兵頭は苦笑した。

「おれの形勢が悪いな。あの判断は誤りだったか。指揮官をおりなきゃならんかな」

惣六がまとめた。

「あんたはこのまま頭《かしら》だよ、兵頭さん。だから、この一件は、これで終わりにしていいんじゃないか」

「おれを交代させる必要はないか」

「誰もあんたの代わりにはならん」

これにも、同意の声。

兵頭は言った。

「よし、この件はこれで終わりとしよう。ただし、ひとつだけ、頼んでおきたいことがある」

隊員たちが兵頭を注視した。

兵頭は言った。

「今後は、おれがまちがった命令を出したら、その場でそれを指摘してくれ。そこでもう一度判断を仰いでくれ。そして、命令には背くな。頭領がおれ以外の誰であってもだ。頭領の言葉が伝わらないようであれば、もう騎兵隊はまとまることはできない」

全員が、短く声を上げた。

「よし」

その場の空気が、すっとゆるんだのがわかった。咳払《せきばら》いする者、脚を組みなおす者がいる。焚き火を囲む輪が少しざわついた。

トキノチは、にぎっていた短刀の柄から手を放した。マルーシャも、トキノチに山刀を返してくる。トキノチは山刀を受け取って、腰の鞘におさめた。棟方甚八も、周囲に気取られぬように銃から手を放したのがわかった。

立っていた者も、みな焚き火のまわりに座りこんだ。

田沢惣六が、腰をおろしてから、ふたたび兵頭に声をかけた。

「それより、おれは気になるんだが」

「なんだ」と兵頭。「なんでも言ってくれ。気がねはいらん」

田沢惣六は、隊員たちの顔を一瞥《いちべつ》してから言った。

「おれが仲間に入った早々、宿営地を引き払うはめになった。追ってきた連中を沢に誘いこんで半分に減らしてやったが、こんどの水野の一件といい、どうも押されているという感じがする。攻勢に出るということで石狩川を渡ったはずだが、正直なところ、開拓使とは戦いにはなっていない。これは、あんたの目論見《もくろみ》どおりのことなのか」

兵頭は頭をかいた。

「じつを言えば、少々振りまわされているという想いがある」

「誰に？　開拓使にか？」

「それだけじゃない」兵頭は手近の薪を一本拾いあげて、焚き火を突ついた。「おれは、この一、二年で北海道の開拓がここまで進むとは思っていなかった。この蝦夷地は、しばらく放っておかれるだろうと考えていたんだ。これが誤算のひとつ。開拓が進捗《しんちょく》するおかげで石狩の地にはひとが増え、宿営地をつぎつぎと捨てざるを得なくなった」

「ほかの誤算というと？」

「まあ、その、いまは言えないんだが」

「言えないことがあるのか」

「もうひとつふたつ、あてにしていた事態があるのだが、これがいまだ実現せぬ。そのため、やることがいま、後手後手にまわってしまった。旗揚げしたときと較べると、正直言って、いまは退却戦の様相だな」

「内地で共和国騎兵隊の話を耳にしたとき、もっと隊士の数も多くて、堅固な陣も構えているのではないかと想像したのだが」

「そうなっているはずだった。今年、根雪となるまでには、そうしていなければならん」

「何を待っている？」

「ときがくれば、わかる。そう遠くないうちに、はっきりする」

田沢惣六は、かすかにいらだちを見せて言った。

「おれは、つい先日入ってきたばかりの新参者だ。だから、言えないのか」

焚き火を囲む何人かのうち、この言葉に反応を見せた者もいた。ちらりと横目で田沢を見たのだ。

兵頭は、また焚き火を薪で突ついて言った。

「ちがう。そういうことじゃないんだが、妙な期待を抱かせたくもない。待っていてくれ、と頼むしかないんだ」

「事態が一変するようなことなのだな」

「そのきっかけを作ってくれる」

「じゃあ、問いを変えよう。おれたちは、今後どうする？　開拓使の討伐隊も、矢島従太郎が加わって、あなどれないものとなっているようだ。石狩の原野を逃げまわっているだけでは、先は見えたも同然だ。あんたは先日、攻勢に出ると言ったばかりじゃないか。打って出るのはいつだ？　どのように、どこに打って出るつもりなんだ？」

「準備不足だ。あと何日か、宿営地の建設と、ひと冬過ごす準備にかけたい」

「資材の買い出しに行った連中が、あのとおりのこととなった。支度してから出撃では、遅いのではないか」

「そうかもしれん」

そこで声があった。

「おれにもひとこと言わしてくれ」

生田だった。隊員たちの目は、こんどは生田に注がれた。

生田は言った。

「おれたちは、ここのところずいぶん金や銃を奪ってきた。ひとも増えた。札幌本府を襲って、あの町にあるだけの金品を強奪できるぞ。つぎに襲うのは、札幌本府だ」

「だめだ」兵頭はきっぱりと首を振った。「札幌本府の攻撃、占領は、戦いの最後の目標となる。いまじゃない」

「じゃあ、それまで何をやるんだ？　夕張の山の中で、掘っ建て小屋造りか？」

与助が、低い声で言った。

「それで、不服か？」

生田は、答が意外な方向から返ってきたことにとまどったようだった。与助を見ながら言った。

「不服ってわけじゃないが、軍は戦ってこそなんぼのものじゃないのか？　おれたちの場合、戦うことでしか兵も集められないし、軍資金も増えない」

与助が言った。

「兵を集めることも、軍資金の調達も、いちばんの目標じゃない」

「共和国を作るって話なら、もう聞き飽きた。お題目はもういい。共和国を作るためには、戦うしかないんじゃないのか」

兵頭が言った。

「きょうは、もう遅い。みなも疲れきっているだろう。これで休もう。明日の朝、あらたな作戦をみなに伝える」

兵頭が立ち上がった。与助と弥平次が続いた。

これにうながされるように、ほかの隊員たちも立ち上がった。みなは、ぼそぼそと低い声で就寝のあいさつを交わしながら、それぞれの天幕へともどっていった。

最後まで焚き火の前に残ったのは、トキノチとマルーシャだった。

マルーシャは小声でトキノチに言った。

「前なら、こんなふうにもめることはなかったのにね。ひとが増えてきたせいだろうか。これじゃあ、ずっと前からの仲間と、あとからの者と、ふたつに分かれてしまうわ」

トキノチは応えずに、マルーシャに背を向けた。今夜は、最初の寝ずの番を命じられている。

3

酒場は、この夜も白人客で満杯だった。

寒さが日毎に厳しさを増してきている。しかも、異国での労働だ。一日を区切るには、酒は欠かせまい。身体を内側から温め、神経を弛緩《しかん》させてやらねばなるまい。

天井の高いその空間に、従太郎にはひとこともわからぬ言葉が飛び交っている。酒の器同士の触れる音、鋲《びょう》を打った革靴の響き、食器の鳴る音、ときおり笑い声。酒場の空気は、煙草の煙で霞《かすみ》がかかったようだ。

矢島従太郎は、いつものとおり酒場の立ち台に肘をつき、玉蜀黍の酒をガラスの器からなめていた。山上勘吾のほうもいつもと同様、麦酒だった。

きょうは、若い邏卒、野本新平も酒場にきている。彼は、赤い葡萄酒をちびりちびりと口にしていた。

立ち台の内側から、清国人が愛想よく話しかけてきた。

「苫小牧の首吊りの話を聞きましたよ。ここの客たち、どうして札幌でやらなかったのだと、残念がっております」

鼻で短く笑って、従太郎は応えた。

「こっちの事情があった」

「札幌なら、見物人も多かったでしょうに。悪党を懲らしめて見せしめにするには、何も苫小牧のような寒村でやらなくても」

「見せ物ではないのだ」

「そうなんですか。見せ物とばかり思ってました」

勘吾が清国人に言った。

「余計なことだ。おれたちに、不愉快なことを思い出させるな」

「これは失礼」

清国人の給仕は、従太郎たちの前から去っていった。

と、酒場の中に、甲高《かんだか》い嬌声《きょうせい》が響いた。

女？

従太郎は首をめぐらした。

ふたりの白人男にはさまれて、若い日本人女がひとり入ってきたのだ。女は洋装だった。胸が大きく開いた、丈の短い上着を着ている。そしてくるぶしまでの長さのゆったりした腰布。髪も、どうやら西洋人の女を真似ているようだ。もっとも、全体はまったく似合ってはいない。

赤い顔の白人男たちは、両側から女の腰に手をまわしている。女は喉の奥まで見えるほどに大口を開け、笑っていた。酒場の客たちの意識が、その三人に集まった。女に妙に濡れた視線を向ける客も少なくなかった。

三人は、立ち台のすぐ前の卓に着いた。

勘吾が、小声で言った。

「この手の女が増えてきました。ま、とめようもありませんが」

従太郎も、ちらりと女の風体を眺めてから言った。

「こういう女がひとりいるだけで、店の中の空気が妙に落ち着かないものになるな。じっくり酒を楽しみたいのだが」

「そのための店だったはずですが、こうお雇い外国人が増えてくると、店の作法を知らない客も出てくる」

「どうであれ、うまい酒を飲めるようになった代償かもしれん。見苦しいものも見なきゃあならん」

女は、これを聞きとがめた。

「ちょいと」と、従太郎の背後から女が言った。「見苦しいって、あたしのことかい？」

従太郎は振り向いて、女を正面から見つめた。

女はそれまでの笑い顔をどこかに吹きとばし、険のある目つきとなっている。歳は、せいぜい二十。小豆《あずき》のような小さな目に短い鼻。顔に白粉《おしろい》を浮かせていた。とはいえ、もともとの肌の色も白いようだ。百姓娘ではない。零落した士族の娘というところだろうか。その想像が当たっているとしたら、たぶん一族は賊軍《ダツソウ》側であったにちがいない。

女の両隣りの白人男たちも、不審げに従太郎を見つめてきた。

女は、蓮《はす》っ葉《ぱ》な調子で言った。

「何が見苦しいのか、言ってもらおうじゃないの。あたしが異人さんと親しくしてるのが、気に入らないって言うのかい？」

従太郎は言った。

「歯ぐきを見せて笑うことは、見苦しい。そういうふうにしつけられたんだ」

「悪かったね。だけど、ところ変われば、品《ひん》が何かってことも変わるよ。これでいいと言ってくれる男もいるんだ」

「だったら、その手合いだけに笑いかけてやればいい」

「あたしがこの店にいるのが気に入らないの？」

「慎みのない女を目の前に見ることが、気に入らない」

女は左右の男たちになにごとかささやいた。男たちの顔色が変わった。

ひとりが立ち上がって、従太郎をにらみつけてくる。金髪を長く伸ばした大男だ。金髪男の鼻の穴が大きくふくらんだ。

よせ、と言いたいところだった。女にいい恰好見せようとしているのだろうが、ばかばかしい。

金髪男は従太郎の前に一歩進み出てきた。

勘吾が割って入ろうとした。金髪男は、丸太のような腕をひと振りした。勘吾は胸に腕を受けてのけぞり、角兵衛獅子《じし》の演技のようにひっくり返って床に転がった。そばの客たちが、飛びのくように立ち上がった。

従太郎は躊躇しなかった。金髪男の横手に跳び、首筋に手刀をたたきこんだ。

こたえたようではなかった。金髪男は身体を硬直させ、まばたきした。どう反応してよいものか、とまどっているようでもある。

従太郎はもうひとつ、喉元に手刀をたたきこんだ。こんどはさすがに、金髪男もうっと小さくうめいた。苦しげに口をすぼめ、白目をみせた。口からごぼごぼと空気がもれた。

その背中に、蹴りをくれてみた。男の身体は、微動だにしなかった。俵を相手にしたように見えた。

金髪男は従太郎に向きなおると、両の拳《こぶし》を交互に突き出してきた。ひゅんひゅんと空気がうなった。素早く俊敏な動きだ。

一歩ずつしりぞき、拳を避けながら思った。かなり場馴れしているようだ。

背中が、立ち台に触れた。これ以上は後退できない。

金髪男は、拳を耳元にまで引いてから、大きく一歩突き出してきた。

従太郎は立ち台に両手をつき、両足を浮かせて金髪男の腹を蹴った。踵《かかと》に、男の体重が感じとれた。二十貫はある。その二十貫の重さがふっと消えて、金髪男ははね飛んだ。いましがた勘吾が倒れたときの数倍は大きな音が響いた。女が金切り声を上げた。

その女をかばっていたもうひとりが、前に進み出た。濃い茶色の髪をしており、金髪男とは対照的に、ひょろりとしたのっぽだ。もっとも、胸の厚みは、さすが異人のものだった。

従太郎は腰を落として身がまえた。のっぽの男は、ガラスの瓶を逆手に持っている。あれで頭を殴られたら、頭のほうがあっさりと割れることだろう。もし瓶のほうが割れたとしたら、もっと危ない。

従太郎は、足もとの雑嚢に目をやった。中には自分の短銃が収まっている。

のっぽは、じりじりと距離を詰めてきた。従太郎の格闘の腕には、いくらかの敬意を払っているようだ。ということは、やつはそうとうに本気で自分に向かってくるということでもあるが。

従太郎は、慎重に近づいてくるのっぽを見つめながら、爪先で雑嚢をひっかけ、宙にはねあげた。のっぽは、一瞬きょとんとしたように動きをとめた。

従太郎は胸の前で雑嚢を受けとめ、素早く中に手を入れて、短銃をにぎった。

のっぽが、瓶を大きく振りかざした。従太郎は、雑嚢をそのまま床に落とすと、短銃を抜き出した。女がまた金切り声をあげた。

撃鉄を起こした。

新平が叫んだ。

「矢島さん！」

勘吾が飛びかかってきた。腕を両腕でつかみ、短銃を天井へと向けた。新平も従太郎に抱きついてきた。ふたりを振り払うことはできなかった。

そこに、銃声が響いた。

店の中の者たちはみな、静止した。

のっぽも、金髪男も、勘吾も新平も。従太郎は、勘吾と新平のふたりに押さえつけられた窮屈な姿勢のまま、銃声の方向に目をやった。

またあのアメリカ人だった。ワーフィールド少佐だ。札幌のお雇い外国人のあいだの取締り官を自任しているという男。彼は自分の短銃を天井に向け、二発放ったのだった。

少佐は、前のときと同様に厳しい調子でなにごとか言った。のっぽの男は、しぶしぶという調子であとじさり、ガラス瓶を放した。金髪男が床からのっそりと立ち上がった。

少佐は短銃を腰の革袋に収めながら、従太郎に目を向けてくる。露骨に迷惑げな顔だった。

勘吾が従太郎の腕をつかんだまま、小声で言った。

「これでおしまいにしてください。短銃を収めてください」

いいだろう。従太郎が力を抜くと、勘吾たちは従太郎を押さえていた手を放し、力を抜いた。

従太郎は、短銃を持ち替え、握りのほうを少佐に向けて、立ち台の板の上に置いた。少佐は謹厳そうな顔でうなずいた。

勘吾がまた小声で言った。

「あたしがこれまで、矢島さんを何度止めたか、思い出してください。あんたは短銃を簡単に持ち出しすぎる」

従太郎は勘吾を見つめて答えた。

「止めてくれと、一度でも頼んだことがあるか」

「頼まれやしませんでしたが、あたしが止めなきゃおおごとになってましたよ」

白人男ふたりは、女をはさんで店を出ていった。少佐が口にしたのは、退去命令ということだったのだろう。店の中にまた、ざわめきがもどってきた。

従太郎は、出てゆく三人を見送りながら、勘吾に言った。

「いつだって、止めないほうが、おもしろいことになっていたんじゃないか？」

「冗談じゃありません」勘吾は言った。「もめごとがおきらいじゃないようだが、あたしはご免だ。矢島さん、あんたは少し、こらえ性がなさすぎますよ」

「かもしれん」従太郎は自分のガラスの器に手を伸ばし、酒をひとくちあおってから言った。「北海道上陸以来、なぜかおれはかりかりきている。やたらに短銃をぶっ放したくなる」

「いったい何が気に入らないんで？」

「わからん。見るもの、聞くもの、すべてが癇にさわるんだ」

「群盗にだけ、その気分を向けてください。お雇い外国人を殺したりしたなら、開拓使だけのことじゃ収まりませんからね」

「心しておこう」

従太郎は、もう一度盃を口に運んだ。空になっていた。従太郎は清国人に合図して、玉蜀黍の酒をもう一杯注文した。

新平が天井を見上げて、ぽつりと言った。

「あの天井、そろそろ修繕しないことには、天井じゃなくなりますよ」

従太郎も天井に目を向けた。

天井板は、弾痕《だんこん》だらけだ。穴がいくつも空いている。ちょうど夜空に散らばる星のようだった。

その穴のひとつが、従太郎には北辰の星のように見えた。

4

疾駆する騎馬の輪は、少しずつ縮まっていった。

いま、五十人ばかりの男たちは、掘っ建て小屋の前で身を寄せ合うようにして、ひとかたまりとなっている。騎馬の群れは、その小屋と男たちを包囲して同じ方向に駆け、大きく輪を描いているのだ。馬上にひとり、黒地に白い北辰の旗を掲げる者がいる。旗は早駆けする馬の上で、ぱたぱたと激しく音をたてていた。

ときおり、馬上の男たちが気まぐれに発砲する。銃声に一瞬遅れて、白い煙があがる。そのたびに、輪の中の男たちはびくりと首をすくめている。

トキノチは、その輪の外側、いくらか高くなった大地から、この襲撃の一部始終を見守っている。兵頭俊作から、周囲の見張りを命じられているのだ。

石狩の野、江別《えべつ》と呼ばれる原野のただなかの、道路工事現場である。輪の真ん中で怯えているのは、道路工夫たちと、その監督にあたる棒頭《ぼうがしら》。さらに棒頭配下の者たちであった。

北海道の開拓は、札幌本府そのものであろうと、街道であろうと港であろうと、工事はすべて民間の請負人に委ねられる。請負人が見積もりを出し、開拓使から費用の支払いを受けて、発注された工事をこなすのだ。とうぜん受注のためには、どの請負人も値を競う。そして無理な安値で請け負った場合、そのしわよせは工夫たちにかかってくるのだった。つまり、相場以下の労賃しか支払われないか、食事がお粗末なものになるか、どちらかである。

極端な場合は、最初から工夫の労賃をほとんど勘定に入れない請負もおこなわれる。その場合、工夫たちは詐欺同様の手口で集められ、囚人同然の扱いを受けることになるのだ。いわゆる監獄部屋である。タコ部屋、とも呼ばれる。

開拓使も、辺境の工事の場合、これを黙認していた。さすがに札幌本府の建設に監獄部屋を使っては人聞きが悪すぎる。しかし、自然条件の過酷な辺境ならば、やむをえまいということだ。だからこのころ、札幌本府周辺にはいくつもの監獄部屋があって、道路や運河の開《かい》鑿《さく》工事にあたっていたのである。

この江別街道の工事を請け負っているのは、函館の安田正五郎《しょうごろう》という男だ。もともとは宇都宮出身の博徒だということである。ここは彼が札幌近郊に持っている三つの飯場のうちのひとつだった。

安田の監獄部屋は、棒頭とその配下にとびきり腕っぷしの強い荒くれ男を揃えているというので、札幌周辺では有名だった。工夫たちは、大半が東京で集められた者たちだ。

馬の足が遅くなってきた。馬はやがて駆歩から速歩となり、そのうち常歩となった。取り囲まれていた男たちの緊張も、ほんの少しだけとけたようだ。輪がくずれ、それぞれがおそれ半分、好奇心半分という顔で、馬上の男たちに目をやっている。

トキノチは黙ったままで、輪の外から成り行きを見守った。

きょうの襲撃は、安田正五郎の監獄部屋の飯場から金目のものを強奪し、同時に仲間を募ることが目的だった。一昨日の朝、兵頭俊作が決めた作戦である。

馬は完全にとまった。五十人ほどの男たちは、およそ二十騎の騎兵隊によって包囲されている。男たちの中に数人、猟銃を手にしている者もいた。棒頭とその手下たちだ。しかし二十人の武装兵士に包囲されていては、数挺の猟銃など何の役にも立たない。彼らも騎兵隊に向けて発砲してくるほど愚かではなかった。

包囲の輪から中川与助が進み出た。男たちはみな顔を与助のほうに向けた。

与助は言った。

「共和国騎兵隊だ。工夫たちを解放するためにきた」

男たちは反応を見せない。黙ったまま、与助を見つめているだけだ。

与助は男たちを見渡しながら、さらに言った。

「工夫たちはそのまま。棒頭たちは一歩前に出よ」

何人か、逡巡《しゅんじゅん》を見せた男たちがいた。しかし、誰も出てこない。

「棒頭たち、出よ」与助は言った。「出ないなら、工夫たち、貴様らが突き出せ」

輪の中から、無理やり四人の男が突き出されてきた。猟銃を持った者が三人。日本刀をさげた者もひとりいた。

「ほかにいないか」と与助。「隠れていても無駄だ」

輪の中から、尻を蹴られて出てきた者がひとり。彼は短銃を手にしていた。頭をそりあげた体格のいい男だ。辺境の飯場で働いているにしては、身なりも悪くない。これが筆頭の棒頭だろう。

五人の男たちは、顔にはっきりと怯えを見せながら、与助の前に歩みでた。

与助は言った。

「武器を捨てろ。得物をすべて地面に置け」

棒頭たちが、素直に従った。

馬をおりた隊士が、これを手早く集めた。

与助は言った。

「共和国騎兵隊は、監獄部屋を認めん。工夫たちは、いまから自由の身だ。好きなところに行くがいい」

棒頭が振り返って工夫たちをにらんだ。

誰も出てゆかない。動こうとしない。与助の言葉が耳に入らなかったのかもしれない。

与助は続けた。

「残るも、立ち去るも、お前たちの勝手だ。好きにするがいい。ただ、もし騎兵隊に入りたい、という者があれば、受け入れる。共和国建国に挺身《ていしん》したいという意思さえあるなら、出自を問わない。いっさい条件はない」

工夫たちのあいだから声があがった。

「キョウワコクって、いったい何だ？」

与助は、声のしたほうに顔を向けて言った。

「民草《たみくさ》がひとしく同じ権利を持つ世だ。ひとに上下なく、同じように飯が食える世だ」

「誰もが士族になれるってことか？」

「士族も百姓も区別のない世のことだ。ひとはひとの力に応じて職を選び、生きてゆける。頭領も自分たちで決め、まつりごとも自分たちでおこなう。それが共和国だ」

よく理解できないようだった。男は首をかしげた。

べつの男が訊いた。

「もしあんたらの仲間に入ったら、何をすることになるんだ？」

与助はこんどはその男に顔を向けて言った。

「戦いだ。戦うこと。共和国建国まで戦い続けること。それだけだ」

「飯は食わせてくれるのか。それとも自分持ちか」

「食わせる。武器も支給する」

「そのう、戦い続けて勝ったときはどうなる？　いったいいくらもらえるんだ？」

与助が、ちらりと兵頭俊作のほうを見た。

兵頭が馬を一歩進めて工夫たちの前に出た。

兵頭は言った。

「兵頭俊作。共和国騎兵頭だ。おれがお前たちに約束できるのは、苦難と困窮だけだ。死も覚悟してもらおう。ただし、その死は、名誉ある死だ。称賛される死だ。それでは不足か」

男はまばたきし、まるっきり理解不能だという顔になって言った。

「いまだってじゅうぶん苦労してるんだぜ」

「いまの身すぎに、大義に殉じる喜びはあるまい」

「はあ？」

やりとりを聞いていたトキノチのそばに、マルーシャが馬を寄せてきて言った。

「まったく兵頭さんときたら、工夫に話すときも、侍に話すときも、まったく同じ調子なんだから」

トキノチは、苦笑しているマルーシャに顔を向けて言った。

「あのひとは、アイヌに話すときも、女に話すときも同じだ。それが、あのひとなんだろう」

「まあ、そうだけど」

トキノチは、またやりとりに意識を向けた。

べつの工夫が兵頭を見上げて訊いた。

「だけんど、いずれ勝ったときには、いいことがあるんだろうな？」

兵頭が答えた。

「かたちあるものが与えられるわけではない。栄誉だ。共和国を作ったという誇りが得られるだけだ」

「働きに応じて、俸禄がもらえるわけじゃないのか」

「そいつは約束できん」

「金もだいぶ貯めこんでると聞いたぞ」

「軍資金はある。だが、分配するために貯めているわけではない」

「金はもらえないのか」

「煙草代ぐらいは支給する」

工夫たちは顔を見合わせている。魅力的な申し出とは思えないようだ。

兵頭も与助もしばらく工夫たちの反応を待っていた。誰も、仲間に加わりたいと出てくる者はいない。

しばらくひそひそ話が続いていたが、やがてひとりが、おそるおそる前に進み出て言った。

「ほんとに、ここを出ていっていいんだな?」

与助が答えた。

「お前たちは自由だ。好きなようにしろ」

工夫は、うしろの工夫たちにうなずくと、すっと輪から出て街道へ歩み出た。ぱらぱらとこれに続く者があった。

棒頭が、その工夫たちに低いだみ声で言った。

「すぐに連れ戻してやるからな」

頭に鉢巻きをした工夫が出てきた。顔じゅうに傷痕のある男だ。

男は言った。

「おれは、仲間に入れてもらうぜ」

与助が訊いた。

「名前は?」

「多吉《たきち》」

「武術の心得は?」

「百姓の出だ。何もねえ」

「加えてやろう」

「武器をくれると言ったな。ほんとにもらえるのか」

「ああ」

「いま、刀をひと振り、もらえねえか」

与助が横の兵頭に目を向けた。

兵頭は与助に言った。

「武器は訓練のあとに支給する。いまは、山刀だけにしておけ」

与助が合図すると、うしろの隊士がひと振りの山刀を多吉と名乗った男の前に放った。

多吉は山刀を拾いあげると、歯茎を見せて笑った。

「これまでのぶん、お返しをさせてもらうぜ」

多吉はひゅんひゅんと山刀を振ってから、筆頭の棒頭に近づいた。棒頭はあとじさった。止める間もなかった。多吉は重い山刀を棒頭の頭に叩きこんだ。棒頭の頭から赤い飛沫が飛んだ。棒頭はおぞましい悲鳴をあげて頭を抱え、その場にひざから崩れ落ちた。

多吉は山刀を持ったまま、甲高い声で笑った。その顔に、返り血が散っている。

棒頭は悲鳴をあげながら、頭を振っている。両手の指のあいだから、血が噴き出していた。

工夫たちの多くは顔をそむけた。隊士たちも、顔をしかめてその光景から目をそらした。街道に歩きだした工夫たちは立ち止まり、振り返って、なかば呆然とこの光景を見つめた。

多吉はその場で小躍りすると、裏返った声で言った。

「さあて、つぎは誰だ。誰の頭をかち割ってやろうか」

与助が厳しく言った。

「よせ。私刑は許さん」

「なに言ってるんだ」多吉はせせら笑った。「ずいぶん殺してるって話じゃねえか」

棒頭は、とうとう地面に転がった。のたうちながら、悲鳴をあげている。見ていた工夫たちは、この光景におそれをなしたか、一歩しりぞいた。

兵頭の隣りで、大門弥平次が腰から短銃を抜いた。

弥平次はのたうちまわる棒頭に狙いをつけ、一発放った。工夫たちがぴくりと身を震わせ、息を飲んだ。

棒頭は地面の上で一回、魚がはねるように身体を痙攣《けいれん》させた。

弥平次はもう一発撃った。棒頭の身体はごろりと回転し、仰向けになった。四肢がゆっくりと伸びて、棒頭の身体はそのまま動かなくなった。身体の下に、血が広がってゆく。

弥平次は、汚いものを見たかのように顔をしかめると、短銃を腰の革袋にもどした。

その場に沈黙が満ちた。工夫たちは青ざめており、棒頭の手下たちは口を半開きにして身を固くしている。隊士たちのほとんどは不愉快そうだった。少なくとも、これまでの戦闘や襲撃のときにあったような高揚した表情ではない。クモの巣でもくぐってきた後のような顔になっていた。

マルーシャが小声でトキノチに言った。

「こんな手合いまで仲間に入れなきゃならないの？　そこまでしても、隊士を増やさなきゃならない？」

トキノチは、喉に泥でも突っこまれたような気分で答えた。

「兵頭さんが決めることだ」

与助が、気をとりなおしたようにまた大声で言った。

「ほかにいないか。共和国騎兵隊を志願する者はいないか」

もう誰も歩み出てはこなかった。

けらけらと、多吉が笑った。

5

例のとおり判官執務室には珈琲の強い香りが漂っていた。

矢島従太郎は鼻をうごめかせてから判官に一礼し、机の前の椅子に腰かけた。畑山六蔵もいつもの椅子だ。爪楊枝で歯の隙間を突ついていた。

部屋の反対側、羆《ひぐま》の剥製の前には、見たことのない男がいた。眼光の鋭い初老の男だ。和服姿で、革の羽織を着こんでいた。髪は白髪まじりの長髪で、もみあげを長く伸ばしている。足のあいだに杖《つえ》を立てていた。

岩村判官が机のうしろから言った。

「こちらは、安田正五郎さん。開拓使の工事をいくつか請け負っている」

安田正五郎と紹介された男は、従太郎を見つめたまま頭をさげた。

「安田です。お見知りおきを」

岩村が、従太郎のことを、開拓使邏卒部隊の相談役と紹介した。畑山のほうは、すでに引き合わせずみのようだ。

岩村は言った。

「聞いているかもしれんが、昨日また、群盗が出た。江別街道の道路工事現場を襲って、ひとりを殺したんだ。飯場にあった金も奪っていった」

「聞いています」

従太郎は言った。監獄部屋が襲われ、工夫たちが解放されたとは、いましがた街で聞かされたばかりだ。五十人ほどの工夫たちが札幌に逃げこんできたという。棒頭たちも、追うのをあきらめたらしいとのことだった。

岩村は言った。

「こんなことが続けば、開拓の工事は軒並み遅れる。いや、だいいち、開拓使の工事を請け負う者が、そもそもいなくなってしまう」

「どうしてです?」従太郎は訊いた。「群盗たちも、退治される日は近い。いまひとつふたつ工事現場で被害が出たところで、そんなにあわてふためくことはない」

畑山が横から言った。

「群盗が、工夫たちを逃がしたそうだ。おかげで、五十人からの工夫たちは、前借り金を踏み倒して遁走《とんそう》だ。邏卒がいま札幌の宿を総当たりして、逃げた男たちを捕縛している。借金の証文がある以上、飯場から逃げることは許されんからな」

従太郎は岩村のほうを見つめて言った。

「噂を耳にしていますが、請負人の中には、そうとうあくどいことをやっている者もいるとか。飯場では工夫を牛馬並みに扱い、ひどいときには殺してしまうこともあると聞いていきます。工夫たちが逃げたというのも、いくらか理由があることなのでは？」

また畑山が言う。

「借金は借金だ。工夫たちの中には、繰り返し前借りしては、約束どおり働かずに逃げてしまうものもいる。許されることじゃないだろう」

安田がもの静かな調子で言った。

「うちがその、あくどい飯場だと言ってくれたのかな」

調子はおだやかだったが、それは質問ではない。威嚇《いかく》だった。非難は許さぬ、と言っている。

従太郎は安田に顔を向けて言った。

「まともな飯場なら、銃を持った男たちに工夫を監視させる必要はない。現にこの札幌本府の建設工事では、いく人もの請負人が大勢の工夫を使ってるが、工夫が逃げだしたという話は聞かないぞ」

安田は言った。

「こっちは人手を集めるのに、ずいぶん金をつかってる。工夫たちはみな、前借りして働きにきてるんだ」

「前借りでもさせなきゃ、ひとを集められないようなやりかたをしてるんだろう」

「うちが請け負っているのは、難工事ばかりだからな」

畑山がまた言った。

「群盗どもの肩を持つのか？　こっちのひとは、群盗に大損被《こうむ》っているんだぞ」

従太郎は岩村に顔を向けて訊いた。

「それで、なんだと言うんです？　飯場が襲われて工夫が逃げたことで、討伐のやりかたを変えるということですか」

岩村は言った。

「群盗は、工夫たちに仲間に加わるよう呼びかけたそうだ。もっとも、たったひとりしか入ってゆかなかったそうだが」

「本気で戦争をやるつもりなら、兵を集めねばなりませんからね」

「しかし、軍中央が派遣してくれるのは、あと一個分隊だけ」

「邏卒をもっと討伐隊に振り向ける必要がある」

安田が言った。

「人手を出そう。うちの若い衆を五、六人」

従太郎はちらりと横目で安田を見てから、岩村に言った。

「討伐隊に、極道者を加えるというのですか」

岩村は首を振った。

「堅気《かたぎ》の男たちだよ」

安田が言った。

「うちの若い衆は、鉄砲の扱いにも慣れてる。役に立つ。一刻でも早く群盗を成敗するためなら、喜んで差し出す」

「訓練を受けていない男が何人加わろうと、かえって足手まといになるだけだ」

従太郎は畑山に顔を向けて訊いた。

「あんたは、ずっと少数精鋭でやれると言ってきたが、どう思うんだ？」

「まあな」畑山は頭をかきながら言った。「群盗どももひとを増やしてるってことだし、せっかくの申し出を無下に断ることもあるまい。後方任務を受け持ってもらえるだけでも、討伐隊はけっこう楽になる」

従太郎はもう一度岩村を見た。

岩村も、居心地悪そうだった。

従太郎は言った。

「群盗を討伐するのに、極道を持ってくるようでは、兵頭たちの世迷いごとに道理を与えてやるようなものです。やめたほうがいい」

岩村は言った。

「飯場を守ってやれなかった開拓使の責任ってものもある。ありがたく受け入れるしかないと思うのだ。これは相談ではなく、通知だよ」

「もう決めたということですか」

「そのとおり」

従太郎は、ふいにあの玉蜀黍の酒の匂いをかいだような気がした。珈琲の香りに代わって、この部屋にあの酒の香りが満ちたようだ。なぜ？

つぎの瞬間、わかった。

ただ、おれが酒を欲しているのだ。きょうもおれには、強い酒が必要だった。

第六章

1

矢島従太郎がいつもの立ち台について、清国人の給仕に玉蜀黍の酒を注文したときだ。酒場の扉が勢いよく開けられ、野本新平が飛びこんできた。

おれか。

従太郎は新平を見やった。

新平は従太郎に近づきながら言った。

「騒ぎです。きていただけますか」

従太郎は訊いた。

「こんどは、どこに出たんだ？」

「群盗ではありません。安田組の飯場を逃げだした土工たちです」

「土工たちが、何を騒いでいるんだ？」

「捕縛しようとした邏卒たちに刃向かいました。ひとりに傷を負わせ、遊廓に逃げこんだんです。数は三人ですが」

「武器は持っているのか？」

「せいぜい山刀くらいだと思いますが」

「じゃあ、そんなにあわてふためくこともあるまい」

「白首《ごけ》を人質にとっています」

そこに、ガラスの器に入った玉蜀黍の酒が出てきた。器を手にしてから、従太郎は新平に言った。

「お前も一杯やらんか」

新平は困惑を見せた。

「わたしは、矢島さんを呼んでくるように言われたんですが」

「呼んでいるのは、畑山六蔵大尉殿か？」

「いえ、山上さんです」

「おれは、群盗討伐隊の相談役だぞ。札幌の治安は、ご当地の邏卒にまかせておいてもいいんじゃないのか」

「遊廓の前には、安田一家のならず者たちが集まっています。きょうから、討伐隊を応援すしていることになったとか。その連中が、群盗討伐の小手調べだと、土工たちを私刑にかけようとしているんです」

「なら話はちがってくる。討伐隊の相談役にお声がかかってもおかしくはない」

従太郎は、器を持ち上げて、玉蜀黍の酒をひとくち喉に流しこんだ。火の塊のような熱さが、喉をゆっくりと落ちていった。熱風のような息を吐き出してから器を見ると、酒はまだ三分の二は残っている。こいつを飲んでいると、遊郭の騒ぎには間に合わぬことになりそうだった。

従太郎は飲み干すのをあきらめ、器を立ち台の板の上に置いて言った。

「行くか」

板の上に小銭を置き、足元の雑嚢を持ち上げて肩に引っかけた。

従太郎の背に、清国人の給仕が声をかけた。

「のちほど、またいらしてください。このまま、酒は残しておきますので」

従太郎は振り返らずに応えた。

「そうさせてもらおう」


遊郭があるのは、札幌本府の南側、町家地の一角である。

お雇い外国人専用酒場からは八町、邏卒屯所からはまっすぐ南に四町の位置だった。

二町四方にぐるりと堤がめぐらされている。当初は新吉原と呼ばれていたが、いまは薄《すすき》野《の》と呼ばれることのほうがふつうだ。廓内には三十軒の妓楼《ぎろう》、娼家《しょうか》があった。

従太郎が新平に先導されて到着したのは、廓内でももっとも大きな妓楼、魁春楼《かいしゅんろう》の前である。日もとっぷりと暮れているというのに、この街だけは明るい。通りにひとだかりができている。遊女や雇い人たちが、不安そうに楼の二階を見上げていた。

従太郎のそばに、山上勘吾が近寄ってきて言った。

「昨日、群盗たちが解放したという土工たちです。札幌に逃げこんできた者を、邏卒たちがひとりずつ捕縛していたんですが、この三人だけは抵抗しました。遊女を人質にとって二階におります。かなり頭に血が昇っているようで、こっちの言葉にも耳を傾けませんな」

従太郎はたしかめた。

「武器は、山刀程度だとか?」

「はっきりはわかりません。包丁ぐらいは手に入れたかもしれません」

「それで、安田組の若い衆が出てきているとか」

横から声があった。

「そのとおりだ。うちの不始末だからな」

顔を向けると、髪を短く刈った男がひとり、立っていた。色白で眉《まゆ》がなく、三白眼には、トカゲかヤモリを思わせる吸いつくような光があった。白鞘《しろさや》の長脇差《ながわきざし》をさげている。

男は言った。

「邏卒さんのほうはまかせろと言うんだが、そういうわけにもゆくまい。うちの土工たちのことだ。うちで始末するよ。あんたたちは、横で見ていてくれたらいい」

声の質も妙に粘っこい。訛りは、関東のものか。

従太郎は訊いた。

「始末とは、何をやる気なんだ？」

「おれんとこが土工たちを扱うやりかたで、扱ってやると言ってるのさ」

「なぶり殺しか」

「元手のかかった土工たちだ。そこまでする気はない。だけど、煮て食おうと、焼いて食おうと、好きなようにできるはずだぜ。黙って見ていてくれたらいい」

「私刑のような真似は許さん」

「ここは辺境だ。これが法ってものだろう」

従太郎は勘吾に訊いた。

「どうして邏卒たちがこの場を仕切らないのだ？　何をぐずぐずしている？」

勘吾が答えた。

「判官のほうからは、安田組の若い衆が邏卒部隊を支援するとの話を聞かされました。開拓使の人手が足りない以上、頭をさげてそれを頼むしかないと。それで、この場は安田組にまかせろ、まかせないと、押し問答になっているんです」

「邏卒長の判断は？」

「それは、討伐隊が判断することだ、とのことです」

「畑山大尉はどこにいる？」

勘吾は、周囲の妓楼に目をやりながら答えた。

「遊廓のどこかだと思います。この薄野にいることだけは、たしかなんですが」

「騒ぎが始まって、もうだいぶたつだろうに」

「酔いつぶれているのかもしれません」

「討伐隊で、ことに当たれるのは？」

「ここにいる三人だけですな」

ということは、従太郎、勘吾、新平の三人ということだ。兵頭俊作たちを相手にするわけではないから、じゅうぶんではあるが、勘吾も新平もいまは銃で武装しているわけではない。通常の邏卒任務の携行武器、サーベルを腰にさげているだけだ。

三白眼の男が言った。

「こういうことは、ときを置くだけ無駄だ。やらしてもらうぜ」

いつのまにか、その三白眼のうしろに、四人の男が立っている。見るからに粗暴そうな印象の男たちだった。その四人は全員、猟銃を手にしている。

勘吾が男たちに言った。

「人質がいるんだ。無茶はよせ」

三白眼は言った。

「心配無用だ。あんたらは、茶でも飲んでろ」

従太郎は肩にかけた雑嚢をくるりとまわして、中から革帯に収めた短銃を取り出した。三白眼たちが、一瞬驚きを見せた。

雑嚢を足元に落として、従太郎は革帯を腰につけた。すでにこの短銃の扱いにはすっかり慣れている。一瞬も手をとめずに短銃を抜き出し、銃身を倒した。輪胴の薬室はたしかめてみるまでもない。六発、全室装塡されている。かちりと音を立てて銃身をもどし、用心金に指を引っかけて一回転させてから腰の革袋に収めた。

ここまでは、いわば居合の腕を披露するようなものだ。こけおどし、と言ってもよいかもしれない。しかし安田組の男たちは、声もあげずに従太郎の一連の動作に見入った。それなりの効果はあったようだ。

従太郎は勘吾と新平に言った。

「この場はおれたちが収める。ふたりとも、ついてきてくれ」

「待て」と、三白眼が従太郎の前に歩み出た。「そうはさせねえ」

従太郎はかまわず魁春楼の玄関口へと向かった。三白眼は気圧されたように横へのいた。

背後から、勘吾と新平があわててついてきたのがわかった。

玄関口に入ったところで、従太郎は勘吾に訊いた。

「土工の名は、わかっているのか」

「ひとりだけ」と勘吾。「三次《さんじ》というのがおるそうです」

「あんたは、ここにいてくれ。あの安田組の連中を入れるな」

「矢島さんは？」

「説得する」

「気をつけてください。人質をとったうえに、酒も浴びたらしい。道理がわかる頭かどうか、わかりませんから」

「わからせる」

新平が訊いた。

「わたしは、どうします？」

「腰のものに手をかけて、おれのうしろにいろ。ただし、よっぽどのことがないかぎり、抜くな。抜き身を見せるな」

「はい」

従太郎は土足のまま廊下へ上がり、階段の下まで進んだ。

階段に、煙草盆やら湯飲みが転がっている。階上から物音は聞こえてこない。

従太郎は、わざと足音を立てて階段を五段昇った。正面の部屋で、ひとの気配があった。足をとめて、大声で言った。

「三次、いるか。いるなら返事をしろ。おれは開拓使相談役の矢島という」

一拍置いてから、声が返ってきた。

「なんだよ、うるせえな、小役人」

甲高い声だった。かなり興奮しているようだ。

従太郎は言った。

「そうだ、小役人のようなものだが、話がある。二階へ昇るぞ」

腰の短銃の握把に手をかけて、階段を昇りきった。

正面の襖の向こうから、また声が聞こえてきた。

「くるんじゃねえ。こちらは自棄《やけ》になってるんだ。近寄ると、ここにいるあまを殺すぞ」

悲鳴じみた女の声。

「やめて。よして。殺さないで」

従太郎は言った。

「三次、自棄になることはない。おとなしく出てこい。いつまでもこんなとこで阿呆をやってられないだろう」

「うるせえってんだ。出てゆけば、またあの飯場に逆戻りだろう。おれら、半殺しになるんだ。出てゆけるものか」

「飯場には返さん。人質を放して、好きなところに行けばいい。お前らは、まだ盗んだり、ひとを殺したりしてるわけじゃない。お縄を頂戴することもないんだ」

「飯場を逃げてきた」

「何の罪でもない」

「飯場には、借金があるんだよ。たんまりとな」

「べつのところで働いて返せ。なんなら、開拓使があいだに入ってやる。とにかく、こんな騒ぎはしまいにしろ。おおごとになる前に、さっさと出てこい。もしお前らが人質を傷つけたり、ここから火でも出す騒ぎになったら、鞭打《むちう》ちくらいの刑ではすまんぞ」

「開拓使が、あいだに入ってくれるって？」

「あいだに入って、話をまとめてやる」

「向こうは、承知するか」

「させる。飯場にはもどされない」

「ほんとうか？」

「おれを信用しろ」

「開拓使の誰と言った？」

「矢島。開拓使の相談役だ」

「約束できるか」

「証文を書いたっていい」

「ちょっと待て」

襖の奥で、ひそひそ話が聞こえる。まったく道理がわからない面々でもないようだ。

「矢島！」とまた声があった。「ちょっと、面《つら》を見せろ」

少しためらってから、従太郎は言った。

「いいだろう。襖を開けろ」

襖が、すっと開いた。

中で、三人の男が遊女を取り囲んでいる。ひとりが、女の首に刃物を当てていた。女はぶるぶると口を震わせている。

刃物を当てていた男が言った。

「ぶっそうなものを、腰にさげてるじゃないか」

いましがたの甲高い声だ。これが三次なのだろう。

ちらりと自分の腰の短銃に目をやってから、従太郎は言った。

「これか。抜いているわけじゃないが」

「出ていったら、おれたちを撃つんじゃないのか」

「どういう罪状でだ？　お前たちは、監獄部屋を逃げてきたというだけだ」

「下には、安田組の棒頭たちが待ってるようだぞ」

「手は出させん」

「ほんとうに？」

「腰のものに賭けてもいい。お前たちがおとなしくすればだ」

まだ相手は半信半疑の目だ。

「好きなところに行っていいんだな」

「お前たちは、自由の身だ」

「同じことを、騎兵隊のやつらも言った」

「そいつらの言葉は、信用できたんだろう？」

「役人じゃあねえからな」

くそ、と従太郎は胸のうちで悪態をついた。兵頭たちの言葉なら信用できて、どうしておれの言葉は実《じつ》がないということになるんだ？　やつらはただの群盗、こちらは政府から任命された討伐隊相談役だ。この地では、役人の言葉よりも盗賊の言葉のほうが重いというのか。

従太郎は兵頭の顔を思い起こしながら言った。

「おれもやつらも、一度は同じ旗のもとで戦った身だ。嘘は言わぬ。だましたりはしない。やつらが信じられたんなら、おれの言葉も素直に受け取れ」

「あの連中、お尋ね者なんだろう？　あいつらに逃がしてもらって、おれたちも何か罪に問われないのか」

「問わん」

三人は顔を見合わせた。

ひとりが、確認してきた。

「ほんとに、飯場にはもどらなくてもいいんだな」

「いい」

「おれたちは一文なしだ。どこにも行けんのだが」

「札幌本府でも建設工事は盛んだ。ここの飯場に入れば、多少の金も稼げるだろう」

三人はもう一度顔を見合わせた。小声で何かささやきあっていたが、けっきょく三次が言った。

「飯場があんまりひどいところでよ。ひとがまったく信用できなくなっちまってた」

ずいぶんおだやかな声になっていた。

従太郎も、声の調子を落として、なだめるように言った。

「女を放して、あとからついてこい。ひとまず邏卒屯所にゆく」

「縄はかけないんだな」

「お前たちは、自由の身だって。こい」

くるりと背を向け、ゆっくりと階段をおりた。男たちが、部屋を出てくる気配はなかった。

六段おりたところで、やっと反応があった。女が何ごとか短く叫ぶと、部屋を飛び出したのだ。すぐ階段を駆けおりてきたが、足を滑らせた。女は階段に尻餅をつき、尻で階段を滑りおりた。従太郎は階段の脇にとびのいて、女をやりすごした。階段の下で、新平が呆れたような顔で従太郎を見上げていた。

うしろに、ひとが続く気配があった。従太郎は振り返らずに、そのまま階段をおりきった。あとから、ためらいがちに階段をおりる音が聞こえてくる。

廊下までおりて振り返ると、三人の工夫がまだいくらかの不安を顔に残したまま、階段をおりてきたところだった。三次ももう刃物は手にしていない。

従太郎は、勘吾と新平に大声で言った。

「この三人を、屯所まで連れてゆく。安田組の連中は近づけるな」

「は」「はい」と勘吾たちが、玄関の外へ飛び出していった。

三人をあとに従える恰好で、従太郎は魁春楼の玄関口を出た。

ひとだかりがある。玄関口に半円の輪ができていた。

従太郎はいったん足をとめた。

三白眼の男は、白鞘の長脇差をさげて正面にいる。その左右にふたりずつ、猟銃を持った男たち。五人とも、にくにくしげに従太郎と工夫たちを見つめてきた。

勘吾が安田組の男たちの前に立ち、サーベルに手をあてて厳しい調子で言った。

「始末はついた。物騒なものを持ち出すんじゃない」

安田組の男たちは、不服そうな顔で銃口を下に向けた。

従太郎は、うしろを見やった。三次たちも緊張した面持ちだった。

「誰も手出しはしない。こい」

そう言ってから、歩みだした。安田組の男たちは左右に分かれて道を開けた。

三白眼の男のまえを通りすぎたときだ。従太郎は、視界の隅で三白眼がすっと白鞘を三次に突き出したのを見た。柄が三次の胸の前に置かれた。三次は、思わずこの柄に手をかけた。押しのけようとしたのかもしれない。

三白眼は、白鞘をすっと引いた。三次が、長脇差を引き抜いたとも見えた。ぎらりと刀身が光った。

野次馬たちのあいだから、驚きの声があがった。女たちの悲鳴が、夜の遊廓街の空気を引き裂いた。

従太郎も驚いて、振り返った。

三次が棒立ちとなっている。その手には、抜き身の長脇差。刀身が、提灯《ちょうちん》の明かりを受けてぎらりと光った。

ひとの輪がくずれた。野次馬たちは、どよめいて我先にその場から逃げようとした。

安田組の男たちが銃をかまえなおした。

三次は長脇差を手にしたまま、まばたきしている。

「ちがう。ちがう。ちがう」

三次は長脇差を放した。それと同時か、一瞬早く、発砲があった。銃声が連続してはじけ、その場がたちまち硝煙に包まれた。

従太郎は、腰の短銃を抜く間もなかった。よせ、と制止している暇もなかった。

三人の工夫たちは、従太郎のすぐ背後で地面に転がった。工夫たちの着物が、みるみるうちに赤く染まっていった。それを追いかけるように、血溜まりが地面に広がってゆく。

従太郎と勘吾、それに新平の三人は、その場に突っ立ったままだった。何もしないうちに、決着はついてしまった。

硝煙がすっと薄れたところで、三白眼が従太郎に冷やかな笑みを見せて言ってきた。

「脇差をとられちまったんだ。へたをすると、あんた、うしろから斬りつけられていたぜ。こうするしかなかったろう?」

従太郎は、三人の工夫を見おろした。死は確実だ。工夫たちは、衆人環視の中でなぶり殺しとなった。安田組は、これでいよいよ名を高めたことだろう。優秀な棒頭が揃っていること、工夫の扱いにたけているということだ。安田組の工夫たちにとっては、逃亡は死を意味することである、と告げられたことにもなる。

仰向けに倒れている三次の唇が、かすかに動いた。何か言おうとしているようだ。従太郎は三次のそばにかがみこんだ。

三次は、従太郎の顔を見つめると、苦しげに言った。

「こんな、ことなら、騎兵、隊に、入るんだった」

それだけ言うと、三次は咳《せ》きこんだ。口から赤い飛沫が飛んだ。

従太郎は唇をかみ、こみあげてくる苦汁を飲みくだしてから立ち上がった。

酒場にもどろう。飛んでゆこう。あの酒場には、まだ干していない器を残したままだ。

玄関口から、飛び出してくる者があった。

黒い邏卒の制服姿だ。首のボタンはかかっておらず、軍靴《ぐんか》は両手にさげられていた。畑山六蔵大尉だった。

畑山は地面に転がる死体を見て、足をとめた。

勘吾が言った。

「こちらにおられたんですか」

畑山は、ばつの悪そうな顔であたりを見まわしてから言った。

「連中の隣りの部屋にいた。機会をとらえて、ふんじばろうと思ってたんだ」

従太郎は畑山たちにくるりと背を向け、遊廓の門へと向かった。

部隊は、長い縦隊を作って原野を移動している。

2

縦隊とはいえ、隙間なく連なった隊列ではなかった。三つに分かれている。先頭を行くのは、兵頭俊作ほか、騎兵隊の古参たち六騎。それから二町ばかりの距離を置いて続いているのは、新参の隊員を中心にした八騎。さらに三町ほど遅れたしんがりは、トキノチを含めた六騎と、きのうきょうの二日間に加わった三人の男たちだ。新入りの三人は徒歩である。きょうも共和国騎兵隊は、昨日に続いて建設工事の飯場を襲ったのだ。やはり安田組の監獄部屋であった。ここでは三十四人の工夫が働いていたが、そのうちふたりが騎兵隊入りを志願してきたのである。もっとも昨日の多吉を含め、彼らは馬に乗れず、騎兵隊の側にも予備の馬の用意はなかった。徒歩で夕張の宿営地へ向かうことになったのだった。

石狩の原野のこのあたり、湿地帯を避けて踏み分け道ができている。過去数百年、トキノチの先祖たちが使い続けてきた道のひとつだった。

トキノチは、行く手にひとりの同胞の姿を認めた。荷を背負った男だ。道の脇に寄って、騎兵隊の隊列をやりすごそうとしている。交易か狩りの途上のように見えた。

道をそのまま進んでゆくと、そのアイヌも馬上のトキノチの姿を認めた。顔だけであいさつしてくる。トキノチも声を出さずにあいさつを返した。四十前後と見える男だが、トキノチの顔見知りのアイヌではなかった。

そのアイヌの前まで馬を進めたとき、道端から彼は声をかけてきた。

「もしや、あんた、トキノチじゃないかい?」

トキノチは馬をとめた。すぐうしろについていたマルーシャも馬をとめ、トキノチの横についた。

トキノチは答えた。

「そうだ。トキノチだ」

「やっぱりそうかい」相手は、複雑な表情になった。微笑《ほほえ》んだのか嘆きの色を見せたのか、区別がつかない。「達布の分岐のアエトモは、親父さんだったよな」

「そうだ。親父は、弟とふたり、達布の分岐の小屋に住んでるが、どうかしたか」

「悪い報せがあるよ」相手は、こんどはまじりけなしの哀《かな》しみの表情になって言った。「親父さんと弟さんは死んだよ。村の者が、葬儀をとりおこなったが」

トキノチは驚いて訊いた。

「死んだ? いつのことだ?」

「もう十日も前のことになるかね」

ということは、騎兵隊が石狩川右岸の宿営地を捨てたころということだ。自分たちが渡河したときは、親父も弟も健在だったのだが。

トキノチは、たしかめた。

「親父と弟が一緒だというと、誰かに殺されたということか」

「ああ。そのとおりだ。ふたりは、殺されたんだ」

「殺したのは、誰だ？」

「開拓使の邏卒部隊だ」

やっぱり、とは思った。それ以外ではありえないだろう。だが、あのふたりが邏卒部隊に殺されねばならない理由があるのか。この自分ならばともかくだ。親父は日本人に刃向かったことなど生涯一度もなく、弟はまだ十二歳だ。ふたりが殺されてよいわけがない。

トキノチは訊いた。

「殺したわけを知っているか？」

「知らん。だけど」相手は先を進む隊列に目をやってから答えた。「この連中の仲間だと思われたんだろう」

自分のせいか。自分が兵頭の仲間に入ったために、身内までその罪を問われているのか。

激しい自責の念に襲われながら、トキノチは言った。

「開拓使の邏卒の誰が殺したのか、わかるかい」

「いいや。その場を見ていた者はいない」

くそっ。

トキノチは舌打ちした。

直接の下手人は、渡河の翌日のあの谷での銃撃戦で死んでいるだろうか。それとも生き延びているか。いや、直接の下手人が誰かなんてことは問題ではない。あの日追ってきた邏卒部隊の全員が、親父と弟の死に責任がある。あのとき生き残った者たちも、すべて死なねばならない。

相手のアイヌが言った。

「あんたに会ったら、伝えようと思っていた。村のひとたちから、頼まれていたんだ」

「あんたの名は？」

「イチャンのコタンのウイキシュだ」

石狩川の中流の村の男ということだ。

「ありがとう、ウイキシュ」

「なんの」

ウイキシュと名乗った男は、荷を背負いなおすと、東の方向へと歩きだした。

マルーシャが、哀れむような目を向けてきた。トキノチは目をそらし、馬の腹を蹴った。

この日、酒場に入った従太郎の目の前に出てきたのは、ガラスの瓶と、ひと皿の料理だった。

従太郎はふしぎに思って、正面の清国人の顔を見つめた。

清国人は言った。

「今夜はあなた、ぐい呑みで足りそうにもありません。瓶をここに置いておきますから、必要なだけ飲んでください。お勘定は、残った量で考えさせてもらいます」

「ありがたい」従太郎は言った。「おれは、日毎に酒の量が増えているものな」

「ただ、ひとつ約束してもらえますかね」

「なんだ?」

「喧嘩だけはよしてください。卓が壊れる。瓶や器が割れる。天井には穴があく。そのうち、この酒場は崩れ落ちます」

「できるだけ控えよう」

扉が開いた。

従太郎は反射的に首をめぐらした。このところ、あの扉が勢いよく開くときは、必ずおれにお呼びがかかっているのだ。

入ってきたのは、勘吾と新平だった。

ふたりとも、血相変えているわけではない。ならば、ゆっくり酒を飲めそうだった。

勘吾と新平は、従太郎をはさむように立ち台についた。例のとおり、勘吾は麦酒を、新平は葡萄酒を注文した。

　勘吾が従太郎に顔を向けてきた。

「また、出ましたよ」

　従太郎は訊いた。

「群盗が？」

「ええ。きょうの昼、また安田組の飯場を襲いました。土工たちが、三十人近く札幌に逃げこんできた。安田組の棒頭たちが、ひとりひとりとっつかまえに駆けまわってます」

「邏卒部隊は、出てゆかなくていいのか」

「土工たちのことは、当該の組の連中にまかせろとの命令です。土工たちが人を殺したり強盗を働いた場合だけ、出てゆけばよいと」

「人殺しを働いてるのは、むしろ安田組のほうだ。このあたりの橋の土台には、必ず人柱が埋まってるとは、札幌にきて何度か聞かされたぞ」

「ああいう組がなければ、開拓は進みません。土工たちの多くも、修行中の小坊主たちとはちがいますからな。かなりの悪さもしてきたろうし、荒っぽい。ああいう連中を扱えるのは、安田組のようなならず者たちだけです」

「それは、お前の見方なのか？」

「いいえ、邏卒長がそう言ったというだけです。たぶん岩村判官も、同じように見ているんでしょう」

「お前は、安田組のような手合いをどう思っているんだ？」

「何も。あたしは、一介の邏卒です。上から命令されたことをやるだけで」

麦酒と葡萄酒が出てきた。勘吾と新平は、それぞれ注文の酒の器に手を伸ばした。

従太郎は瓶を持ち上げ、自分のぐい呑みに玉蜀黍の酒をなみなみと注いだ。

工夫たちも、せっかく兵頭が仲間にならぬかと呼びかけているのだ。どっちみち悲惨で短い生しか生きられぬなら、あの三次という男がいまわのきわに口にしたように、群盗にでもなったほうがよっぽどましだろうに。

そう思ってから気づいた。おれは、ずいぶん不穏当なことを思いついた。酔ってそれを口にしたりせぬよう、心しなければなるまい。それは開拓使邏卒部隊の相談役が口にしてよい戯《ざ》れ言《ごと》ではない。

ひとつだけ、勘吾にたしかめた。

「二日のあいだにふたつ飯場を襲われたんだ。また討伐ということになるんだろう？」

勘吾が答えた。

「増援が着いてからです。さきほど室蘭から電信が入ったそうですが、増援部隊は室蘭に入りました」

「一個分隊？」

「騎兵部隊の精鋭だそうです。馬を急がせているそうで、あと二日で札幌本府に到着します」

「出撃は三日後ということだな」

「それまで、英気を養っておきましょう」

そこまで言うと、勘吾はおおぶりの器を持ちあげて、麦酒をごくごくと喉に流しこんだ。


マルーシャは、鍋を洗っていた手をとめて、耳をすました。

足音が聞こえたのだ。落ち葉の大地を踏みしめて、近づいてくる足音。

聞こえなくなっていた。

気のせい？

いや、そんなことはない。足音は聞こえなくなったが、沢の背後の木立のほうから、荒い息づかいが聞こえるではないか。

マルーシャは鍋を手早くすすぐと、岸にあげてあったもうひとつの鉄鍋に重ねて持ち上げた。

誰が近寄ってきたのか、見当はつく。この数日のあいだに仲間に加わった工夫たちの一部だろう。彼らは、入ってきたときから、マルーシャに野卑な好奇の目を向けてきた。舌なめずりでもしかねない表情で、露骨に物欲しげな目を向けてきたのだ。行軍中も、食事のさなかでも、焚き火を囲んでのささやかな談笑のひとときでも、その欲情の対象として自分を凝視してきた。視線が肌に突き刺さるとさえ感じられるほどの強さで。

彼らがいた監獄部屋にはろくな娯楽もなく、とうぜん女とも無縁だったのだろうが、その飢餓を自分に向けられても困るのだ。自分は騎兵隊が連れ歩く酌婦《しやくふ》ではない。共有された奴隷女ではなかった。自分は兵頭の部下であり、騎兵隊の隊士のひとりだった。

木立の中の斜面を上がりきったとき、暗がりにぬっと出てきた者があった。

棟方甚八だった。もとは庄内藩士だったという男。

棟方は、マルーシャの前に立ちはだかった。マルーシャはすっとやり過ごして抜けようとした。棟方が同じ方向に動き、そばの立木に手をついた。マルーシャは棟方に制止させられた恰好となった。

棟方はマルーシャの顔をのぞきこんで言った。

「マルーシャ、愛想のない顔だな。おれにもちったあいい顔を見せてくれよ」

言いながらも、身体を近づけてくる。

マルーシャは棟方を避けてしりぞきながら言った。

「よしな。触ると、その手を切り落とすよ」

「おおこわ。だけど、ちっとぐらいいいじゃないか。お前、誰のものでもないんだろうし」

「だから、誰とでも寝ると言ってるのかい？」

「ちがうのか？」

「みそこなうんじゃないよ。誰か、そう噂してたって言うのかい？」

「古い連中は、みんな適当にお前と寝てるんじゃねえのか。そうでもしなければ、これだけの男所帯がもつわけがねえ。だけど、そろそろおれにも番がまわってきてもいいだろう」

また一歩、身体をよせてくる。右手がマルーシャの襟元に伸びた。

マルーシャは鍋をその場に落とし、棟方の手を払おうとした。棟方はぐいとマルーシャの手首をつかんだ。

熱い息が顔に吹きかかってくる。

「マルーシャ、なんなら金は払うさ。懐には、多少の銭が残ってるんだ」

「やめてよ。放してよ」

「ほんのちょんの間だ。すぐに放してやるさ」

マルーシャは手をふりほどこうとした。棟方は力をゆるめない。万力で締めつけられたようだ。左手で棟方の顔に爪を立てようとしたが、棟方がその左手首もつかんだ。

どうしよう？

みなのいる宿営地は、この沢から三十間ほど先だ。大声を出せば、聞こえるだろうか。それともこの男には、自分ひとりで手痛い罰を与えてやるべきなのだろうか。

棟方はマルーシャの両腕をとったまま、また一歩前に出てきた。マルーシャは腰を引いてさがった。背中に木があたった。それ以上は後退できない。

すっかり夜だが、目の前の棟方の目がはっきり見える。油でも浮いたような目をしていた。

「さ、マルーシャ。ロシアの血が半分ってのは、どんな味なんだ？　試させてもらうぜ」

そのとき、木立の奥から声があった。

「マルーシャ！」

トキノチの声だった。

「トキノチ！」思わず叫んだ。「きて。助けて」

木立を黒い影が疾駆してきた。棟方が、顔を影のくる方向に向けた。

黒い影は、ほんの少しもその疾駆の拍子をゆるめなかった。疾駆した勢いのまま、どんと棟方に体当たりした。マルーシャの手が放された。棟方と黒い影は重なりあって地面に転がった。

マルーシャはトキノチに加勢しようとした。棟方の足を押さえようとかがみこんだが、その必要もなかった。たちまちトキノチは棟方に馬乗りになった。棟方は激しく抵抗した。一瞬、白いものが光った。刃物を取り出したようだ。トキノチも山刀を振りかざした。

ギャッ、と短く悲鳴があがった。トキノチが棟方に馬乗りになったまま、マルーシャのほうに短刀を放ってきた。棟方のものだろう。

マルーシャはその短刀を拾いあげた。そこにまた足音。何人かが駆けてくる。

振り向いたところに、さっと銃が振りまわされた。短刀がはじき飛ばされた。

生田三郎だった。棟方と同時期に隊に入ってきた男。

生田が言った。

「すっこんでろ。このあま」

また数人がその場に駆けてきた。工夫たちが三人だった。

生田はすぐトキノチたちに駆け寄り、トキノチの背を銃でどやした。

「このアイヌ野郎。離れるんだ」

トキノチはいったん身体を硬直させたようだった。動きがとまった。それからゆっくりと背を起こし、いったん振り返ってから立ち上がった。

棟方が素早くその場から離れた。肩を手で押さえている。

棟方は、悲鳴じみた声で生田たちに訴えた。

「このアイヌときたら、おれを刺しやがった。刺しやがったんだ」

木立の奥から、まだひとが続いて駆けてくる。騒ぎはどうやら、騎兵隊全体のものになった。今夜もひと波乱だ。

ぱちぱちと激しくはぜる焚き火を囲んで、やりとりが始まった。

マルーシャが事情を説明したが、当事者のひとり、棟方甚八は肩に傷を負っている。問題は、マルーシャが犯されかけたということではなく、トキノチが仲間を傷つけた、という点になってしまっていた。

その棟方は、まだ血がとまらず、天幕のほうで唸っている。傷はどうやら肩の骨まで達しているようだ。しばらく、隊士としては使いものになるまい。

トキノチは、胸にわだかまる怒りと憤激を無理やりに押し殺そうとした。身体がときおり激しく震える。この事態は、理不尽だった。納得できるものではなかった。非がどこにあるか、騎兵隊がどう対処すべきかは明白なはずだ。なのに——。

焚き火の明かりで顔を赤く染めて、生田三郎がきつい調子で言っている。

「こっちはひとりでも仲間を増やしたいってときなのに、ささいなことで仲間を傷つける野郎が出てくるんじゃ、何にもならない。おれはそのアイヌに、厳罰で臨むべきだと思うぜ」

中川与助が言った。

「やつには名前がある。トキノチだ。アイヌと呼ぶな」

「そのトキノチだよ。いいのか。やつを放っておいて」

「トキノチの言い分を聞こう」

トキノチはその場に立ち上がった。

「マルーシャが話したとおりだ。棟方がいやがるマルーシャにむりやり手をかけた。てごめにしようとした。おれはそれに気づいて、やつを吹っ飛ばしたんだ」

与助が訊いた。

「そのとき、もう刃物を握っていたんだな」

トキノチは生田に顔を向けて答えた。

「ああ」

「棟方は、刃物を持ち出していたのか?」

「いいや。だが、地面に転がると、すぐに刃物を抜いた」

「お前は、まず順序を踏まなかったのか。棟方を諌《いさ》めるようなことは言わなかったのか。吹っ飛ばす前にだ」

「そんな暇はなかった」

「どんな暇だ。マルーシャと棟方は、ただ向かい合って、お互いの誤解を解き合っていただけじゃないか。最初から刃物を持ち出すことはなかったはずだ」

マルーシャが言った。

「あの場に、どんな誤解があったって言うんだい? 何にもないよ。お天道《てんと》さまを見るみたいに、ものごとははっきりしてるんだよ」

生田が言った。

「色目を使われた、と棟方は勘ちがいしたんだ」

「あの助平野郎」とマルーシャ。

生田が言った。

「男はみんな助平野郎さ。女を見れば、むずむずするんだ。ちがうか、みんな？　お前たち、すっかり枯れちまってるってわけじゃないだろう」

与助が言った。

「仲間の女に手をかけることはあるまい」

「じゃあ、どんな女ならいいんだ？　近所のコタンのアイヌ娘か？　それとも、入植した百姓の女か。そういう女だったら、言い寄ってもいいのか」

「よせ。おれたちはいま、戦争をやってるんだぞ」

「女を買いにゆけるぐらいの小遣いは出せよ。たまにはおれだって、札幌か函館あたりに命の洗濯に出かけたい」

「女遊びのことなど、考えるな。戦争が終わったところで、自分のいい女をみつけりゃいいじゃないか」

「いつ戦争は終わるんだ？　おれたちは、いつ戦争に勝つ？　いつ戦争を終わらせる？」

「それは……」

与助が答に窮したところで、工夫のひとり、多吉が言った。

「たかが女に手をかけたぐらいのことで、仲間割れすることはねえよ。このアイヌが」

マルーシャが鋭く言った。

「トキノチって名だよ」

多吉は、一瞬口をつぐんだが、すぐにあとを続けた。

「このトキノチってアイヌが、棟方ってひとを刺したのは、やりすぎだ。こんなに気が短くて考えのねえアイヌがいるんじゃ、おれたち、おちおち眠ることもできねえや。なんとかならないのかい」

与助が訊いた。

「なんとかとは、どういうことだ」

「一緒に寝起きするんじゃなく、べつのところで狩りでもやってもらうとかよ。分け前は減らすとか」

「分け前なんてない」

「ほんとに？」

「ない」

多吉は、信じられない、といった目で首を振った。

生田がまた言った。

「とにかく、そのアイヌには、きっちりけじめをつけてもらおうじゃないか」

そこでようやく兵頭俊作が立ち上がった。

全員の視線が兵頭に集まった。

兵頭は、隊士ひとりひとりを見渡してから言った。

「仲間を傷つけたんだ。トキノチには、しばらく謹慎してもらわねばなるまい」

トキノチは訊いた。

「どうしたらいいんです？」

兵頭は、トキノチに顔を向けて言った。

「明日以降、しばらく作戦に加わらなくてもいい。ここで、小屋掛け仕事をやってろ」

「それは、罰ということなんですか」

「そのとおりだ」

トキノチは沈黙した。

自分が罰を受けるのはかまわない。兵頭が、それが必要だと判断したのだ。たぶん、それがいちばんいい解決策なのだろう。納得できるわけではないが、兵頭の命令には服することはできる。

ただ、承服できないのは、戦いに参加できないという点だ。自分にはいま、この仲間に加わったときよりもはるかに強く、戦うべき理由ができてしまった。開拓使邏卒部隊と交戦できぬというのは、禁固刑をくらうよりもつらい。

トキノチはそれを口にはしなかった。

黙したまま兵頭から視線をそらして、膝を抱えこんだ。

その夜遅く、マルーシャは呼ばれたような気がして目をさました。天幕の中は真っ暗だ。何も見えない。天幕の中に、誰か入っている気配もない。夕方のことがあったせいで、夢でも見たのだろうか。

そう思ったところに、また呼び声。

「マルーシャ」

トキノチの声だった。天幕の外から、小声で呼びかけている。

「なあに、トキノチ？」マルーシャは、小声で訊いた。「どうしたの？」

天幕の外から、トキノチがやはりささやくように言ってきた。

「おれは、ここを出る。行かなくちゃならないんだ」

思わず背を起こした。

「出るって、どこへ」

「親父と弟が殺されたことを聞いたろ」

「うん。かわいそうに、トキノチ」

「おれは、ひとりでも戦わなくちゃならん。ここで、小屋掛けなんてしてるわけにはいかないんだ」

「だって、あんた、あんたひとりで戦うなんて」

「さようなら、マルーシャ。身体には気をつけろよ」

「あんた、抜けるってこと？　もう仲間じゃなくなるの？」

「さようなら」

落ち葉を踏みしめる音が聞こえてきた。

マルーシャは上掛けをはねとばして起き上がり、天幕の外に飛び出した。

真っ暗闇《くらやみ》の向こうに、足音が遠ざかってゆく。早足で、トキノチが立ち去ってゆくのだ。

躊躇も未練も感じられない、きっぱりとした足音だった。やがてその足音は、森を渡る風の音にまぎれて聞こえなくなった。

3

札幌の官用地と町家地とを分ける大通りは、幅およそ一町。通りと言うよりは、むしろ広場のつらなりと言ったほうがわかりやすい。人馬が通るのは、通りの南側と北側それぞれ幅六間ほどで、残りの部分は大半が馬の放牧地となっている。

邏卒屯所はこの大通りに面した町家地側にあって、すぐ北側の部分は、邏卒部隊専用の馬場である。白い柵がめぐらされている。

従太郎はこの日、宿酔《ふつかよ》いの頭を振りながら屯所を出た。昼すぎである。腹はとても飯が入る状態ではない。少し新鮮な空気が必要だった。

馬場へと歩いて、従太郎は柵にもたれかかった。

馬場では、五人の男が乗馬の訓練を受けているところだった。五騎が一列となり、柵に沿うように円を描いている。男たちはみな、姿勢が定まらない。おっかなびっくりの様子だ。

馬の列が従太郎の前までできて、やっと男たちが誰かわかった。安田組の棒頭とその配下の者たちだ。あの三白眼も、股引《ももひ》きに乗馬靴で鹿毛《かげ》の馬にまたがっていた。

彼らは、銃の扱いには慣れていても、馬に乗るのは初めてなのだろう。背を丸め、鞍の角頭橋に手をかけて、振り落とされまいと必死の様子だ。

馬場の中央で男たちに指示を出しているのは、畑山六蔵の部下の田原午之助である。馬場の左手の柵のところには、畑山六蔵の姿があった。

ぼんやりと訓練を眺めていると、横に山上勘吾がやってきた。

従太郎は、勘吾に訊いた。

「あの連中は、後方任務ということではなかったか？　なぜ乗馬の稽古《けいこ》が必要なのだ？」

勘吾は、馬場に目をやって答えた。

「畑山大尉は、連中を討伐隊に組み入れるつもりのようです。それで、ものになるように鍛えてるんでしょう。午前中は、馬具の扱いを教えていましたよ」

「やつらに札幌の巡邏《じゅんら》をまかせ、札幌の邏卒たちを討伐隊に組みこんだほうが早いのではないか。邏卒たちなら、いまさら銃も馬も習わなくてもいいんだ」

「銃や乗馬の腕前よりも、切った張ったの修羅場をくぐってきたってことのほうが大事なんでしょう」

「それにしたって、明後日には出撃だ。間に合うのか」

「いくらなんでも、襲歩《しゅうほ》までは無理でしょうな。馬上からの射撃も、期待できません。ただ、行軍するだけなら、なんとかなるんじゃないでしょうか」

右手の柵のほうでも、民間人が数人、柵にもたれかかって訓練の様子を眺めている。ひとり、アイヌの身なりの男がいたが、そのそばにもうひとり、アイヌの男が近寄っていった。

従太郎は、そのふたりのアイヌを見やりながら言った。

「日が暮れるころには、やつらみんな股擦《またず》れで使いものにならなくなってるぞ」

「そうですな。連中は……」


トキノチは白い柵によりかかっている男が、ウイキシュであることに気づいた。

昨日、自分の父親と弟の死を教えてくれた男。やはり彼は、札幌に交易に出てきたのだ。

「ウイキシュ」と呼びかけながら近づくと、ウイキシュは驚きを見せた。

「トキノチ！」

「しっ」トキノチは言った。「おれの名を、大声で呼ばないでくれ。邏卒たちの耳に入れたくない」

ウイキシュの左隣りに立って、柵に両手を預けた。馬場では、五人の男が騎乗中だ。これを、馬場の真ん中にいる邏卒の制服を着た男が指導している。速歩から駆歩へ、駆歩からまた速足へ。その繰り返しの訓練だった。

ウイキシュが、しげしげとトキノチを見つめながら言ってきた。

「なんでまた、札幌にいるんだ？」

トキノチは、馬場に目を向けたまま答えた。

「あんたから、あの話を聞かされたからさ」

「もしかして……」

「詮索しないでくれ」

「ひとりだけなのか。仲間は？」

「仲間はみんな、山の中だ。札幌には、おれひとりさ」トキノチは、馬場と、その南側に見える邏卒屯所の建物を顎で示して言った。「あれが、邏卒部隊の本陣だな」

「そうみたいだな。あの制服たちが出入りしてるよ」

「いま馬に乗っている男たちは、邏卒には見えないが」

「小耳にはさんだ。ならず者たちが、あんたらの討伐隊に加わるんだそうだ。その連中だよ」

そのとき、馬場の外側で、邏卒の制服を着た男が大声を出した。

「ようし、いったんおりろ。けつを休めるんだ。つぎはもっとしごくからな。覚悟しておけ」

制服をだらしなく着こんだ、小太りの男だった。歳は四十前か。尊大そうな顔だちをしている。

トキノチはウイキシュに小声で訊いた。

「あれは？」

ウイキシュは答えた。

「あれが、いちばんの偉いさんのようだ。討伐隊の隊長さんなんだろう」

左手の柵にも、ふたりの男がついている。ひとりは邏卒の制服姿で、もうひとりは私服だ。私服の男は、つば広の帽子をかぶっている。

そのふたりの男たちと視線が合った。向こうも、こちらを気にしていたのだ。

すっと背中に緊張が走った。

邏卒のひとりには見覚えがある。石狩川で開拓使の運漕船を襲ったとき、船の警備についていた男ではなかったろうか。

だいじょうぶだ、とトキノチはあわてて自分に言い聞かせた。双方のあいだには、弓矢の射程以上の距離があるし、そもそも和人の目には、アイヌの顔かたちはみな同じものとしか見えないはずだ。自分があのときのアイヌだと気づかれることはない。自然に振る舞えばいい。

トキノチは、顔だけ派手な笑みを作ってから、隣りのウイキシュに訊いた。

「あんた、これからどうするんだい？　まだ札幌にいるのか？」

「いいや」ウイキシュは答えた。「用事もすんだ。そろそろ出発しようと思ってた」

「じゃあ、さようならだな、ウイキシュ。おれに大きく手を振りながら、そっちへ行ってくれ」

「手を振りながら？」

「何も言わずに、うんとおおげさにさよならしてくれないか」

ウイキシュはまばたきした。トキノチの言葉の真意を探ろうとしたのだろう。

「わかった」ウイキシュはうなずいた。「それじゃあな、同胞よ。気をつけて」

「ありがとう」

「ほんとに気をつけてな。思慮のないことはするな」

「わかってる」

ウイキシュは、足元から自分の荷を持ち上げると、大きく手を振りながら柵を離れていった。

トキノチはウイキシュを見送りながら、やっと思い至った。

つば広の帽子をかぶった男は、仲間が噂していた、矢島とかいう男だろうか。かつては同志であったのに、あろうことか開拓使邏卒部隊に加わったと、与助たちは憤慨していたが。

勘吾がふいに真顔になって口をつぐんだので、従太郎は訊いた。

「どうした。何か？」

「いや、べつに」勘吾は、馬場の右手の柵のほうに目を据えたままだ。「右手のほうに、住人やらアイヌの姿が見えますな」

「ああ」

若い男と、いくらか年配のアイヌと、ふたり見える。ずいぶん熱心に訓練の様子を眺めている。

勘吾が言った。

「あのアイヌのひとりは、どこかで見たように思いましてな。ふと思い当たったんですが、船を襲ったアイヌかもしれません」

従太郎はアイヌを凝視した。ひとりが柵を離れて立ち去ってゆくところだった。若いほうが残った。

従太郎が訊いた。

「いま残っているほうか？」

「そうです」

「だとしたら、大胆なことだな。邏卒たちを目の前にして、まったくおそれている様子はないぞ」

「偵察にでもきているんでしょうか」

「やつがそのアイヌだと言い切れるか」

「自信はありません。アイヌの顔というのは、どうも見分けがつきにくい」

「おれも、見慣れぬころは、異人が全部同じ顔に見えたよ」

畑山六蔵が馬場から離れた。田原午之助も柵をくぐって馬場を出た。ふたりとも、屯所のほうへ向かっている。

馬場の右手で、残っていたアイヌの青年も柵から離れた。

勘吾は、首を振った。

「ま、思いすごしでしょう」

畑山と午之助は屯所の中に入ってしまった。お茶どきということなのかもしれない。

従太郎が見ていると、アイヌの青年は大通りを横切り、南の町家地のほうに走り去っていった。

第七章

1

朽葉《くちば》色の原生林に覆われた大地は、何度かの霜、何度かの氷雨《ひさめ》を経て、すでに冬の眠りに入る支度を整えていた。

その大地の中にひと筋、白っぽい線が走っている。馬車を並べて走らせることのできる幹線道、札幌本道である。

共和国騎兵隊と開拓使邏卒部隊とは、これまで何度もこの道に沿って衝突を繰り返してきた。ろくに集落もない大平原を突っ切っている道だから、開拓使の側にもこの道を完全に守りきるだけの力はない。騎兵隊がいつ出現してもおかしくはない、という状況ではあるが、安全の確保はできていないのだ。いま、開拓使がとっている警備の手段は、金や重要人物を運ぶ馬車には、護衛をつける、ということだけだった。逆に言えば、護衛のついている馬車には、価値あるものが乗っている。

中川与助は、原生林の端からその札幌本道の北に目をこらしていた。北、ということは、つまり札幌の方角である。

夕刻、そろそろ陽も西のかたに没しようという時刻だ。

背後の森の中には、全部で十四騎の隊士たちが控えている。兵頭俊作が昨日、あらたな作戦を命じたのだ。開拓使の重要人物を拉致《らち》する、というものだった。近々、札幌に軍の増援が到着する、という噂が流れている。あらたな掃討戦が開始される、と見てよいだろう。兵頭は、先手を打って討伐部隊の動きを封じる、と決めたのだ。

与助の隣りで、大門弥平次が言った。

「トキノチが消えてみると、なぜか落ち着かない気分だな。つい声をかけたくなるのだが、いるはずのところにはいない」

与助も似たような想いを味わっていた。トキノチは、五年前、与助たち五稜郭の残党が石狩の平原を流浪したあの秋以来の仲間なのだ。

与助は地平線に目をこらしたまま言った。

「親父や弟が殺されたってことを、おれたちに教えておくべきだった。敵討《かたきう》ちを手伝ってもよかった」

「罰に不服で脱走となるとは」

「軍律違反の重さがわかっていない」

「あいつは狩人だった。戦士じゃあないんだ」

「やつひとりきりで、敵討ちができるものでもないのに」

北の地平線に、ぽつりと砂埃が見えてきた。札幌を出た馬車が、疾駆してくるようだ。

弥平次が、また与助に言った。

「馬車のようだが」

与助は、遠眼鏡を目に当てた。

「馬車は一台。四頭立てだな。護衛もついている。二騎いるようだ」

兵頭俊作がうしろから馬を寄せてきて言った。

「見せてくれ」

遠眼鏡を渡すと、兵頭は疾駆してくる馬車を確認してから言った。

「いま、札幌を出るお偉いさんとなると、誰になるかな」

与助は、頭の中で答をまとめた。

夏のあいだは、政府の高官たちが入れ代わり立ち代わり札幌を視察に訪れていた、と聞いている。軍首脳も数人、北方警備のための調査にきたとのことだった。天皇の側近とか公家たちもきていたという。北海道に天子の威光が行き届いているかどうか、たしかめようということだったのだろう。

ただし、これらの重要人物ややんごとなき御方たちは、札幌本道を通るとき馬車を数台連ねるのがふつうだ。一台だけとなると、単身での視察旅行だということになる。該当する人物は、誰になるか。

冬を目前にして札幌を離れる人物だ。開拓使の高官や技官ではあるまい。お雇い外国人も、ほとんどは越冬する。雪が降る前に急いで札幌を離れようとするのだから、開拓の実務とは無縁の者だろうが。

与助は兵頭に答えた。

「たしか、岩倉侯の側近が、このひと月ばかり札幌に滞在していた、との話があります。何か病にかかったとかで、視察の同行者たちと分かれ、ひとり残されていたそうです。そいつかもしれません」

兵頭は言った。

「なら、不足はない。こっちの要求も出しやすい。襲撃準備を」

「は」

与助は振り返って、手で合図を出した。

隊士たちは、何も言わずに原生林の奥へと散った。

銃撃戦は、ごく短時間で終わった。札幌へ向かう馬車ならともかく、札幌を出る馬車が襲われるとは、護衛の邏卒たちも予期してはいなかったようだ。騎兵隊が道をふさぎ、数発の銃声を放ったところで、たちまち戦いの決着はついた。

護衛の邏卒ふたりはあっさりと大地に転がり、御者《ぎょしゃ》とその助手は両手をあげて降参したのだ。

騎兵隊は札幌本道の路上で、四頭立ての馬車を包囲し、とめた。

与助は北辰旗をひるがえらせながら、馬車に近づいた。中にひとり、和服姿の中年男がいる。おびえきっているようだった。

与助は、馬車の窓の外から言った。

「共和国騎兵隊だ。そちらの名は？」

中から、虚勢っぽい声があがった。

「ぶ、無礼な。少輔《しょうゆう》、岡崎唯末《おかざきただすえ》と知っての狼藉か」

兵頭が馬を寄せて、岡崎と名乗った男に訊いた。

「朝廷に近いおかたとお見受けするが」

「聞こえなかったのか」と、うらなりを思わせる色白の顔だちの男は答えた。「少輔、岡崎唯末だ。公家の岡崎を知らんのか？　われはその一族なるぞ」

「知らんので聞きたい。少輔というのは、そうとうに偉い位なのか？」

「なんたる無知。勅任官《ちょくにんかん》ぞ」

「あいにく、朝廷や新政府の仕組みにはうとい」

「宮内省で、卿《きよう》、大輔《たいふ》につぐのが、少輔だ」

「ということは、天子さまにもお気やすいのだろうな」

「さよう。そのとおり」

「ここは戦場だということを知っていたか？」

「群盗が出る、とは聞いたことがある」

「戦地なのだ。共和国騎兵隊が、あんたらの頭領による支配がいやで、戦っている」

「貴様たちが、その騎兵隊だと言うのか。反逆者たちが」

「反逆者と認めてくれたとはありがたい。では、自分の立場もわかるな？」

「自分の立場？」

「朝廷の中枢にいる御仁となれば、まごうことなくわれわれの敵。あんたを捕虜としなければならん。馬車をおりてくれるか？」

「無礼な」と、もういちど岡崎唯末と名乗った公家は怒鳴った。「朝廷を侮辱すると許さん」

与助は怒鳴った。

「ぐだぐだぬかすな。こっちは気が短い。自分でおりないって言うんなら、引きずりおろすだけだぞ。うらなり野郎！」

岡崎少輔は、その剣幕にびくりと身をすくめた。

「とっととおりてこいってんだ」

弥平次が馬車の扉を開けて、中の男に短銃を突きつけた。

岡崎少輔は狼狽し、額に冷や汗を吹き出させて言った。

「落ち着いてくれ。おりる。おりるから、乱暴だけはよしてくれ。わたしは荒っぽいことが苦手なんだ。一滴の血を見ただけで気を失う」

岡崎少輔が地面におり立つと、兵頭が訊いた。

「馬には乗れるか？」

「まさか。武家の男児とはちがうぞ」

「では、歩いてもらうか」

「どこまで？」

「われわれの陣まで」

「どのくらいの距離だ？」

「せいぜい六里」

岡崎少輔は一瞬立ちくらみでもしたかのように身体を揺らした。

「そんな距離、歩いたことはない」

「あいにく、牛車《ぎっしゃ》の用意はないんだ」

「う、うらなり？」

「勘弁してくれ」岡崎少輔は、膝を地面に落とすと、兵頭を見上げて哀願した。「たのむ。そんなひどい仕打ちをされたら、死んでしまう。たのむ。許してくれ。室蘭まで連れていってくれ。東京に帰してくれ」

「そうはゆかん。大事な人質として、ていねいに扱う。さあ、立ってくれ」

「たのむ。たのむ」

岡崎は泣きだした。

与助たちは、あきれて顔を見合わせた。

人質にしたのはいいが、面倒のかかりそうな男だった。この男、今晩出される食事にも不平を言いだすのではないだろうか。隊士たちのように野糞《のぐそ》ができるだろうか。


同じ日、すでに陽も沈み、空が急速に光を失ってゆく時刻のことだ。札幌の街なかでは、矢島従太郎が、ひとりのアイヌの青年の動向を気にしていた。

夕暮れどきの馬場で、もう一度あの青年を見たのだ。馬場では、田原午之助と畑山六蔵が、昼前と同様に安田組の若い衆を馬術の教練に駆り立てていた。

こんどは、アイヌの青年は馬場の柵まで近寄ることなく、少し離れた木陰から、教練の様子を見守っていた。見守る様子が、異様である。なにか思い詰めているかのような空気があった。ただ漫然と、珍しいものを眺めているようではない。

いぶかしく思って見つめていると、従太郎の視線が気になったのだろう、その青年は小走りに立ち去っていった。

彼の関心は、誰にあったのだ？　畑山六蔵？　それとも田原午之助？　あるいは安田組のならず者たちだろうか。だとしても、なぜ？

答を見いだせぬまま、従太郎も馬場を立ち去ろうとした。北国の晩秋の夜は早い。空も暗くなってきている。そろそろ酒場も開くころだ。

馬場から酒場のある工作場地区へと向かって歩きだしたところに、うしろから声があった。

「矢島さん。矢島さん」

振り返ると、山上勘吾が駆けてくるところだ。やつが駆けてくるときは、必ず悪い報せがもたらされる。開拓使本庁舎の岩村判官の部屋に呼ばれる。

そのとおりだった。

山上勘吾が従太郎に追いついて言った。

「また群盗です。札幌本道に出ました」

従太郎は勘吾に顔を向けて訊いた。

「こんどは、どこを襲った？　何を奪った？」

「お公家さんが、さらわれました。群盗どもは、東京に帰るため、室蘭に向かっていた岡崎少輔を拉致したんです」

「公家を拉致とは、いったい何が目的なんだ？」

「さあ。でも馬車の御者に、岩村判官宛ての手紙を残していったそうです。判官執務室のほうへ、至急とのことです」

「わかった」

勘吾はくるりと向きを変えると、こんどは馬場のほうに駆けていった。馬術を指導中の畑山六蔵に同じことを伝えるためだろう。

2

開拓使判官の岩村通俊は、いつになく沈痛そうな顔で言った。

「こともあろうに、お公家をさらわれた。邏卒もふたり、弾傷を負っている」

従太郎は訊いた。

「狙われていたんですか。偶然ですか」

「御者の話では、群盗たちは、馬車に誰が乗っているのか、知らなかったようだという」

「護衛は、ふたりだけ？」

「ああ。札幌を出るおかただったので、油断があった。これまで群盗が狙ってきたのは、札幌に入ってくる武器なり金なりだったからな」

「偉いおひとなんですかね」

「岡崎殿は、宮内省の少輔だ。勅任官だから、奏任官《そうにんかん》のわたしより位は上だ。政府の高官と言っていい」

「宮内省が、この地に何の用事があったんです？」

「岡崎少輔は、北海道の御料地、御料林の視察にきていた。つまり、朝廷を代表するひととして、この地がたしかに朝廷のものとなったことをたしかめにきていたのだ」

「そんな人物を誘拐《ゆうかい》して、いったいどうなるというんでしょうか。拉致することの意味がわからん」

「朝廷を怒らせるには、十分すぎやしないかね。言ってみれば、天子さまの身内というか、直接の家臣が襲われたんだ」

「怒らせたところで、事態がやつらに有利に働くわけでもない」

「馬車の御者に、やつらは書状を残していった」岩村は、机の上に折り畳んだ紙を滑らせてきた。「やつらの要求が書かれている」

持ち上げて読んでみた。

達筆の文字で、こう書かれていた。

「謀叛《むほん》御免被り候。

朝廷家臣岡崎唯末少輔のお身柄については、あくまでも丁重に取扱候故、ご心配なきよう、なお次の要求が受け入れられしときには、少輔お身柄は解放されるべく、よろしくご高察の段お願い申し上げ候。
一、米国製インチェスタ銃十打《ダース》、実包一万発申し受け候
一、黄金十貫申し受け候
一、本事態は戦争なる旨、内外に宣せらるべし
詳細は追って指示致し候。

共和国騎兵隊　騎兵頭　兵頭俊作」

横から、畑山六蔵がその書状をひったくった。

ざっと目を通すと、畑山は言った。

「盗人たけだけしいというやつだ。銃に金をよこせだと？」

岩村が言った。

「気になるのは、三点目の要求だ。どういう意味かわかるかね」

従太郎は答えた。

「彼らは、自分たちが群盗と呼ばれることに納得していない。これは有象無象《うぞうむぞう》の犯す犯罪ではなく、あくまでも内戦だと主張したいのです」

「なぜそんなことにこだわる?」

「開拓使がやつらを群盗と呼びたがる理由の逆ですよ」

「と言うと?」

「政府がこれを内戦と認めれば、諸外国も連中を交戦団体として承認することになるでしょう。つまり、彼らは力を持つのです」

「何が力だと言うのだ?」

「交戦団体という名そのものが、すでに力です。新政府と対等の力を持っているものということになるのですよ。五稜郭で榎本総裁がやったことです。榎本総裁は、英国や仏蘭西《フランス》、露西亜《ロシア》とかけあって自分たちを交戦団体と認めさせ、ひいては北海道の事実上の政権であるとまで言わせた。あれと同じ事態が、もう一度再現されることになるのです」

畑山が、不快げに言った。

「たかが二、三十人の群盗が、交戦団体?」

岩村が言った。

「宣戦の詔《みことのり》は、陛下の大権に属する。開拓使がどうこうできることではない」

「では、朝廷に事態を報告されては? 彼らも直接、朝廷と対決したいのかもしれません」

「できん。できん。できん」岩村は焦慮の顔でその場に立ち上がり、部屋の中を歩きだした。

「あの群盗どもの成敗にこれほどてこずっているとは、とても報告などできるものではない。

天子さまにおかれても、この事態を報告されて、愉快におぼしめされるはずがない。ましてや、内戦を認めるなど」

「いかがされます？」

「開拓使の幹部たちを至急集めねばならない。それから、中央に電信だな。厄介なことになったと、伝えるしかあるまい」

畑山が言った。

「明日には、増援が到着します。安田組の連中も、どうにか馬から落ちぬ程度にはなった。明日以降はいつだって討伐に再出発できます。要求には応えず、強気で攻めてゆきましょうや」

岩村は畑山に言った。

「だめだ。無茶をやっては、岡崎少輔の身が危ない。そうなると、朝廷や宮内省が激怒するぞ。われわれはみんな、腹をかっさばかなきゃならん」

「討伐が目的なら、お公家のひとりふたり死んだところで」

岩村は大声になった。

「ならぬと言うに！　岡崎殿は宮内省の重臣だ。ひとの格がちがうのだ！」

畑山は首をすくめて黙りこんだ。

従太郎は言った。

「岡崎少輔の救出が、いちばんの大事ということになれば、取り引きも考慮していいだろう」

畑山が従太郎に顔を向けて言った。

「武器弾薬に、黄金十貫。くわえて、戦争の宣言だぞ」

「そいつは向こうの言い分だ。交渉の余地はあるはずだ」

「こっちが持ってる手は、いくらもないんだぞ」

「強力な増援。徹底した掃討戦。あるいは恩赦。取り引きの種がないわけじゃない」

岩村が言った。

「わたしもまだ動転している。これから幹部諸氏と頭をひねるので、きみらはとりあえず岡崎少輔救出のため、討伐行の支度を整えておいてくれ。どうなるにせよ、出発は増援が着いてからだが」

岩村が、机の上の鈴を振った。

従太郎は一礼してから、畑山と共に判官執務室を出た。

3

戸外はもう暗くなっていた。わずかに空に光があるものの、すでに木立や建物は黒い影としか見えない。

開拓使本庁舎の広い玄関口には、山上勘吾と田原午之助がいた。岩村判官からどんな指示が出たのか、すぐにも聞きたいのだろう。

畑山が、帽子をかぶりながら、部下の午之助に言った。

「お公家がひとり、さらわれた。明日、再出撃ということになるぞ」

午之助が訊いた。

「わたしたちは、何をします？」

「安田組の連中に、気合を入れておくか。連中、いまは？」

「安田正五郎の家だと思います」

「呼び集めろ。豊平橋のたもとあたりで、射撃の教練と行こう」

「もう暗くなってますよ」

「かがり火をたけばいいだけのことだ。出陣の前には、思い切り気分を高ぶらせてやらなきゃならん」

「はあ」

畑山と午之助は、小走りに本庁舎の敷地を南に向かっていった。土塁《どるい》をめぐらした本庁舎敷地の南御門を出て二町南にくだり、東にまた二町歩くと、邏卒屯所である。

南御門へ向かう畑山たちを見やりながら、従太郎は勘吾に言った。

「ちょっとついてきてくれ」

「なにか?」と勘吾。

「さっきから、気がかりがあるんだ」

従太郎は畑山たちを追うように南御門へと向かった。

門を抜けたところで、畑山たちの姿を見失った。影が宵闇《よいやみ》にまぎれたのだ。

南御門の門の外は、幅二十間、両側に土塁の連なる通りである。浜益《はまます》通りと名がついている。残された楡《にれ》の巨木が何本も枝をひろげている。

この通りの南側は開拓使幹部たちの住む官舎地であって、それぞれの街区は本庁舎同様に土塁で囲まれていた。つまり、夜ともなると、人の気配も絶える。通りへ人家から明かりがもれることもなく、ひっそりと静まり返る。街灯の設備はまだなかった。

勘吾がまた訊いてきた。

「どうかしましたか」

従太郎は左右に目を向けながら言った。

「きょう、あんたも気にしていたアイヌのことだ」

「ああ。馬場にいた男ですね」

「あの男、ほんとうに運漕船を襲った一味のひとりということはないか」

「そうだと言い切るほどの自信はありません」

「ちがうとは言い切れるか？」

「いいえ」

従太郎は肩に引っかけた雑嚢を胸の前にまわして、中に手を入れた。

目が少しだけ暗さに慣れた。左手東方向に、畑山と午之助が小走りに遠ざかってゆく。すでに一町先の小樽通りに達しようとしていた。

あれだ。

勘吾が、通りへと出ようとした。

待て、と従太郎は勘吾を手で制した。

通りの先に、ふいに黒い影がわいて出た。影は畑山たちの背後に、畑山たちをやり過ごしてから、出てきたのだ。

従太郎は雑嚢から短銃を抜き出しながら、通りへと出た。勘吾が続いた。

前方で黒い影が走った。黒い影はすぐ午之助に達した。午之助の背におおいかぶさったように見えた。

かすかな明かりのもと、黒い影ふたつがもみ合っている。ひとりは邏卒の制服。田原午之助のようだ。もうひとりは、午之助を背後からはがいじめにしている。その向こう側では、畑山六蔵がサーベルを抜こうとしていた。

「曲者《くせもの》！」畑山が怒鳴っている。「群盗か！」

従太郎は路面に靴音を鳴らして駆けた。

「誰か、早く！」と畑山。「群盗だ！」

午之助が地面に崩れ落ちた。黒い影の正体がわかった。やはりあのアイヌの青年だ。素早い身ごなしで、こんどは畑山を襲おうとしている。腕が振り回された。

畑山がわっとうめいてサーベルを取り落とした。

投げ矢か？　それとも、刃物か？

駆けながら、従太郎は短銃の撃鉄を起こして、黒い影に向けて目見当で一発放った。はずれた。黒い影はすっと宙を飛んだ。畑山に、頭から飛びかかる恰好となった。

従太郎は二発目を放った。

黒い影は畑山の身体にぶつかった。畑山と黒い影は、ひとつのダルマとなって路上に転がった。

従太郎は短銃をかまえながらふたりに駆け寄った。

ふたつの影が離れた。畑山はよつんばいになって路上を走ってから立ち上がった。

もうひとつの影は、路上で苦しげに身体をひねった。従太郎の撃った弾が当たっていたようだ。

駆け寄ってみると、はたしてあのアイヌの青年だった。肩を押さえて、身をよじっている。

憎々しげに従太郎を見上げてきた。

横では午之助が横たわっていた。首のあたりから、黒っぽいぬめりが広がっている。首をかっ切られたようだ。

そばの路上に一本、細身の刃物が落ちている。従太郎はその刃物を蹴って、アイヌの青年から遠ざけた。

勘吾もサーベルを抜いて駆けつけてきた。畑山は、右腕を押さえながら、おそるおそるもどってくる。

従太郎は短銃をアイヌの青年に突きつけて言った。

「兵頭の一味だな。ひとりか?」

アイヌの青年は何も答えない。苦しげに身を縮め、歯をくいしばっているが、呻《うめ》き声ひとつもらすではなかった。

従太郎はもう一度訊いた。

「貴様の名は?」と。

やはり答はない。

勘吾は午之助のそばにしゃがみこみ、その容態をみてから言った。

「見事に首をかかれてますな。この薩摩男児は死にますよ」

畑山が、憎々しげにアイヌの青年を見おろして言った。

「この野郎、群盗が放った刺客《しかく》ってことか。討伐隊長のおれを、わざわざ殺しにきたのか」

アイヌの青年は無言のままだ。

従太郎は勘吾に言った。

「短銃ひとつ持ってきていない。妙だな。兵頭の一味じゃないのかもしれん」

勘吾がアイヌの青年を見やって言った。

「もうはっきりわかりました。あのとき、運漕船を襲ったアイヌにまちがいありません」

「だが、討伐隊長を襲うにしては、手口が拙劣すぎる。これじゃあ、こいつひとりの恨みつらみを晴らすためのひと殺しにしか思えん」

「札幌本道と、札幌本府と、ふたつの場所で同時に騒ぎを起こしたってことでは？」

「こんなもの、騒ぎというほどのことでもない。もしかすると」

「もしかすると」

「一味は、ばらばらになり始めているのかもしれん」

畑山がこれを聞きとがめて言った。

「本隊はお公家の拉致。遊撃隊がおれを殺しにかかっただけだ。こいつは群盗が群盗としてやったことにまちがいはない」

「いずれにせよ」従太郎はなお気丈にも呻き声ひとつあげないアイヌ青年を見下ろして言った。「取り引きの材料が飛びこんできてくれたのかもしれん」

駆けつけた邏卒たちが、担架で午之助を開拓使病院へと運んでいった。頸《けい》動脈を切られており、失血死は確実とのことだ。

畑山は、右の二の腕に刃物を投げつけられたのだが、骨に達するほどの傷ではない。簡単に化膿止めを塗り、止血帯をまいただけで、処置はすんだ。

アイヌの青年は、左肩を撃たれていた。弾は筋肉のもっとも厚いところを貫通しているが、命に別状はない。その青年の体格を見るなら、ひと月ほどの安静で十分に完治する程度の怪《け》我《が》だ。畑山は、アイヌの青年を病院ではなく、獄舎へ運ぶように命じた。すぐに取り調べということだ。

獄舎は、開拓使病院のすぐ北側の草地の中にある。そして開拓使病院は、開拓使本庁舎の正門からまっすぐ東に五町の位置にあった。現場から担架をまじえ、列を作って移動する邏卒の隊列を見て、通行人たちは足をとめ、興味深そうにこれを見送ってきた。

運河の創成川を渡るとき、従太郎は通行人のあいだに、ひとりアイヌの中年男がいるのを見た。そのアイヌの男は、担架に乗せられた青年を見て、一瞬驚きの顔を見せた。

彼もきょう、あのアイヌ青年と馬場にいたのではなかったか？

すっかり暗くなっていたし、じっくりそのアイヌの男の顔をたしかめたわけでもない。従太郎はそのまま、アイヌの男の前を通りすぎた。

邏卒たちの隊列が橋を渡って病院方面へ向かってゆくとき、ウイキシュは思わずつぶやいていたのだった。

「こいつはまた、なんてことに」

何があったのか、わかっていた。まわりで和人たちも噂しあっていたのだ。

トキノチは、父親と弟を殺した下手人に復讐《ふくしゆう》を仕かけたのだ。相手は、群盗討伐隊の隊長だったという。

だが、ひとりきりでの復讐は荷が重すぎた。やむなく部下らしき若い隊士にも手をかけることになったのだ。その隊士はもう死ぬところだという。隊長のほうは、軽い傷ですんだようだ。復讐は中途半端《はんぱ》で終わったのだ。

ウイキシュは思った。

こいつをすぐにでも、知らせなくてはならない。トキノチが仲間に加わっている、あの和人の群盗たちのもとにだ。連中がどこにひそんでいるか、おおよそのことはわかる。明日の朝早くに出発すれば、遅くとも明後日の昼には、伝えてやることができるだろう。

ウイキシュは、くるりと通りに背を向けて歩きだした。

4

アイヌの青年は、医者の見るところ、やはり取り調べには耐えられそうもない、とのことだった。

いま彼は獄舎の独房の寝台に横たえられているが、呻きもせず、悶《もだ》えることもないのは、ただ強靭《きょうじん》な精神力で耐えているだけとのこと。じっさいの傷は、見かけよりも重い。貫通銃創ではあるが、かなりの量の血を失っているのだ。いつ貧血で気を失ってもおかしくはないのだという。

独房の前で、開拓使病院の外科医は、従太郎たちに言った。

「聞き出したいことがあるなら、明日以降にしたほうがいい。それも、拷問なんて真似は勧めない。何もしゃべらないうちに、あの世へやっちまうだけだ」

畑山が言った。

「どっちみち、首を吊るか銃殺なんだ。聞き出したいことだけ聞き出せば、死のうが腐ろうがかまわん」

「このうえもっと痛めつけたところで、何も聞き出すことはできないと思うがね」

従太郎は独房の前から畑山を引っ張り、少し離れたところで畑山に言った。

「こいつは、取り引き材料になるんだ。岡崎少輔と交換できるかもしれない。手荒には扱うな」

畑山が言った。

「群盗どもが、交換になんて乗ってくるものか。アイヌひとり助けるために、大事なお公家の人質を手放したりはしまいぜ」

「おれは、兵頭のやりくちがわかるつもりだ。前にも言ったが、兵頭は、仲間を救うためなら、どんな危険でもおかす」

「先日の苫小牧の一件を思い出せ。救えなかったぞ」

「千歳を襲って、交換を持ちかけてきたじゃないか」

「だが、失敗した」

「おれが突っぱねたからだ。やつの脅しをはったりと読んだからだ。だが、はったりじゃなかった。やつらは水野処刑の報復として、ふたりの無辜《むこ》の民を殺したろうが」

「仲間割れがあったようだ、とあんたは言ったぜ。兵頭って頭目が命じたことじゃあないと」

「兵頭がそれだけ非情になってるということかもしれん。どちらにせよ、やつはいまだ、同じ士道を頑固に守っているはずだ。いや、むかし以上にだ。仲間を見殺しにするくらいなら、鬼にでもなるつもりなんだ。こんども同じだ」

「そうかね。そもそもアイヌとお公家じゃ、釣合いが取れないいんじゃないか。岡崎少輔はせっかく手に入れた値打ちものだ。群盗だって、その取り引きの損得は勘定できるだろう」

「釣合いが取れないのはそのとおりだ。だが、断言してもいい。兵頭は交換に応じる。兵頭にとっちゃあ、仲間ひとりの命のほうが、人質の公家よりもはるかに値打ちがあるものなんだ」

「仲間か」畑山は、アイヌの青年が収容されている独房に目を向けてから言った。「おれも次第に妙に思えてきた。きょうのことが向こうの作戦の一部だとしたなら、やつはひとりきりで札幌にくることはなかった。銃も持っていなかったんだぞ。たしかにこれは群盗の作戦の一部ではなく、やつが単独でやったことかもしれん」

「兵頭たちは、彼をもう仲間とは見ていないと言うのか」

「お前が言う仲間割れが起こったのかもしれない」

「そうだな」従太郎もその可能性に気づいて言った。「だとしたら、拷問にかけても、たいした情報は得られぬということになるが」

「そうなると、あいつがおれを襲った理由はいったい何なんだ？」

「思い当たることはないか」

「おれは、こんなアイヌに恨まれる覚えはない。初めて見る顔だし、よそでもアイヌ娘を手ごめにしたりしたことはないぜ」

「思い出したよ。おれたちは最初の討伐行のとき、アイヌの父子を殺している」

あっと言うように畑山は口を開けたが、あわてて言った。

「おれは何もしていない。親父を撃ったのは午之助だし、あの餓鬼は、父親のアイヌが撃ったんだぞ」

「誰もがそう思ってくれているといいが」

獄舎中央の通路の端で、重い木の扉が開いた。邏卒がひとり駆けこんできた。

山上勘吾だった。

「矢島さん、大尉殿、本庁舎前へ至急お越しください」

従太郎は訊いた。

「こんどはどんな騒ぎだ」

「騒ぎではありません」勘吾は答えた。「増援の部隊がいま札幌に入りました。本庁舎に向かっています。討伐隊を引き合わせるとのことで、判官がお呼びです」

思わず畑山と顔を見合わせた。

到着は明日の予定ではなかったか。馬を急がせているとは聞いたが、こんなに日もとっぷりと暮れるまで、札幌本道を駆けてきたのだとは。

従太郎は勘吾について獄舎の長い通路を歩いた。

5

開拓使本庁舎前の敷地の中、土塁の内側には、広い庭が作られている。

もっとも庭とは言うが、観賞用の和風庭園ではない。花壇がしつらえられた洋式の庭ともちがう。洋果実のなる木が何十本も植えられ、果樹園となっているのだ。あえて言えば、果樹庭園だろう。

その前庭と本庁舎とのあいだに、馬車寄せがあり、地面が突き固められていた。

従太郎たちが行ってみると、陸軍の増援部隊は、ちょうどこの馬車寄せの前に入ってくるところだった。

前庭にはかがり火がいくつも焚かれ、到着の部隊を赤く照らしだしている。

開拓使の職員や邏卒たちが、続々とこの前庭に集まってきていた。野本新平もいたし、安田組の男たちもだ。岩村判官も、本庁舎の執務室から出てきている。

騎馬の兵士は全部で十人。下士官に率いられており、隊列のしんがりには幌《ほろ》のついたこぶりの馬車が一台ついていた。馬車は二頭立てで、ひとりの隊士が手綱をとり、もうひとりがその横で銃をかまえている。

隊列は本庁舎の前の馬車寄せを一周してから、横一列となって整列した。

開拓使の邏卒たちがそれぞれの馬に駆け寄って、頭絡《とうらく》に手をかけた。兵士たちは全員が馬からおりて、気をつけの姿勢をとった。長い行軍の疲れも見せぬ、俊敏な動作だった。

畑山が兵士たちの前に進み出て、芝居がかった大声で言った。

「東北鎮台、畑山六蔵騎兵大尉だ。開拓使群盗討伐隊を率いている。ご苦労だった」

増援部隊からひとり下士官が歩み出て、畑山の前に立った。四十がらみの、小柄だが胸が厚く、肩幅の広い男だ。

彼は軍靴の踵《かかと》を打ちつけると、大声で言った。

「東北鎮台、前原治郎騎兵伍長であります。部下と共にただいま到着しました。畑山大尉殿の指揮下に入れとの命《めい》を受けております」

岩村が、前原と名乗った下士官の前に出て言った。

「開拓使判官、岩村通俊だ。長旅、ご苦労」

前原は、岩村にも靴の踵を打ちつけてあいさつした。

岩村は言った。

「騎兵の増援と聞いていたが、あれは何の馬車だ？　糧秣《りょうまつ》なら開拓使で十分なだけ用意するつもりだが」

前原は、馬車を振り返ってから答えた。

「お役に立ちそうなものを用意してまいりました。積荷は武器です」

「武器？　銃とはべつに？」

「はい。ご覧になりますか」

「見せてくれ」

前原は、馬車を御していたふたりの兵士に合図した。

兵士たちは、馬車のうしろにまわると、さっと幌を引き払った。

その場に軽いどよめきが広がった。

馬車の上には、小さな砲と見えるものが載っていたのだ。直径三、四寸、長さ三尺ほどの円筒状のものが、馬車のまうしろを向いている。円筒の後部は時計仕掛けのようで、その仕掛けのあたりから、卒塔婆《そとば》のように板が直立していた。

勘吾が、従太郎の横で言った。

「砲ですか。城攻めでもありますまいに」

従太郎は、馬車に載ったものから目を離さずに言った。

「ちがう。砲じゃない。ガトリング銃だろう」

「ガトリング銃？」

「聞いたことはないか。先の戦役のとき、この国には二挺持ちこまれたそうだ。そのうち一挺は薩長軍が用い、もう一挺は長岡藩が使った」

「砲とはちがうのですか？」

「ずっと軽くて、扱いやすい。それに、連続射撃ができるのだ。銃を何挺も束ねたようなものだ。人馬が相手なら、砲をしのぐ威力を発揮する」

「よくわかりませんが」

同じようなことを、岩村も前原伍長に言ったのかもしれない。

前原が言った。

「試し撃ちをお目にかけます」

前原は、馬車の後方のひと払いを岩村に頼んだ。岩村が指示すると、増援部隊を取り巻いていた人の輪が割れ、馬車のうしろの庭がすっかり空いた。

馬車のふたりの兵士が、ガトリング銃の後部に取りついた。べつの兵士たちが、馬を馬車からはずした。

前原は、岩村と畑山に訊いた。

「始めてかまいませんか」

畑山が言った。

「やってくれ」

「用意」と前原。三つ数えるほどの時間のあと、言った。「撃て」

いきなりその場に、すさまじい破裂音が響いた。しかも連続音である。銃声よりは重く、砲声よりはずっと鋭い破裂音が、半鐘を激しく打ち鳴らすように続いた。

兵士のひとりが、銃座後方で把手をまわしている。把手の回転に合わせて、銃身の束も回転していた。銃口から、白い煙が吹き出している。

銃身の向いている先で、果樹の幹がはじけ、樹皮が引き裂かれ、枝が飛び散っていた。手前の果樹ばかりではなく、射線上にあるすべての木々を、銃弾が打ち砕いている。木々に当たらなかった残りの弾は、果樹園の奥の土塁に吸いこまれているようだ。

従太郎たちが呆気にとられて見ていると、前原は撃ち方やめの合図を出した。

銃声が静まった。白い硝煙がすっと馬車のまわりから引いていった。

果樹園に、無残な破壊の跡が残った。ほぼ一直線に、果樹の若木がなぎ倒されているのだ。列の中ほど、大きく枝を広げた果樹が、耳障りなきしみ音を立てながら倒れていった。

野本新平が、ぽかりと口を開けている。

従太郎は勘吾を見た。

勘吾も、ガトリング銃の威力を目の当《ま》たりにして、衝撃を受けたようだった。

従太郎と目が合うと、勘吾は言った。

「戦争を宣言しなくとも、これはもう戦争ですな。やつらが望むとおりですよ」

新平が同意して言った。

「これ一台で、騎兵二十ぐらいに匹敵しそうですね。群盗も、轡《くつわ》を並べて突撃してきたらいいんだ。勝負はまばたきしているあいだについてしまう」

従太郎は畑山に目を向けた。

畑山は頬をゆるめてうなずいてから、岩村に言った。

「これで、かたがつきます。明日にも出撃といきましょう」

岩村が、困惑した表情で言った。

「百人力だが、岡崎少輔のお命《いのち》が優先だ。軽々しい真似はできんぞ」

従太郎は、増援の兵士たちとガトリング銃とを交互に見た。

増援は、最精鋭の騎兵たちとは聞かされていた。じっさい、彼らの身ごなし、馬の扱いを見ていると、その評価に嘘はないと思える。安田組のごろつきよりは百倍も使いものになる連中だろう。

加えて、このガトリング銃だ。その威力のほどは、戊辰《ぼしん》の戦役を戦い抜いてきた従太郎は、痛いほどによく知っている。榎本軍の選り抜きを派遣した宮古湾の戦いでも、敵方のガトリング銃によって多大の被害を出し、敗退しているのだ。この銃の力は、半端ではない。

いま兵頭たちの兵力は二十騎前後か。

兵の数では、まだ討伐隊は負けてはいるが、実力では逆転した。この増援の到着で、兵頭たちはすでに敵ではなくなったとみるべきだろう。つぎに衝突があったときは、勝敗ははっきりしている。討伐隊の勝利、それも一方的な勝利で終わる。おそらく、兵頭の側には、生き残る者さえもいまい。

従太郎は胸のうちで呼びかけた。

愚かな者は、みずからの愚かさ故に自滅してゆけばいい。兵頭、お前がその愚か者だ。その最たる者だ。

しかし、と、もうひとりの自分が言う。

何ゆえにお前は、そうも愚かなのだ？　どうしてこんな愚行を始めたのだ。参謀局の隅倉少佐も言っていたように、どうみたって勝ち目のない無意味な蜂起に打って出たのだ？　誰が見ても、絶望的としか見えぬ蜂起に。

おれはまだ、その答を聞いていない。もしお前になにがしかの理屈があるなら、聞かせろ。これが愚行ではないと言い切れるだけの理屈があるなら、それを存分に語ってみろ。

できれば投降させて尋問しろ、とは隅倉の指示でもあった。直接たしかめにゆく潮時かもしれぬ。

従太郎はふっと勢いよく息を吐くと、岩村に近づいていって言った。

「これで、群盗どもの末路は見えましたが、下手《へた》に出ると、やつらは岡崎少輔を殺しかねません。攻撃の前に、交渉に入るべきかと思いますが」

岩村が従太郎に顔を向けてきた。畑山は不快そうに眉をひそめて従太郎を見つめてくる。

従太郎は言った。

「こちらにはいま、切り札がふたつあります。あのアイヌと、このガトリング銃です。いっとき前はともかく、いまならやつらと交渉できます」

岩村が訊いてきた。

「どんな交渉ができると言うんだ？」

「ひとつはまず人質の交換です。岡崎少輔を救うために、あのアイヌはいったん解放してもかまわないでしょう」

「そのつぎは？」

「兵頭俊作に投降を勧告します」

「赦免を約束するのか？」

「いいえ。赦免はほかの連中だけ。兵頭には何ひとつ約束しなくてもいい」

「兵頭という男が、いまさらそんな勧告に乗ってくるか？」

「わたしは、蜂起がやつにも重荷になっている、とみます。銃弾薬や金を奪ってはみたが、力が倍になったわけでもない。北海道の空気をほんの少しでも変えたわけでもないのですから。だからやつも、矛《ほこ》を収める潮時を探っているのではないかと判断します」

「道理の通じぬ連中だと思うぞ。蜂起したことがそもそも、馬鹿げたことなのだから」

「道理を通じさせます」

「あんたが？」

「ええ」従太郎はうなずいた。「わたしが、明日、連中の隠れ家のほうまで馬を進めて説得します」

　畑山が目をむいた。余計なことだ、とでも思ったのかもしれない。

　従太郎は岩村にたたみかけた。

「交渉が失敗に終わっても、こちらに損はない。せいぜい、わたしが殺される程度のことです。だったら、攻撃の前に一度だけ、交渉をやらせてもらえませんか。岡崎少輔を救うためには、強襲攻撃は最後の手だ」

　岩村は、少し思案したようだが、けっきょく言った。

「いいだろう。ただし、時間を区切ろう。いつまでも解決を延ばしたくはない。明日から三日ではどうだ？」

「三日以内にわたしが取り引きをまとめられなかったら、攻撃にかかってください」

　岩村は畑山に顔を向けて訊いた。

「大尉は、それでどうかね？」

　畑山はかなり不服そうではあったが、けっきょく言った。

「部隊は、連中の隠れ家のごく近くまで進めておきます。交渉が失敗となった場合、ときを置かずに攻撃だ」

「そうしてくれ」岩村は畑山と従太郎を交互に見ながら言った。「とにかく大事なのは、岡崎少輔のお命だ。それさえ守れるなら、どんなに卑劣な手を使ってもかまわん。まず岡崎殿を救いだしてくれ」

「群盗どもは、赦免されますか」

「だめだ」岩村はきっぱりと言った。「赦免を約束して、投降させてくれ。しかし、お沙汰《さた》はあんたの口約束には拘束されない。あんたは、討伐隊の相談役というだけだ。約束する権限を持たない」

いたしかたあるまい。最初から、政府はその方針だった。それは、隅倉も隠してはいなかった。

岩村は逆に訊いてきた。

「どうかね。それでも、交渉に出向くかね」

「行きますよ」従太郎は答えた。「明日、ひとりだけで出発します」

「ひとりだけで？」

「わたしは、兵頭俊作のかつての同僚です。交渉に出向くには、わたしでなければならないし、わたしだけで十分です」

「岡崎少輔を救ってくれ」

「ええ」

そこまで聞いていた畑山が、くるりと身体の向きを変えた。増援の部隊や邏卒たち、それに安田組の若い衆と向かい合うかたちとなった。

畑山は、いつになく明快な口調で言った。

「討伐隊は、明日、日の出と同時に出撃する。きょうは、これでなおれ」

邏卒や増援部隊の兵士たちが、すっと姿勢を楽にした。

6

酒場は大入りだった。

このところ、夜毎に客の数が増えているが、寒さが厳しさを増してきているせいだろう。根雪になるのはまだひと月以上先としても、いまはもう天候がくずれたら必ず雪となるという。群盗との最終の対決は、霏々《ひひ》として降りしきる雪の中でのことになるのかもしれなかった。

従太郎はガラス瓶を前に、熱い玉蜀黍の酒を少しずつ喉に流しこんでいた。例のとおり、右側には山上勘吾が、左側には野本新平がいる。彼らもそれぞれ自分の気に入りの酒を目の前に置いている。

うしろのほうで、大笑いが響いた。

従太郎はちらりと目をやった。奥の円卓では、さきほどから安田組の連中が高笑いを繰り返しているのだ。

勘吾が言った。

「やつら、増援の到着で、いよいよ強気になっておりますな。何人いたぶることができるのかと、楽しみにしているようだ」

従太郎は応えた。

「あの連中を味方にしなきゃならないとは、気分が滅入る。それに、群盗の討伐は、けっきょくはあの手合いを太らせるだけなのだから」

また爆笑があった。野卑な喜悦の声とも聞こえる。

こんどは店の中の白人客たちの中にも、振り返って安田組の連中に目を向ける者があった。はっきりと、非難もしくは嫌悪の目である。

ふだんなら彼ら博徒やごろつきたちは、遊廓街でこそ飲むのが似つかわしい。しかしいま彼らは、臨時的に開拓使邏卒部隊に組み入れられた身だった。半分は官の身分である。お雇い外国人や開拓使の官吏のために開かれたこの酒場にやってきても、表だってとがめる者はいない。和服の尻っぱしょり、股引きに半纏《はんてん》といういでたちは、多少場ちがいであってもだ。

酒場の扉が開いて、冷たい風が吹きこんできた。

従太郎が入口に目を向けると、床を騒々しく踏みならして入ってきたのは、増援の騎兵たちだった。畑山が先導していた。

騎兵たちは軍服のままだ。数は十人近い。全員やってきたのかもしれない。軍服からは、冷気が立ちのぼっている。

畑山が、自分の指揮下に入った騎兵たちに言った。

「札幌本府ならではの飲み屋だ。珍しい洋酒が取りそろえてある。好きなものを、好きなだけ飲んでくれ」

隊長みずから、部下をねぎらっているというわけだ。

畑山のあとについて、兵士たちは店のあちこちで白人客のもっとも奥へと進んだ。サーベルがガシャガシャと音を立てた。兵士たちは店のもっとも奥へと進んだ。白人客たちは椅子を引いたり、立ち上がって通路を開けた。少しのあいだ店の中はざわついた。店の中の空気は、いくぶんささくれだった。

畑山とその部下たちは、店のいちばん奥の隙間に立った。そのすぐ手前の円卓には、白人客がふたり着いているだけだった。白人客は、なかば追い払われる恰好でその場を譲った。兵士たちの半分はその卓を囲む椅子に着いたが、残りの者たちは壁に寄りかかって酒を飲み始めた。

大笑いするならず者たちと、無神経な軍人たち、それに異国できつい仕事に就く外国人たち。店の中には、おおまかに三つのかたまりがあった。その三つのかたまりは、それぞれ内側だけを向いて楽しんでおり、互いの楽しみを分かち合うことはなかった。少しもまじりあうことはなかった。

店には、その三つのかたまりのどれにも入らぬ者が、数人いる。自分もそのひとりだ。

勘吾が横から従太郎を見つめて言った。

「お気持ちがおもしろくないのはわかります。ただ、今夜は短銃を抜くのはよしてください。明日、大事な用があるじゃないですか」

胸の内の気分を見透かされたようで、従太郎は苦笑した。

「そうしよう。そう、つとめてみよう」

小半刻もたったころだ。

日本語が切れ切れに耳に入ってくるようになった。

「使いものになりませんよ。むしろ足手まといだ」

「軍の任務に極道者を使うことが、そもそもまちがいだ」

「二日の教練で兵士になれるんなら、犬だって立派な兵士になりますな」

ちがう調子の言葉も聞こえてくる。

「手前《てめえ》らが無能だから、助けてやってるんじゃねえか」

「札幌本府からわずか三里の飯場も守れねえくせに」

「軍服着たら兵士になれるってんなら、猿だって兵士になれるさ」

増援の兵士たちと、安田組のごろつきたちが、隣り合った卓で互いを罵倒《ばとう》しあっているようだ。声の調子は、しだいに遠慮のないものになってきている。と言うよりは、はっきりと挑発的になってきていた。いずれ、双方が立ち上がることになるだろう。と思った直後だ。背後で大きな物音。怒鳴り声。罵声。

うしろを見た。

予測したとおりだ。双方がみな立ち上がっている。

ひとりの兵士が、ひとりの安田組の男の襟首をつかんで、激しく揺すぶっていた。

「もう一度言ってみろ。もう一度」

その周囲でも揉《も》み合いだ。

襟首をつかまれていた男が宙に浮き、卓の上に放り出された。器や皿が飛び散った。

その卓の周囲の客たちがいっせいに立ち上がった。

兵士も安田組も、腕を振り回しはじめた。つかみ合いとなった。白人客たちは数歩しりぞいて、喧嘩のために空間を空けた。

立ち台に、ひとりの金髪の大男が逃げてきた。皿を手にしている。腸詰めと温野菜の料理が載っていた。料理の上には、赤い汁がかかっている。

男は、つたない日本語で従太郎たちに言った。

「ゴハンノジャマ、コマルネ」

喧嘩は安田組のほうが劣勢と見えた。兵士たちは、組の男たちの倍いるのだ。修羅場には慣れているにせよ、安田組の連中は、倍の数の男たちを相手にするのは容易ではないようだ。

ただ、店の狭さが幸いしている。殴り合いには至っていない。いささか荒っぽい相撲がおこなわれているようなものだ。

畑山は、壁に背をつけて、まばたきしながら叫んでいる。

「よせ。身内で喧嘩してどうするんだ！　明日は、日の出と共に出撃だぞ！」

耳を貸す者はいない。

勘吾が従太郎に言った。

「お願いですから、どっちかにつくなんてことは考えないでください」

騒ぎを見ながら、従太郎は勘吾に言った。

「おれが、どっちかにつくと思うのか」

白人客たちは露骨に不快気だ。この酒場は、本来お雇い外国人と一部の日本人官吏のためのものだったはずだ。そこに兵士やらごろつきやらがやってきて、いきなりこの始末だ。不快に思わぬはずがなかった。

見ているうちに喧嘩の輪は広がり、白人客たちは店の中央をすっかり空けた。客ももう総立ちである。自分の酒の器を手に、皿や瓶が飛んでこぬ位置へ退避しているのだ。

「やれやれ」

清国人の給仕は、立ち台のうしろの棚から、洋酒の瓶をかたづけはじめた。

空間に余裕ができたので、ようやく押し相撲は殴り合いとなった。兵士のひとりが、あの三白眼の男と取っ組み合いとなり、いったん身体を離したとみるや、鉄拳《てつけん》を三白眼の顔にたたきこんだ。細身の三白眼は海老《えび》のようにのけぞって、立ち台のほうへ吹っ飛んできた。白人客たちはさっと脇へ飛びのいた。

三白眼の身体は、立ち台で腸詰め料理を食べていた金髪男にぶつかった。ぶつかった衝撃で皿がはね、金髪男の胸に当たった。

金髪男は、自分の胸が赤い汁に染まったのを見て、みるみるうちに顔を紅潮させた。もともと淡い紅色の肌が、赤鬼もかくやという赤に変わったのだ。

「チクショウヤロウ！」

金髪男は日本語でそう叫ぶと、三白眼の襟首を締め上げ、店の中央まで持ち上げて運んでから、突き放した。三白眼は、遊ばれる蹴鞠《けまり》のように店の反対側へ飛ばされた。ちょうど兵士たちと安田組の男たちが殴り合う、その境界線の上だった。三白眼が倒れこんできたので、双方はいったん引き離された。

三白眼は、床の上から立ち上がると、金髪男を睨んで言った。

「この毛唐が！　おれを誰だと思ってるんだ？」

三白眼はいつのまにか、割れた酒の瓶を手にしていた。首を逆手に持っている。

「勝負しろ、金髪野郎」

瓶を持って店の中央に進み出ると、あとにべつのごろつきが続いた。金髪男もさっと上着を脱ぎ捨て、拳を作って進み出た。

兵士のひとりが、三白眼を掩護する恰好で前に進み出た。つづいてもうひとり。金髪男は、ひとりで四人の日本人を相手にする形となった。

白人客のあいだからも、すっと前に出る者がいた。前にも見た、ロシア人の大工だ。丸太のような腕をしている男。続いて、オランダからきたという麦酒造りの技術者。こちらも、胸の厚い熊のような巨漢だ。

喧嘩は一瞬のうちに、日本人の集団と白人男たち、という構図となった。七人の男が激しくぶつかり合った。その直後には、店の客の大部分が喧嘩の当事者となっていた。卓が壊れ、椅子が転がり、肉の裂ける音、瓶や陶器の砕ける音が響いた。

立ち台のうしろでは、清国人が、棚の洋酒の瓶をすっかり片づけてしまっていた。瓶が飛んできた。清国人は首をすくめた。瓶は何もなくなった棚に当たって割れた。

勘吾が従太郎の左手に手を添えて言った。

「まま、矢島さん。ここは、このまま」

畑山が、なお壁に背をつけたまま叫んでいる。

「やめろ、馬鹿者！　そんなこと、やってる場合か！　やめんと懲罰だ。営倉だ。やめろって言うに！」

その畑山に向かって皿が飛んだ。畑山はよけそこなった。皿の中身は畑山の顔に当たって、ずるりとしたたり落ちた。畑山の顔は、田植えの最中に鼻をかんだ農夫のようになった。窓ガラスが割れて、兵士のひとりが路上に転がり出ていった。

と、突然一発、銃声が響いた。

従太郎は銃声のした方角にちらりと目を向けた。

またあのワーフィールド少佐だ。お雇い外国人のあいだの取締り官役のアメリカ人。彼は天井に向けて、いつものように短銃弾を放ったのだった。

乱闘中の者で、ひるむ者はなかった。音は耳にしたろうが、手をとめようとした者はいない。乱闘は続いている。

ワーフィールド少佐は、侮辱された、とでも言うように憤然として店の中央に進み出た。周囲の乱闘は、少佐をまったく無視して続いている。

少佐は店の中央に立つと、なにごとか怒鳴りながら短銃を天井に向けて発射した。連続射撃だ。三発、四発。

五発目を放ったところで、ようやく男たちは身体の動きをとめた。揉み合い、あるいは拳を繰り出す、その動きの途中で動作をとめたのだ。いくつもの目が怪訝そうに、いくらかは不服そうに、ワーフィールド少佐に注がれた。音が、店の中から引いた。

立ち台の内側で、清国人が言った。

「ああ、とうとう」

従太郎が清国人を見ると、彼は絶望したかのような目を天井に向けている。

従太郎も視線の方向に目をやった。

馬車の車輪が、ランプ吊りとして天井から水平にさがっている。車輪の直径は五尺ほどで、外側に鉄の板を巻いているから、みるからに重そうだ。

その車輪の下には、瓢簞《ひょうたん》型の灯油のランプが八つ吊りさげられている。それだけでもかなりの重さだ。

そして車輪は、ロープで梁にひっかけられているのだ。隅の柱につけられた把手をまわせばロープがゆるみ、車輪全体がおりてくる。

ばきっ、ばきっと、耳障りな音がした。梁の下の鉤が、梁から離れようとしている。銃弾をくらったようだ。鉤を梁に留めている鋲が一本抜けている。残り一本の鋲だけでは、車輪とランプを支え切れそうもない。

ワーフィールド少佐は、店の中が静まったので、ようやく満足したようだった。短銃を腰の革袋に収めると、尊大そうな調子でなにか言った。おそらくは、喧嘩をやめろ、という意味の言葉だったろう。

ぎし、ぎしっという音は、次第に大きくなっている。

喧嘩中の客たちの視線は、天井の音源に向いた。

ワーフィールド少佐は、腰に手をあて、そりかえった。演説でもしようかという恰好だった。

そこに、天井で大きな破壊音。ワーフィールド少佐も天井に目をやった。鉤が梁からはぎとられたところだった。車輪とランプが、少佐の頭に落ちてきた。少佐は、床に埋もれるように倒れこんだ。

ランプのいくつかが割れ、床に油が広がった。炎が燃え上がった。

清国人が言った。

「あらら、火事になる。火を消してください」

店の客たちはどよめいた。ある者は炎のそばからとびのき、ある者は炎に駆け寄って上着でたたきはじめた。あらためて騒ぎとなった。喧嘩はここで終わりだ。数人の客と店の使用人が、手桶《ておけ》の水を炎の上にぶちまけた。炎の勢いが弱くなった。ほかの何人かの客が、車輪の下からワーフィールド少佐を引っ張りだした。

従太郎は、騒ぎを見ながら、勘吾に訊いた。

「葉巻、一本持っていないか?」

勘吾は、従太郎をとがめるように見ながらも、清国人の給仕に言った。

「一本、さしあげてくれ」

「はいはい」

清国人は、葉巻と、開拓使工業局の作った燐寸《マッチ》の箱を差し出してきた。

従太郎は、葉巻の煙を喫《す》いこみながら思った。

この店には、いいものが三つある。うまい玉蜀黍の酒と、気のきく清国人の給仕と、鬱屈《うつくつ》をまぎらわせてくれる夜毎の喧嘩と。

従太郎は、北海道にきてはじめて、頬をゆるめた。愉快な気分だった。何がどうなろうと、三日の後には決着がつく。愉快になって悪いわけがなかった。

従太郎は天井に目をやりながら、葉巻の煙をゆっくりと吐き出した。

第八章

1

札幌本府を日の出と同時に発ってから二刻ばかり、まだ昼前という時刻である。

矢島従太郎は、札幌本道の南・ツキサップの集落で道を東に折れ、丘陵地を進むこと半里という位置まできていた。

丘陵地はここで終わり、大地は緩やかな勾配をつけて、真っ平らな低湿地へと沈みこんでいる。夏であれば馬では進むこともままならぬという湿原と谷地の繰り返しだが、目をこらせばその大地にも一条の道が延びているのがわかる。沼を避け、湿原を巻いて、ちょうど蛇行する沢のように屈曲を繰り返す、頼りなげな踏み分け道だ。

道は、いくつかのアイヌ・コタンを結びながら、最後は夕張の山中、アイヌたちの猟場へと通じている。

空は鈍色《にびいろ》の雲に覆われ、太陽の位置も判然としない。真正面には、すでに雪をかぶった夕張の山並みが屏風《びょうぶ》のようにそそりたち、右手前方には、馬追の丘陵地の北の端が見える。札幌本道から半里も離れたのだ。そろそろこのあたりから、群盗たちの領域と言ってよいはずだった。

兵頭俊作のことだ。陣のかなり手前に見張りを置いているはずである。大平原に一騎、銃を担った男が現れたなら、当然見張りの目にとまってよいはずだった。すぐに行く手を遮られるか、あるいは陣まで報せが飛ぶことだろう。

そろそろ、接触できるはずだ。

ついいましがた、従太郎はひとりのアイヌを追い抜いていた。背中に荷を背負った壮年のアイヌ男で、たぶん札幌に交易にでも出ていたのだろう。馬には乗らずに徒歩で東を目指していた。兵頭の一味ではありえない。

いままたあたりに目を向けてみたが、ほかに人影はなく、狼煙《のろし》が上がっているわけでもなかった。

もう少し奥まで行かねば、兵頭の一味とは遭遇できぬか。それとも、兵頭たちは夕張の山地をすでに捨てたか？

丘陵地の端の斜面を下りきり、柏の木立の残る小高い場所まで登ったときだ。ようやく前方に影をひとつ認めた。十町ばかり先の原野のただ中だ。

馬に乗った男。いや、厳密に言うなら、馬に乗る者ひとり、速足でこちらに駆けてくる。

と、向こうも、従太郎に気づいた。馬は足をとめた。馬上の者は、こちらをうかがってくる。

従太郎は馬をそのまま進めながら、腰の短銃に手を伸ばした。兵頭の一味の者なら、この自分をいきなり撃ってくるようなことはすまいが、用心はしておくべきだ。とはいえ、自分の名を明かして案内しろと言えば、向こうも拒みはしまい。短銃と背の小銃は取り上げられるにしてもだ。

前方の馬は、ふいに身体の向きを変えて道を駆けだした。馬はたちまち疎林の奥へと消えた。

味方に報せにゆくのか。

それならばそれでよかった。このまま進んでゆけば、やがて一味の宿営地に着くということだ。

従太郎が十町の距離を進んで、いましがたの馬がいた位置に達したとき、道の行く手にはもう馬は見当たらなかった。

飛ばしやがった。

あまりの足の速さにあきれて、従太郎はひとりごちた。

そんなに飛ばせば、夕張の山地まで着かぬうちに馬がへたるぞ。

と言いつつも、従太郎は自分の馬に蹴りをくれていた。日が落ちるまでには、なんとか兵頭の宿営にまで達していたかった。ときの余裕は、きょうを含め三日しかないのだ。

マルーシャが木立から踏み分け道へと躍り出ると、そのアイヌ男は腰を抜かさんばかりの驚きを見せた。

「ごめんよ」マルーシャは馬の上から、アイヌ男に言った。「あんたに用があるんじゃないんだ。ちょっと隠れなきゃならなかった」

マルーシャは、銃を持った男を認めると、すぐに踏み分け道をはずれて木立の奥に隠れ、男をやり過ごしたのだ。

風体から考えて、男はただの猟師や山師ではない。討伐隊に加わっているという、かつての五稜郭の隊士ではないかと想像できた。だとしたら、細い一本道で出くわしたくはなかった。向こうも、この自分を騎兵隊のひとりだとすぐに見抜くことだろう。銃を突きつけ、隠れ家はどこかと聞いてくるに決まっている。

マルーシャには、そんなことに関わっている暇はなかった。

トキノチが脱走して以来、マルーシャは自分の仲間たちにすっかり失望しているのだ。トキノチの脱走の理由を知っているかと兵頭俊作たちに問われ、トキノチは父親と弟の敵討ちに行ったのだと思う、と教えた。なのに兵頭俊作は、トキノチに加勢しようとも言いださなかった。中川与助たちも、むしろトキノチが謹慎の命令を破ったことにこだわっていた。せっかく鹿を射とめた男に対して、お前の弓矢の使いかたは親の教えの通りじゃない、と言うようなものだ。あの連中、もうまともに頭が働いていないのではないか。

頭目の兵頭俊作も、いっときほどの精彩がない。判断を誤ることが多くなっているし、なにより仲間うちからの絶対の信頼がなくなっていた。新参の連中などは、そもそも兵頭の権威を馬鹿にしているようにさえ見える。

まったくあの連中ときたら、情けない男たちになってしまったよ。

二日間考えた末に、マルーシャはきょう、トキノチを助けようと決めたのだ。騎兵隊はいま、公家をひとり捕虜にしたことで、気がゆるんでいる。いろいろ欲しいものが手に入ると、舞い上がっている。その隙をついて短銃をふたつ失敬し、馬にまたがって宿営を出てきたのだ。

もどれば兵頭からきついお叱《しか》りがあるかもしれないが、トキノチの敵討ちを手助けしてきたとわかれば、兵頭も許してくれるだろう。とにかくいまは、トキノチが敵討ちに出る前に札幌に着くことだ。彼が早まっていなければよいのだが。

と、札幌へ向かって馬を駆けさせてきて、いまマルーシャはこのアイヌの前に飛び出したのだった。

そのアイヌ男は、驚きから立ち直ると、おずおずと訊いてきた。

「あんた、あの群盗の一味の者じゃないかね?」

マルーシャは、馬上から答えた。

「そうだけど、どうかした?」

「トキノチって若者と、あんたが前に一緒にいるのを見た」

「そうだよ。トキノチに何か用事かい?」

「いや、トキノチはいま札幌にいるが、知ってるのかな」

「知ってる。あんた、トキノチに会ったの?」

「ああ」アイヌ男は、顎髭をぽりぽりとかきながら言った。「トキノチは、怪我をした。いま、獄舎に放りこまれてるよ」

「え?」

「開拓使の邏卒を襲ったんだ。親父さんと弟の仇《あだ》だって」

男と以前に会っていたことを思い出した。マルーシャは馬をおりた。

「教えて。トキノチは、もうやっちまったの?」

男は、ウイキシュと名乗った。トキノチが生まれ育ったコタンの隣りの村の出だという。札幌で、父親と弟の敵討ちにやってきたというトキノチに会い、彼が撃たれて運ばれてゆくところも目撃した。トキノチの仲間に知らせたほうがいいだろうと思い、夕張の山地に潜む群盗を訪ねるため、道を急いできたのだという。

ひととおり話を聞くと、マルーシャはウイキシュに言った。

「ウイキシュ、あんた、馬には乗れる？」

「ああ」ウイキシュは答えた。「和人の手伝いで、馬を扱ったことがある」

「乗れるのね」

「なんとか」

「この馬に乗ってくれない？」

「どうするんだ？」

「馬で、夕張へ向かって。トキノチのことを、仲間に教えてほしいの」

女が馬で札幌に入れば、いろいろ詮索されるに決まってる。騎兵隊の一味じゃないかと疑われる。馬の鞍を調べられて、これは盗まれたものだと見破られるかもしれない。どっちみちマルーシャは、札幌本道に入るあたりで馬を捨てるつもりだった。

ウイキシュが訊いた。

「あんたはどうするんだ？」

「歩いて札幌に向かうわ。札幌本道まで、あといくらの距離でもないでしょう？」

「すぐにツキサップの村に出る。そこから札幌までなら、そうだな、日が落ちるまでには着くよ」

「じゃあ、乗ってよ、ウイキシュ。そして、トキノチが捕まったことを伝えて」

「あんたのことは、なんて言えばいいんだ？」

「とりあえず、トキノチを助けに行ったたって」

「あんたひとりで、獄舎から助けだすのか？　仲間を待ってやったほうがいいんじゃないのか」

「説明してる暇はないんだけど、あんまり当てにできないのよ。それにこういうことって、時間を置かずにやるべきことだと思うから」

「女手ひとつで？」

「ぜいたくは言ってられないの。目の前に熊がいるんなら、使える矢が一本だけでも、それを使ってやってみるしかないでしょう」

ウイキシュは納得した様子ではなかった。

マルーシャは手綱をウイキシュに押しつけて言った。

「頼んだわ。仲間に知らせて。この道をずっと東に進めば、仲間のほうがあんたを見つけてくれるから」

「ちょっと待て。もうひとつ教えることがある」

「なあに？」

「さっきおれを追い抜いていった男がいる。制服姿じゃないが、討伐隊の連中と親しかった」

「討伐隊のひとりよ。あの男に気づかれぬように、先へまわって」

「トキノチを撃ったのは、あの男かもしれない。その場を見たわけじゃないが、あの男はトキノチが狙った邏卒たちのそばにいたんだ」

マルーシャは少し考えてみた。

トキノチを撃ったかもしれないという男。札幌に行く前に、その男に一発鉛の弾をぶちこんでやろうか。まだあいつは、ここからいくらも離れていないはずだ。すぐ追いつく。

思いなおした。

どうせその男は、仲間たちに捕まる。遭遇したが最後だ。逃げて本隊にはもどれまい。どうしても逃げようとすれば、狙撃の上手、大門弥平次に仕留められるはずだ。放っておいていい。自分はまず、トキノチを救い出すことだ。

マルーシャはウイキシュにあらためて頼んだ。

「その男を追い抜いて。撃たれたりしないよう、気をつけてね」

返事を待たずに、マルーシャは踏み分け道を歩きだしていた。


矢島従太郎は、いぶかしい思いでその馬を見つめた。

平原の左手遠くを、馬が速足で進んでゆく。馬には男がひとり乗っていた。アイヌのように見える。荷を背負ったアイヌ男だ。自分がさきほど追い抜いたアイヌのように見える。

でも、だとしたらなぜ、やつはいま馬に乗っている？　同じように東を目指しているようだが、ではなぜこの道を駆けてこない？　この未開の原野に、そうそう何本も道があるのか？

わいてきた疑問のどれにも答えられなかった。いちばん合理的な答は、あのアイヌは兵頭の部下のひとりだと考えることだ。何か理由があって、あのアイヌはこの自分よりも先に味方の宿営地に急ぐことになった。隠しておいた馬にまたがり、このおれに邪魔されぬように、原野の中に馬を乗り入れたのだ。和人のおれには道を取ることもむずかしい低湿地だが、慣れた者にはこの原野に馬を進めることぐらい、造作ないことなのかもしれない。

馬にまたがったアイヌは、従太郎が見守っているうちに、みるみる原野を遠ざかり、冬枯れの灌木の向こうに消えて行った。

あいつが兵頭の一味だとするなら、迎えがやってくるのは近い。

そう思ってから、小半刻も立たぬうちに、予測の正しかったことが証明された。

右手の平原に忽然《こつぜん》と、馬にまたがった男が現れたのだ。黒い軍服らしき服を身につけ、銃を横抱きにしている。距離は、小銃の射程外。しかし、離れすぎてもいない。

警戒して反対側を見ると、いつのまにかこちらにも、馬に乗った男。銃を鞍の上に置いている。やはり銃の射程外で、従太郎と並行して馬を進めている。

従太郎は馬をとめ、右手の男に向かって大声で言った。

「矢島従太郎だ。兵頭俊作に話があってきた。案内しろ」

声は大平原を吹き渡る風に乗って散っていった。

左手の男に向けても、大声で言った。

「矢島従太郎。兵頭俊作に話がある。おれを兵頭のもとに案内しろ」

ふた呼吸ほどの間を置いて、右手の男から声が返ってきた。

「その場で、得物《えもの》を捨てろ。銃も刀もすべてだ」

「案内するのか」

「連れてゆく。まず丸腰になれ」

いいだろう。

従太郎は、わざと大きなゆっくりとした動作で背中の銃をはずして、地面に放った。ついで腰の革帯をはずし、右手で掲げてみせてから手を放した。

両側から、男たちが馬を寄せてきた。


マルーシャは、札幌本道のツキサップの村の北で、その一行を見た。

騎馬の兵士がおよそ十七、八人である。全員、銃で武装し、黒い羅紗《ラシャ》の開拓使邏卒の外套を着ている。何人か、頭に包帯を巻いたり、眼帯をしている者もいた。怪我人の多い一行である。

一行のしんがりに、二頭立ての馬車がついていた。荷台には蠟引《ろうび》きの帆布がかけられている。何を載せているのかはわからなかった。

まごうことなく、討伐隊だ。増援を得て、あらためて騎兵隊討伐に出てきたということのようだ。原野ですれちがった男は、この本隊に先行し、偵察に出ていたのだろう。

討伐隊の一行を木立の陰で見送ってから、マルーシャはふたたび北に向けて歩きだした。道の脇の道標によれば、札幌まではあと二里だ。


ウイキシュと名乗るアイヌ男の話を聞き終えると、兵頭俊作は立ち上がった。

「弥平次、与助。こい」

呼ばれたふたり、大門弥平次と中川与助は、間髪を入れずに駆け寄ってきた。

宿営地のはずれ、兵頭の天幕の張られた窪地である。

兵頭は言った。

「聞いていたろう。トキノチは捕らわれ、マルーシャがひとりで救出に向かった。おれはまた、失策を犯したようだ」

与助が言った。

「何のことを言ってるんです？」

「トキノチの胸のうちを忖度《そんたく》しなかった。あいつの敵討ちを、まじめに考えてもよかった」

「おれたちは、軍隊なんですよ。やつの抱える事情をいちいち考慮していても……」

「あいつの親父と弟は、おれたちの戦いに巻きこまれて殺されたんだ」

「だからといって、いちいち敵討ちをしていたら、きりがない」

「マルーシャはそうは思わなかった」

「あいつは女です」

「隊士だ。同僚だ。マルーシャは女だが、男のおれたちよりもきっぱり、やるべきことを知っていた」

「無謀な真似です。女ひとりで、トキノチを獄舎から救出だなんて」

「そのとおりだ。だからマルーシャに加勢する」

「加勢？」

「トキノチを救い出す」

「こっちにも人質がいるんです。トキノチは、あの人質と交換にすればいい。要求がひとつ増えるだけです」

「矢島従太郎なら、こう考える。岡崎少輔《しょうゆう》を解放させるには、トキノチが取り引き材料になるってな。トキノチを放っておくわけにはゆかん」

「それにしても、兵頭さんがいまここを離れることはない。部隊を指揮する責任がある。ただでさえいま、部隊の士気が落ちているんです」

「指揮は貴様が代われ」

「ひとりで行くんですか？」

「いや。弥平次も連れてゆく」

兵頭が弥平次に顔を向けると、その寡黙な狙撃手は、銃を抱いたまま無表情にうなずいた。

兵頭はつけ加えた。

「田沢惣六も連れて行こう。あいつを呼べ」

木立の中にあわただしく足音がした。足音の方向に三人が視線を向けると、駆けこんできたのは、当の田沢惣六だった。顔には驚きと当惑がありありだった。

「どうした？」兵頭が訊いた。「何か？」

惣六が答えた。

「矢島です。矢島従太郎が、ひとりでやってきました。兵頭さんと話があるとか」

「ひとりで？」

なつかしい声がした。

「兵頭、ひさしぶりだな」

矢島が、ふたりの隊士に腕を取られて、こちらへ向かってくるところだった。

2

マルーシャは、札幌本府のにぎわいにしばし呆然として見入った。

この街に入るのは、初めてなのだ。そもそもが、樺太の寒村の生まれだ。アイヌと日本人とロシア人が混住する漁村で育ち、樺太の原野を馬で走りまわって育った。樺太の南・大《おお》泊《とまり》の日本人集落より大きな町は見たことがない。それでもあの村には、百戸も家があったろうか。

ところがこの札幌はどうだ。大通りには洋式の建物や和風の商店が連なり、馬車が行き交い、荷を積んだ馬が連なっている。ひとびとの服装も垢抜《あかぬ》けて、女たちの表情も明るかった。白人の顔も見かける。この街ができてまだ五年とは信じられない想いだった。しかもまだ、どんどん成長する勢いと見える。夕刻近いというのに、街のほうぼうで槌音《つちおと》が響いているのだ。

街の北の方向に、壮大な塔のそびえる建物が見える。開拓使の本庁舎だということだ。その塔の屋上に、へんぽんと旗がひるがえっていた。青地に赤い星。開拓使の北辰旗だという。

ふん、とマルーシャは鼻で笑った。本来そこに掲げられるべきは、あたしたちの北辰旗だ。黒地に白い星印、共和国の旗がひるがえるべきなのだ。だいいち、北辰の星が赤ってことはないじゃない。北辰の星は、どう見たって白だ。

商店の並ぶ通りを歩いた。和服姿の女たちが目につくが、洋装の女も少なくない。白人ばかりではなく、日本人の女でも洋装をまとっている者がいるのだ。

マルーシャは、ちょうどすれちがうところだった女をつかまえて訊いた。

「ちょっと、教えてくれるかい？」

「え？」と、その若い女は足をとめた。西洋人のような身なりで、頭にかぶりものをつけた日本人だ。「なに？」

「その頭巾《ずきん》みたいの、なんて言うの？」

「これ？」女はうれしそうに頰をゆるめた。「ボンネットって言うのよ。きれいでしょう」

「そのひらひらがいいね。生地もきれいだ」

「イギリス小紋よ。高いんだから」

「作るの？　売ってるの？」

「舶来ものを買ったのよ。この通りの、新田本舗って店で」

「ふうん。ありがと」

豊富に商店の並ぶ通りを一往復したところで、マルーシャはつかのまの札幌見物を切り上げた。これ以上、時間を無駄にしてはいられない。自分がこの街にやってきたのは、きれいな頭巾を買うためではないのだ。

東西に延びる商店街から、北方向の街路へと入った。中央に牧草地のある広い通りを渡ると、そっち側は役所が並ぶ区画になるのだという。通行人に聞いてみると、獄舎はその役所街の東側、運河を渡った先にあるとのことだった。小川が蛇行して、監獄を囲む天然の濠《ほり》となっているという。正面は西を向いており、小川にかかる橋を渡ると、正門になるらしい。

マルーシャは、札幌本道を歩いてきたときと変わらぬ歩調で監獄へと向かった。どんな逡巡や弛緩も、この場には持ちこみたくはなかった。すたすたと、少し速足ぎみの歩きかたとなった。

歩きながら背中の荷をまわし、中に収めた二挺の短銃を取り出して腹帯の下に突っこんだ。洋館の並ぶ官庁街を抜け、見当をつけたあたりで東側に折れて運河を渡った。歩きながらあたりを見渡したが、邏卒の姿はない。札幌の警備にあたる邏卒も討伐隊に組み入れられたか、それとも人手の多い南の町家地のほうに集まっているのか、いずれにせよ、運河の東側の警備は手薄だった。

馬を探した。

トキノチを獄舎から救い出したとしても、彼は怪我をしているとのことだ。歩けないかもしれない。となれば、馬が必要だった。

どこかに鞍を置いた馬はないか？

見当たらなかったが、右手の洋館の前に、二頭立ての馬車があった。あれは使える。トキノチの怪我の程度が重かったにしても、乗せることができる。

正面に監獄が見えてきた。小川に橋がかかっており、その向こうに、木の門扉《もんぴ》。板塀《いたべい》がぐるりとめぐらされている。門扉は、半分だけ開けられていて、ひとり警備の邏卒がいた。

マルーシャは歩調を変えることなく橋を渡り、門へと向かった。

警備の邏卒が、にやついた顔を向けてきた。銃は持っていないが、サーベルを腰にさげている。

「姐《ねえ》さん、何の用だい？」

マルーシャは愛想笑いも見せずに二挺の短銃を取り出し、歩きながら無造作に一発放った。

銃声がその場にやけに大きく響いた。邏卒は仰向けに地面に倒れこんだ。

門を抜け、正面の建物へと向かった。建物の右手から、サーベルに手をかけて邏卒が飛び出してきた。

右手を伸ばして、二発目を放った。邏卒の額に小さな穴が開いた。邏卒はサーベルを抜きかけながら、うしろの壁にぶちあたった。

建物の入口へと進んで、ドアを蹴飛ばした。ドアはなんなく内側に開いた。中に入って素早く内部を見渡した。帳場のような場所だ。机についた邏卒がふたり、呆気にとられたような顔でこちらを見てくる。真正面に頑丈そうな扉があった。これが、獄舎につながる入口のようだ。

マルーシャは机のあいだを歩いて、その扉を開けた。まっすぐ奥へと、通路が延びている。通路の左右は格子戸だった。

マルーシャは叫びながら、通路に踏みこんだ。

「トキノチ！　どこ？　トキノチ、迎えにきたよ」

背後にひとの気配があった。小銃を手にして、邏卒が通路に駆けこんでくる。

「銃を置け！」

「ばか」

マルーシャは両手の短銃を邏卒に向けて引き金を引いた。邏卒はのけぞった。天井を向いた銃口から火が噴いた。

通路の奥から声が聞こえた。

「マルーシャ。ここだ」

声のした獄舎の前まで駆け寄った。トキノチが格子戸に身体を寄せてきている。肩のところに包帯をしていたが、とにかく立ち上がれるようだ。

格子戸には、南京錠がかかっている。帳場のほうが騒がしい。鍵《かぎ》を探しに行ってる暇はない。マルーシャは南京錠に向けて弾丸を二発放った。南京錠はあっさりと壊れた。

錠をはずすと、トキノチは少しよろめくように獄舎から出てきた。

「マルーシャ、すまない。おれにも銃を」

一挺を渡した。

トキノチはすぐに短銃をにぎって、マルーシャの肩ごしに一発撃った。うしろでうっという呻き声が聞こえた。マルーシャが振り返ると、また邏卒がひとり、入口のところで崩れ落ちたところだった。

「だいじょうぶなの、トキノチ？」

「心配いらない。そんなにやわな身体じゃない」

「行こう」

「馬はあるのか」

マルーシャは、通路の反対側に姿を見せた邏卒を撃ってから答えた。

「これから探すの」

通路をもどって、帳場のような部屋に出た。その部屋にはもう邏卒の姿はない。あれで全部だったのか。

部屋を突っ切りながら、トキノチが言った。

「マルーシャ、礼をするよ。何でも言ってくれ」

マルーシャが入口のドアを開けると、目の前で木っ端《こぱ》がはじけた。

顔をめぐらすと、右手の建物の陰から撃ってくる者がある。マルーシャはその男に向けて一発撃ってから言った。

「そのうち、ボンネットっていう頭巾を買ってよ」

邏卒が、真正面の橋を渡って駆けこんでくる。銃を腰だめにしていた。

「約束した」

トキノチが両手で銃をにぎって引き金を引いた。

邏卒は前のめりに地面に倒れ、門の内側の砂利の上で転がった。


監獄の門を抜けて、橋を渡った。

うしろからは、さかんに発砲がある。まだ何人か、監獄警備の邏卒がいたようだ。ひゅんひゅんと唸って、弾丸が頭上を飛んでいった。トキノチが、駆けながら二発、後方の追手に発砲した。

一町駆けてきたところで、あの二頭立ての馬車が目に入った。

トキノチが言った。

「あれを借りよう」

馬車に駆け寄って、マルーシャは馬つなぎから手綱をはずした。トキノチは御者台に飛び乗った。

「うしろを頼む」と、トキノチは短銃をマルーシャに預けてくる。

マルーシャは二挺の短銃に弾をこめなおすと、両手にかまえて、うしろ向きとなった。

トキノチが手綱を鞭がわりに振るった。馬車は丸太を叩きつけられたように揺れて走りだした。後方からは、まだ発砲がある。追いかけてきた邏卒たちが、激しく撃ってきているのだ。マルーシャは、両方の銃を交互に撃った。通りの両側の建物から、顔を出してくる者がいる。騒ぎが大きくなっていた。

馬を煽《あお》りながら、トキノチが叫んだ。

「どっちに行けばいいんだ。右か、左か」

まっすぐ行けば、開拓使の本庁舎の土塁とぶつかる。運河を渡る手前で、どっちかに道を採らねばならない。

「運河の手前で、左に曲がって」とマルーシャは叫んだ。「大きな木の橋を渡って、この街を出るのよ」

銃声に驚いたのか、通りにはひとがつぎつぎに飛び出してくる。開拓使の役人連中のようだ。

飛び出してはみたが、疾駆する馬車に気づいて、彼らはあわてて道をよけるのだった。

馬車は激しく振動する。喉《のど》から内臓が飛び出しそうだった。

トキノチが叫んでいる。

「よけろ、よけろ、よけろ!」

身体をひねって前方を見た。

通りの真ん中に、男がひとり出てきている。黒っぽい洋服を着て、頭に包帯を巻いた男だ。左腕も白い布で吊っている。白人のように見えた。

その白人は、馬車が疾駆してくるのに、よけようとしない。右手に、何か黒いものをさげている。

マルーシャはトキノチに言った。

「突っ走って。轢《ひ》き殺してもいいわ」

男は通りを動かず、右手を持ちあげた。短銃をかまえたのだとわかった。

馬を撃つ気なの？　マルーシャは驚いた。この土地では、ひとの命よりも高い値がつくってのに！

つぎの瞬間、男の短銃から白い煙。

馬の一頭がふいによろめき、脚を折った。二頭の馬はもつれて地面に転がり、その後ろから馬車本体がぶつかった。馬車の車体はばりばりと激しい音を立てて砕け、車輪がはずれた。二頭の馬ははじき飛ばされ、マルーシャの身体も宙に浮いた。

天地がさかさまになり、回転して、背中にどんと衝撃があった。見えるものは、夕刻の空だけとなった。

すぐ立ち上がろうとしたが、身体がしびれていた。身体の自由がきかない。短銃を握りなおそうとしてみたが、両の手から短銃は消えていた。

耳元に、靴音が聞こえてきた。なんとか首をひねってみた。包帯の男が駆け寄ってきたのだ。大型の短銃をさげている。男は、マルーシャのそばにあった短銃を蹴ってよけると、銃口をマルーシャの鼻先に突きつけてきた。

マルーシャは訊いた。

「あんたは、役人かい？」

その白人男は、訛りの強い日本語で答えた。

「ワーフィールド。お雇い外国人だ」

「お節介な野郎だ」

「これも性分だ」

「ふん」

反対側に首をひねってみた。

壊れた馬車の脇に、トキノチが倒れている。苦しげに呼吸していた。邏卒が追いついて、銃をトキノチに突きつけた。

マルーシャには、騎兵隊の連中の言う言葉が聞こえるような気がした。

それ見たことか。

何もしなかった者は、好きなことを言っていればいい。失敗はしたが、あたしはやったんだ。失敗したことは悔やむとしても、何もしなかったことを悔やむよりは、ずっといい。ちがうかい、トキノチ？

3

かがり火に囲まれ、焚き火をあいだにして、ふたりは向かい合った。

矢島従太郎は短銃もスペンセル銃も取り上げられており、まったくの丸腰である。

兵頭俊作は、着古した榎本軍士官の黒羅紗の軍服姿で、外套を肩にひっかけている。腰には短銃用の革帯をつけていた。不精髭をはやし、総髪だ。

そばに兵頭たちの部下はいない。かがり火の外から、用心深く見守っているだけだ。声の聞こえぬところまで下がっていろと、兵頭が指示したのだ。

兵頭が、しばらくのあいだ従太郎の風体を眺めてから言った。

「達者そうで、なによりだ。いまは、開拓使の雇いとなっているのか？」

従太郎は言った。

「いいや。軍に使われている身だ。お役目を言うなら、開拓使の群盗討伐隊の相談役ということだが」

「貴様が討伐隊に加わったようだとは、田沢惣六から聞かされた。どこかの駅逓で、会っているんだろう？」

「やつが榎本軍の隊士だったとは気づかなかったが」

「それで、きょうの話というのは？　相談役を辞めて、おれたちに加わるというのなら歓迎だ」

「ちがう。貴様らの出した要求に、応えるためにきたんだ」

「ほう」兵頭は不精髭の伸びた頬を少しだけゆるめた。「もう応えてくれるのか」

「ちがう。返事を持ってきたという意味だ。要求には応じない」

「要求には応じない？」

「そう。開拓使は逆に、岡崎少輔をただちに解放することを求めている」

「武器弾薬も、金も、戦争宣言も、すべて断るというのか」

「そのとおりだ」

「こちらには宮内省の岡崎少輔がいる。開拓使は、朝廷の重臣を見捨てるというのか」

「お前たちの仲間うちに、アイヌがいるはずだ。ちがうか」

「ああ、たしかに」

「そのアイヌは、札幌で開拓使邏卒を襲って、大怪我をした。いま獄舎につながれている」

兵頭のまなざしに強い光がともった。

従太郎は言った。

「岡崎少輔を解放すれば、あのアイヌを釈放してもいい」

少しためらいを見せてから、兵頭は言った。

「おれたちが、その交換に応じると思っているのか」

「貴様なら、仲間を見殺しにはしないはずだ」

「買いかぶってくれるものだな」

「このままでは、アイヌは刑死だ。水野兵太郎のようにな。ふたりまで見殺しにしては、寝覚めもよくはあるまい」

「アイヌとは交換はできん。煮るなり焼くなり、好きなようにしろ」

従太郎は驚いた。兵頭が、仲間を助けようとしない。どういうことだ？　やつの原則が変わったのか、虚勢か。それともやはり、あのアイヌはもう群盗一味ではないというのか。たしかにやつは、討伐隊長を狙うのに銃も用意してはいなかった。畑山六蔵たちを襲ったことは、やつの勝手な行動のように思えるのだが。

となると、この交換は無理か。

従太郎は言った。

「あのアイヌの命を助ける気はない、というならそれでもいい。それでもおれは、どうしてもお前に伝えておきたい」

「どういうことだ」

「岡崎少輔の身に何かあれば、貴様たちは壊滅する。皆殺しになる。容赦なく、徹底して掃討がおこなわれる」

「おれたちは、いままでの掃討戦に、すべて勝ち抜いてきている」

「増援が加わった」

「聞いている。札幌本道を二、三日前に通っていったそうだな。ただ、兵士の数はせいぜい十人だろう。一個分隊の増援だ。そのくらいの増援では、とてもおれたちの敵にはならない」

「ガトリング銃がやってきたことは、耳にしていないか？」

「ガトリング銃？」

兵頭の目に、初めて驚きが走った。彼も、戊辰の戦役のあいだに、あの銃の威力を思い知らされている。

従太郎は言った。

「増援と一緒に、ガトリング銃も運ばれてきたんだ。そのうえ討伐隊は、お前たちが襲った監獄部屋のならず者たちも隊士に加えた。兵士の数でも、武器でも、貴様たちはもう討伐隊の敵ではない」

兵頭は、気をとりなおしたように言った。

「やがて、冬がくる。この地の冬は厳しいぞ。慣れぬ兵隊たちは、おれたちと戦う前に音《ね》をあげる。そのうえ、こちらのうしろには奥深い森や広大な原野が控えてる。討伐隊はせいぜい石狩の野を動きまわるので精一杯だろうが、おれたちは北海道全体を、自分らの土俵として戦うことができるんだ」

「そうかな」

従太郎は騎兵隊の宿営地を眺め渡した。天幕の数は十あまり、隊士の数は、せいぜい二十というところだろう。馬の数も同じくらい。建てかけの丸太小屋がふたつあるが、宿営地を囲む柵や土塁はない。前の宿営地を放棄して以来、彼らはまだ砦も陣地も設営していないのだ。

従太郎は言った。

「なんとも情けない軍勢だ。敗残の兵の寄り集まりとしか見えぬ」

「いいや」兵頭は強い調子で言った。「士気は高く、武器も馬も十分だ。新たに加わってくる者も少なくない。敗残兵ではない」

「そうかな。それにこれまでのことも、おれの目から見れば、すべて行き当たりばったりだ。何が狙いなのかもはっきりせぬ、でたらめな攻撃や強奪ばかり。貴様がやってきたことは、軍事作戦とはとうてい言えぬ体のものだ」

「はたからは、そう見えるというだけのことだ」

「自分で何をやっているのか、わかっているのか」

「あたりまえだ。共和国建国のための軍事行動だ」

「押しこみに、屁理屈をつけただけだ」

「ちがう」

従太郎は丸太の上で身を乗り出し、兵頭を見据えて言った。

「目をさませ。榎本総裁のもとに三千の兵が動いても、おれたちはついに共和国を作りえなかったんだ。あれから五年、戊辰の混乱も収まり、いまはもう政府も軍も、はるかに強大なものになっている。いまさら二、三十の敗残兵が蜂起したところで、蚊が刺すほどの痛みにもならん」

「共和国建国の旗印は、すでに価値のないものになっているというのか」

「いいや。だが、実現する見込みはなくなった」

「おれは、実現の見込みがないとは思わん」

「妄想だ。共和国など、もう実現しない」

「ほんの少しもそうは思わないのだ」

「現実と妄想の区別がつかなくなれば、ひとは狂人と呼ばれる。貴様、かなり狂人に近いぞ」

「それだけか」兵頭は冷やかな調子で言った。「言うことがそれだけなら、帰ってもいい。札幌本府にもどって、岩村判官に、やつは狂人でしたと報告するがいい。岡崎少輔を救うためなら、狂人の言いなりになってやるしかないとな」

従太郎はその場に立ち上がった。言葉が通じぬ苛立《いらだ》ちに、いたたまれなくなったのだ。

兵頭も立ち上がった。

周囲の騎兵隊の隊士たちが、一瞬みがまえた。銃をかまえなおした者もいる。

従太郎は兵頭を焚き火ごしに見つめて言った。

「目をさませ、兵頭。共和国建国の旗印など、どっちみち貴様の部下たちの半分も信じてはいまい。貴様の部下など、しょせんは新しい世になじめぬ恨みから銃を取ったか、てっとり早く金が欲しいと願って入ってきたか、そんなならず者たちが大半だろう」

兵頭が、ふしぎそうな顔で問い返した。

「新しい世になじまぬことが、非難されねばならぬのか？　貧しさに耐えかねて金を求めたら、それは罪か？　ならず者になる以外には生きてゆく術《すべ》もないという男のことは、切り捨ててよいのか。そうではあるまい」

「何を、わけのわからぬことを言いだす？」

「考えてみろ。五稜郭に共和国の理念があったればこそ、さして家柄もよくはないおれたちが、列士満《レジマン》の頭になれた。御家人の榎本さんが総裁に選ばれ、士族ですらなかった土方《ひじかた》さんのようなひとが陸軍奉行並になったのだ。ちがうか？　ならず者も、貧しさにあえぐ者も、等しく共和国のシティズンだ。おれはこの騎兵隊に、ならず者やアイヌや混血女が加わっていることを、むしろ誇りにしている」

「盗人にも三分の理というやつか？　誰が見ても、貴様らはただの群盗にすぎない。共和国なんて言葉を、自分たちの無法の言い訳にしているだけだ」

「ちがう。おれの部下たちは、本心から共和国建国の旗印に惹かれてここにいるのだ。おれたち、とりわけ五稜郭を知っている者の胸にはなお、榎本総裁の言葉と理想が生きているのだ」

「だが」と、従太郎は深い徒労感を感じながらも言った。「おれたちは戦いに敗れ、降伏したのだ。やつらの軍門にくだったのだ」

「おれは降伏していない。いっとき戦いに敗れようと、共和国建国の旗印が色あせたわけでもないんだ。矢島、あの五稜郭の日々、もっとも熱っぽく共和国建国を説いていたのは、貴様だったぞ。あの言葉はみな嘘であったとは言わせぬ」

「嘘ではない。だが、夢だった。いっとき、戦いの中で見た夢だ。幻だった」

焚き火の中で、薪が崩れた。火の粉が舞い上がり、炎が高く燃え上がった。その炎ごしに、兵頭の顔が一瞬、悪鬼のように赤く染まって見えた。激しい憤怒が感じ取れた。

従太郎は言った。

「いつまでも夢を見て生きてゆけるか。戦いの日々は未来永劫《えいごう》に続くはずもない。夢を見て戦った者も、いつかは銃を鋤《すき》に持ち替えねばならん。しんどくて退屈な日々に帰ってゆかねばならんのだ」

「こい」と兵頭が言った。「戦いは続いている。おれたちは喜んで貴様を迎える。共和国建国が夢だと言うならそれでもいい。その夢を、もういちどおれたちと共に見ないか」

「だめだ」従太郎は怒鳴った。「この世には、夢を見ることさえできぬ者がいるんだ」

「誰でも、夢を見るべきだ」

「いいか、兵頭。なるほど北海道の原野で馬を駆けさせ、鉄砲をぶっ放して暮らすのは、さぞかし愉快にちがいない。ひとを殺し、金を盗み、建物や機械を壊そうとも、誰に謝る必要もない。責任もとらない。心地よいことだろう。だが、それはいっときの楽しみだ。ひとは本来、いつか所帯を持ち、一族とつながり、隣り近所や上下に礼儀を尽くし、面倒なことも引き受けて生きてゆくものだろう？　餓鬼のようにいつまでも好きなことばかりをやって、夢を口にしているだけではすまんのだ」

「何の話をしている？　おれが言っているのは、共和国建国のことだぞ」

「これが、ひとの世ってものだってことだ」

「騎兵隊に加われ。この地なら、貴様を縛るものは何もない。面倒など何もない」

「だめだと言ってるのだ！」

隊士たちが緊張した。取り巻いていた男たちはみな、従太郎に銃を向けなおした。一歩前に出た者もいる。

何を言っても無駄だ。

従太郎はひとつ大きく溜《た》め息《いき》をついてから、声の調子を落として言った。

「とにかく、降伏を勧める。このままでは、皆殺しだ」

兵頭は言った。

「こちらには、あの公家がいる。手は出せまい」

「討伐隊は、もう手を出すこともない。このあたりへ部隊を進めて、貴様らの動きを封じるだけでいいんだ。身動きが取れなくなれば、貴様らは半月で瓦解《がかい》する」

「試してみるといい」

「いまなら、貴様はともかく、部下は軽い刑ですむだろう。赦免されるかもしれん。先を考えて、部下を救え」

兵頭は振り返って部下を呼んだ。

「中川与助」

従太郎のかつての部下が、兵頭に駆け寄った。

兵頭は言った。

「矢島は帰る。適当なところまで護衛して、短銃だけを返して放してやれ」

「はっ」

中川与助と大門弥平次のふたりが、従太郎の背に銃を突きつけた。

従太郎は、兵頭を見つめて言った。

「ひとつだけ、教えてくれ。どうしても解《げ》せぬことがある」

「なんだ？」兵頭は焚き火をまわって、従太郎の目の前に立った。「何が解せぬというんだ？」

従太郎は訊いた。

「何年もの沈黙のあと、なぜ昨年の秋になってこれ見よがしのような無法に出た？　すでに五稜郭の残党討伐も終わった。逃げおおせたのだから、そのまま北海道の辺境で安穏と生きることができたものを」

兵頭は、ちらりと左右に目をやった。部下たちの耳を気にしたのかもしれない。

「何か、わけがあるのだな？」

兵頭が言った。

「先にそれを言うべきだったかもしれん。おれたちのやっていることが、妄動ではないことを明らかにするために」

「何だ？」

兵頭は答えた。

「榎本総裁を待っている」

「榎本総裁を？」

従太郎はまばたきした。榎本武揚は二年前に罪を許されて放免された。北海道を知悉《ちしつ》していることから、新政府は彼を開拓使出仕として取り立てた。つまりは、兵頭とは完全に反対の側にいる。

兵頭が訊いた。

「榎本総裁が、いまどこにいるか知っているか?」

「ロシアと聞いているが。公使に任じられたとか」

兵頭は言った。

「そのとおりだ。今年一月に海軍中将に引き立てられ、特命全権公使としてロシアに渡った」

「だとして、なぜ総裁を待つなんてことができる? 新政府の高官が、あらためて貴様たちの頭領になるというのか?」

「総裁は、樺太の国境画定の交渉にロシアに行ったのだ。樺太では、この数年、ロシア人と日本人とが衝突を繰り返している。住民にとっては、なんとも困った事態となっているのは知っているな」

「よくは知らん」

「混住地だったが、これだけひとも増えると、そこは日本なのかロシアなのか、はっきりさせる必要が出てきた。総裁は、その交渉のためにロシアの首都に出向いたのだ」

「そのことと、貴様らの蜂起とどんなつながりがあるのだ？」
「おれは昨年、北海道を巡視中の総裁に会った。ひと目を避けて札幌の宿舎を訪ね、戦争の今後のことを話し合った」
「詳しく聞かせろ」
「もう一度、腰をおろせ」

兵頭が語った話は、あらましこのようなものだった。

昨年夏から秋にかけて、開拓使四等出仕の榎本武揚は北海道に滞在、札幌から日高・十勝方面を視察した。榎本が開拓使出仕として北海道を訪れたのは、さらにその前の年の九月、岩内の炭鉱の調査のとき以来二度目である。

榎本の札幌滞在を知った兵頭俊作は、開拓農民を装って札幌に入った。九月初旬のことである。榎本の宿舎は、本庁舎の東側、官舎の一番邸であった。兵頭は、警備の者の隙をついて、邸に入りこんだ。もちろん榎本は、兵頭が訪ねてくることなど、想像もしていない。

寝台の置かれた洋間で、兵頭はまず、降伏肯《がえ》んじることかなわず、総裁の命《めい》に抗《あらが》ったことを謝った。そして、脱走後はいったん樺太まで逃げ延びたこと、この逃避行の途中で、ばらばらに逃げたほかの逃亡兵も糾合《きゅうごう》、いつしか十数人の兵士をまとめることになったことを明かした。

兵頭は言った。

自分たちはまだ、共和国建国という理想を捨ててはいない。総裁がもどってきてくれるなら、いつでも立つ用意があると。

榎本は、何も言わなかった。ただ黙って兵頭の話を聞いているだけだ。

兵頭は続けた。

あの戦争を有利に進める方策はいくつかあった。箱館の米国領事から勧められたハワイへの脱出という方法もそのひとつだった。もうひとつ、自分が樺太まで逃げて気づいた方策は、ロシアと組むことだった。南下しようとするロシアと、早急な国内安定をめざす日本の新政府とのあいだで、榎本政権は双方の力の均衡を利用することができたのだ。

兵頭は榎本に言った。

混住地の樺太を提供することで、榎本政権はロシアを後ろ楯《だて》に引きこむことができたはずです。樺太を放棄する代わりに、榎本政権による北海道の統治を認めさせる。北海道の榎本政権は、ロシアにとって日本の北進を防ぎ、同時に直接対決を避ける防壁になりえます。ロシアを後ろ楯にしてしまえば、薩長政権も榎本政権に対して強硬策は取れなかったはずです。

そこまで聞くと、榎本はべらんめえな口調で言った。

いまさらの後知恵だ。そもそもロシアは一筋縄ではゆかぬ大国だ。そうはうまく運んだとは思えない。

榎本はさらに言った。

来年、自分はまさにその樺太の問題で、ロシアに交渉に出ることになる。全権公使となるよう打診がきているが、容易にまとまるとは到底思えない。ロシアは扱いにくしたたかな国家であると。

兵頭はとつぜん思いついて言った。

では、その交渉の場を利用していただきたい。日本の公使の立場を捨て、北海道に共和国建国をめざした指導者として交渉してほしい。樺太をロシアに引き渡し、ついでなれば千島《ちしま》も半分渡して、代わりに北海道に共和国の存在を認めさせるのです。北海道に榎本政権があることの意義と価値をロシアに伝えて、取り引きするのです。

取り引き？　と榎本が訊いた。

兵頭は提案した。

そうです。北海道共和国は、ロシアと日本とのあいだの緩衝国家となりえます。共和国が樺太の権益を放棄する代わり、ロシアにも独立国家たることを承認させるのです。独立のためにたとえば三千挺の銃を提供させることも、過大な要求とは言えないでしょう。ご承知のとおり、北海道と樺太には、日本からもロシアからも疎《うと》まれている民びとが少なくありません。自分たちのような五稜郭の残党も、この地にまだ二百以上は潜んでいるはず。榎本総裁が、再度共和国建設を唱えて立つならば、そのようなものたちは続々と榎本総裁のもとに参集してくるはずです。

黙っている榎本に、兵頭はたたみかけた。

もう一度、総裁として我々を率いてくれませんか。大統領として、共和国政府とその軍を指導してはくれませんか。軍の先頭には自分が立ちますから。

榎本は腕を組み、考えこむ様子を見せた。と、ちょうどそのとき、廊下をひとが歩いてくる気配があった。兵頭の声が聞かれたのかもしれない。

兵頭は腰を浮かしながらも言った。

総裁の交渉をしやすくするためにも、自分たちはこの秋、共和国の名のもとに決起します。むずかしい交渉とは思いますが、一年の時間があればどうでしょう。遅くとも来年の秋までには、シベリアを経由して、樺太からいい報せが届くと信じます。共和国を認めさせた、自分が大統領であると。武器も送ると。わたしたちは、それまでに北海道で先鋒《せんぽう》部隊を整えておきます。

榎本は無言のままだ。答を待っている余裕はなかった。兵頭は榎本を見つめた。榎本は兵頭の提案をはねのけてはいない。きっぱり拒んではいなかった。無言の意味は明らかだった。

部屋のドアが叩かれた。

兵頭は窓から表へと飛び出した。

従太郎は、吐き出すように言った。

「貴様の話を聞くだけでもわかる。総裁は、なにひとつ約束していない。いや、むしろ貴様の提案に呆《あき》れかえったのだ。総裁がもどってくることなどありえない。交渉が、そのようにまとまることもない。三千挺の銃など、ぜったいに届きはしない」

兵頭は言った。

「いや、おれは総裁の目をのぞきこんだ。あれは、おれの言葉を十全に理解した目だった。おれを信じて待て、と言っている目だった」

「貴様はもう、この世から浮き上がっている。現実をなにひとつ見ていない。見えなくなっているんだ」

従太郎の言葉など聞こえなかったかのように、兵頭が言った。

「もうそろそろ、報せが届くはずだ。それを、一日千秋の想いで待っているのだ」

従太郎は丸太から腰を上げると、兵頭に背を向け、自分の馬がつながれている方へ向かって歩きだした。

与助と弥平次のふたりが、あわてて従太郎に銃を向けたままついてきた。

第九章

1

宿営地にはいま、大小四つの焚き火が焚かれている。これを囲むひとの輪も、四つあった。

まずひとつには、兵頭俊作と、その直系の部下と言える中川与助、大門弥平次の三人。いわば騎兵隊の中枢部分だ。

つぎの焚き火には、もともとの榎本軍隊士で、早くから騎兵隊に加わっていた六人の組。

ついで生田三郎、棟方甚八を中心とする、六人の新参の組が、ひとつ輪になっている。彼らは、昨年の秋以降に加わってきた男たちだ。

それに、多吉をはじめとする、監獄部屋から解放された男たち五人の組。

もちろん、人質の岡崎少輔はこの場にはいない。彼は木立の奥の天幕の中だ。

ひとつの輪とべつの輪とのあいだに、言葉の行き交いはなかった。どことなく互いを敬遠しあっている。それぞれの輪の内側だけで、声をひそめてのやりとりが続いている。

田沢惣六は、生田や棟方と同じ焚き火を囲んでいた。ときおり兵頭たちの焚き火に目をやるのだが、兵頭はひたすら考えこんでいるように見える。与助と弥平次は、兵頭の邪魔をしようとはしていなかった。ふたりも深く沈黙しているだけだ。

惣六は、思案顔で焚き火を見つめる兵頭を見やりながら思った。

いよいよ正念場ってやつがくる。明日にも、新しい作戦が命じられることだろう。

晩飯のときに、きょうの矢島従太郎との会見について、兵頭から簡単な説明があった。

曰《いわ》く、われわれの要求を、開拓使ははねのけた。トキノチは札幌の獄舎にいる。討伐隊は岡崎少輔との交換を求めてきた。われわれはこれを拒んだ。

それだけだ。

しかし隊士たちは、きょうの会見の意味するものについて、あれこれと談義せざるをえない。ひと払いされた会見だったが、風に乗って声は届いていたし、後半ではふたりとも大声だったのだ。周囲の者にも、やりとりの中身は聞こえていた。

いま男たちは繰り返し、矢島の言葉を口にし、その意味を検証しあっている。

「開拓使と討伐隊は、騎兵隊の要求を拒んだ」

「討伐隊は、ガトリング銃を装備した増援を得ている」

「いま降伏するなら、騎兵隊の下っ端の者たちには赦免があるかもしれない」

さらには、こんな言葉もささやかれている。

「榎本総裁が、ロシアに行っている」

「ロシアと日本のせめぎあいを利用して、共和国を建国する」

「いずれロシアから、いい報せが届く」

男たちの声は低い。

矢島従太郎の来訪は、決戦前の最終の呼びかけなのだ。降伏と投降をうながす、討伐隊の側からの最後の恩情のあかし。兵頭がこれをはねのけた以上、戦いはこの一両日のあいだにも火蓋《ひぶた》が切られる。馬車や運漕船を襲ったり、監獄部屋を攻撃するのとはちがう、ほんものの戦闘がおっ始まるのだ。さすが男たちの表情には、緊張が濃かった。

田沢惣六は、中川与助が焚き火の前から立ち上がったのを見た。

小便にでも行くのだろう。木立のほうへ向かっている。

自分も腰をあげて、惣六は与助を追った。

追いついたところで、惣六は訊いた。

「きょうのやりとりの中身が、いろいろ噂されている。兵頭さんは、あれ以上話してはくれないのか」

与助は足をとめ、惣六を正面から見つめて言った。

「みんな、けっこう耳に入れているようじゃないか。会見の中身は、噂されているとおりだ」

「その通りのことかどうか、わからんぜ」

「明日にでも、またきちんと話されることになるさ」

「ひとつ訊きたい。先日ははぐらかされたが、兵頭さんが待っているというのは、榎本さんが総裁として復帰することだったのだな？」

「そうだ。兵頭さんが待っていたのは、そのことだ」

「なぜ隠した。隠すべきことか。むしろ、榎本さんがもう一度共和国の総裁として立ち上がるのだ、と天下に知らしめるべきだったのではないか？」

与助は首を振った。

「榎本さんのことが、政府の耳に達してみろ。たちまち全権公使職は剝奪《はくだつ》だ。更迭《こうてつ》され、日本への帰国命令が出る。交渉がまとまるまで、秘密にしておかねばならなかった」

「せめて、仲間の耳に入れるぐらいはよかったのではないか？　そのほうが、ずっと士気はあがったろう」

「知っていれば、捕まって拷問でも受けた場合、いやおうなくしゃべってしまうことになる。絶対に知られてはならない以上、必要以外の隊士には、黙っているしかなかった」

「おれも、新参だから必要外だと言うんだな？」

「お前にも、近々教えられたことだろう」

「きょう、そのことを矢島従太郎に明かしてしまったが、あれはどういうことだ。もう交渉には望みを託さぬということか」

「兵頭さんの胸のうちはわからぬ。だが、矢島を引きこもうと、やむなく手の内を見せたのだろう」

「矢島は乗ってこなかった。政府が知ることとなったぞ」

「先行きの見極めがついたということかもしれん。榎本さんがペテルブルグについて、もう半年以上になるはずだ。交渉の目処《めど》がついていておかしくはない」

「兵頭さんの口から、それを言ってもらいたいものだ」

「明日にでも、話があるって」

与助はそこまで言うと、惣六に背を向けて木立の奥へと歩いていった。すぐに、枯れ葉に小便のかかる音が聞こえてきた。


同じ時刻、矢島従太郎はツキサップの集落にたどりついていた。月明かりの下、馬の目と嗅覚を頼りに、夜の大平原を突っ切ってきたのだった。

集落に入ると、すぐに松明《たいまつ》を持った討伐隊員がふたり、駆け寄ってきた。山上勘吾と野本新平だった。

勘吾が言った。

「札幌で、また派手な騒ぎがありました。監獄を、女が襲ったんです」

驚いて、従太郎はたしかめた。

「女？　群盗一味か」

「そうです。群盗にまじってた女が、あのアイヌを助けるために監獄を急襲、八人ばかりの邏卒を撃ちました。いったんアイヌを獄舎から救い出したそうですが、街に飛び出したところで御用です」

「ちょっと待て。女ひとりで監獄を襲い、八人もの邏卒を撃ったというのか」

「そのとおりです。女ひとりで、監獄に乗りこんできて、短銃を撃ちまくり、アイヌを救い出そうとしたんです」

「おそろしく度胸のある女だな」

「アイヌもその女も、ここに送られてくるそうです。岩村判官がそう命じたそうです。岡崎少輔との交換に必要かもしれんとのことで」

「おれも、その女の顔を見てみたい」

「運漕船を襲ったときの女を思い出しますが、あの女だとしたら、なかなかの別嬪《べっぴん》です。色白で、目もとがすっきりしていて」

村の中央に駅逓があり、ふたりの兵士が正面の警備についていた。ここが討伐隊の今夜の宿営だった。

畑山六蔵大尉は、駅逓の板の間で酒を飲んでいた。

従太郎は囲炉裏の前へと進んで、報告した。

「兵頭たちのねぐらまで連れてゆかれた。人質交換は拒否された」

「それみろ」畑山は酒臭い息を吐きながら言った。「行くだけ無駄だったんだ」

「やつらの数とねぐらがわかっただけでも収穫だが」

「ちがいない。一味はどの程度のものだった?」

「男たちの数は二十。天幕が十あまり。六割ほどは、新式のインチェスタ銃で武装。残りが旧式のスペンセル銃だ。兵頭をはじめ、二、三人は短銃も腰にさげていた」

山上勘吾が石狩の野の地図を板の間にひろげた。

従太郎は地図の一点を指さして言った。

「やつらがいるのは、このあたりだ。夕張の山地の手前だった」

畑山が言った。

「存外、近いな」

「出撃の拠点には、都合がいい」

「砦となっているのか」

「いいや。防御柵や土塁はなし。背後は木立。手前は無防備だ」

「では、急襲とゆくか。ガトリング銃の銃弾を、たっぷり浴びせてやるとするか」

「岩村判官からは、岡崎少輔の救出を最優先しろと命令されている。攻撃は、そのあとだ」

「どうする気だ？」

「こちらの人質はふたりとなった。ふたりと交換で、岡崎少輔をまず解放させる」

「交換は、拒まれたんだろう？」

「アイヌが人質になっていると知って、驚いていた。拒んだのははったりだ。返答する用意がなかっただけのことだと思う」

「一度断ったんだ。こんども同じだ」

「アイヌひとりならともかく、ふたりとなれば、必ず交換には応じてくる」

「アイヌと女は、それほどの玉か？」

「やつはうっかり、自分の弱みについて口を滑らせた。ならず者もアイヌも混血女も、やつの誇りだそうだ。見殺しにはせん」

「連中は、まだこちらが女を人質にしたことを知らん」

「明日、朝いちばんで使者を出せ。やつらのねぐら近くまで馬を走らせれば、出迎えがくる。こなければ、平原の見晴らしのいいところに棒杭《ぼうくい》でも立て、書き物をゆわえてくればいいんだ」

「本隊は、そのあいだ、進めておくのか」

「この丘陵地の端まででいい。二里ほど先だ。そこから先は、湿地となる。ガトリング銃を載せた馬車は、動きがとれなくなる。だが、やつらの動きを封じるには、ここで十分だ」

「ふむ」

畑山は、顎をなでてうなずいた。

2

その朝は冷えた。きつい冷えこみだった。

もう新暦の十一月のなかば、この北の島では、熊だってそろそろ冬ごもりの穴に入る。田沢惣六は、この朝、炊事当番を命じられていた。あとふたりの隊士と共に、冷たい沢水をくんで、隊士たちのために鍋料理をこしらえた。

丸石を積んだかまどに、大鍋がふたつかけられている。鍋からは、鮭汁《さけじる》の匂《にお》いが立ちのぼっていた。鍋から汁が吹きこぼれてきたところで、できあがりだった。

かまどの前に並んだ隊士たちに、汁が配られた。各自が持つ飯碗に、一杯ずつの汁。最後の隊士の碗に入れたところで、両方の鍋はきれいに空となった。

隊士たちの何人かから、不服の声があがった。この冷えこみに、空腹はこたえるのだ。なのに、塩気の少ない鮭汁が、ひとりに飯碗一杯ずつ。隊士たちはそれぞれの焚き火のそばに立って、汁をかっこんだ。あっという間に、全員が食事を終えた。

田沢惣六は、鍋の底を眺めてつぶやいた。

「これでは、きつい。誰も寒さに耐えきれんわ」

騎兵隊は、この地に宿営を移してから一度、手分けして食料の調達に出ていた。しかし苫小牧に出た隊士たちは、開拓使邏卒部隊に遭遇した。調達に失敗したばかりではなく、隊士のひとりを失っている。

いま、騎兵隊の食料用天幕の中には、米も味噌も塩もほとんどない。この数日は、近在のアイヌを通して手に入れた鮭が主食だ。それに、乾した鹿の肉が少々。総勢二十人になろうとする騎兵隊にとって、兵糧《ひょうろう》の残りが深刻な問題となっている。

ひとりふたり、惣六にうらめしげな目を向けてくる。惣六は肩をすくめると、鍋を傾けて見せてやった。このとおり、もうほんとに何もないのだ。

あきらめた隊士たちが、あらためて焚き火に手をかざす。

惣六は思った。

騎兵隊はいずれ分裂することになるのではないか。一日に食える飯の量が、めっきり減っているのだ。空腹は、ひとを離反させる。不満を増殖させる。

兵頭は、そのことに気づいているのだろうか。

共和国の理念はそれでいい。けっこうなことだ。だが、騎兵隊をまとめ、指揮するなら、まず隊士たちに腹一杯食わせねばならぬ。腹一杯食わせるために策を講じることが、騎兵頭のいま最大の責務だった。

惣六が鍋を洗うために焚き火の前から離れると、あとをついてくる者があった。惣六は立ちどまって振り返った。

棟方甚八だった。生田三郎と共に加わってきたという、庄内藩出身の男。

棟方は、うしろを気にしながら、小声で訊いてきた。

「お前、五稜郭にいた男だそうだな」

惣六は答えた。

「ああ。だけど、降伏した組だ」

「兵頭さんは、よく知っているのか?」

「あのひとは、おれの直接の士官じゃなかった。だが、多少のことは知ってる」

「じゃあ訊くが、兵頭さんの采配を、どう思う?」

惣六は、慎重に訊いた。

「どうって、何がだ?」

「このごろ、ちょっとおかしいとは思わないか。へま続きだし、朝令暮改も多い。やってることがさっぱりわからん。本人もわかっていないんじゃないかね」

「まあな」惣六は慎重に言った。「おれも、ついひと月前に加わった身だ。何もかもわかってるわけじゃない」

「騎兵隊の暴れっぷりも、見ると聞くじゃあ大ちがいだ。これじゃあ、鈴鹿《すずか》の山賊と変わらない。強力な討伐隊もすぐそこまで迫ってる。そろそろ分捕り品を分配して、みんな散ってゆくべきじゃあないのかね」

「分配？」

「この一年、ずいぶん稼いでいるはずだ。兵頭さんの天幕の中には、金がしこたま収まっている。これまで奪ってきた金が、少なく見積もっても、二千金はある」

「おれは何も知らん」

そこまで言ってから、惣六はやっと甚八や生田三郎が何を考えているかが見えてきた。そういうことであれば……。

惣六は言った。

「ま、ひとりずつ多少の路銀をもらって、もいちどしょっぱい川を渡るのも悪くないな」

「だろう」甚八は頬をゆるめた。「いやなあに、ちょっとお前の気持ちをたしかめておきたかったものでな」

甚八は、惣六の背をなれなれしげにたたくと、焚き火のほうへと立ち去っていった。

兵頭は、天幕を出るとふたりの同僚に声をかけた。

「中川与助、大門弥平次」

そばの焚き火を囲んでいたふたりが立ち上がった。

「話がある。ちょっときてくれ」

兵頭は木立の奥へと向かった。与助と弥平次のふたりも兵頭についてきた。

そのうしろから声がかかった。

「騎兵頭。ちょっと」

兵頭は振り返った。

田沢惣六が、こちらに向かって小走りに寄ってくる。

「ちょっと話したいことが」

目の色が、いつになく真剣だ。

一瞬ためらってから、兵頭は言った。

「すぐにもどる。あとにしてくれ」

惣六は足をとめ、驚きを見せた。断られるとは想像もしていなかったようだ。

「至急お耳に入れたいことが」

「すぐにもどる」

惣六の頬が、不服そうにふくらんだ。

兵頭は惣六の不服を黙殺して背を向けた。

木立の奥へと進み、ほかの隊士たちから十分に離れたところで、兵頭は立ちどまった。与助たちも、宿営地のほうを気にしながら足をとめた。

惣六は、いましがたの場所にとどまったままだ。

「楽にしてくれ」兵頭はふたりに言った。「相談ごとなんだ」

ふたりが姿勢を崩したので、兵頭は与助と弥平次それぞれを見つめて言った。

「おれたちは、札幌本府を攻めてはどうかと思う。札幌を占領し、開拓使本庁舎の天蓋に、北辰の旗を掲げる」

与助が言った。

「先日は、生田三郎の進言を、時期尚早だとはねのけました。札幌本府攻撃は、戦いの最後だと」

「覚えている。しかしまた、事態は進んだ。昨日の矢島の話でもそれがわかる。時機がきたようだ。札幌を攻撃する以外に、事態打開の方策はなくなったように思うのだ」

与助も弥平次も沈黙した。しかし、賛同できぬと言っている顔でもない。ただ、もっと説明を求めている。

兵頭は言った。

「省みて言えば、おれたちの作戦は、これまで地味すぎた。一年かかって、新たに加えた男の数は、やっとこ十人だ。この数倍の数を集められると踏んでいたのだが、まだ総勢二十二にしかならん」

与助が言った。

「トキノチとマルーシャが脱走しました。総勢二十です」

「おれたちがいやになって出ていったわけでもあるまい」

「ここにいないことはたしかですよ」

兵頭は頭をかいてから言った。

「とにかく、その程度の数だ。北海道全土、そして日本全国から志願兵を集めるためには、運漕船や運送馬車を襲うぐらいのことでは足りなかった。札幌を攻撃、占領してこそ、ほんとうに旗揚げらしいものになった。遅ればせながら、いまからそれを実行する。札幌に共和国の旗をかかげ、日本国はもちろん、北海道、千島、樺太からも、志ある者を集める。和人、アイヌ、ロシア人に中国人……、ならず者でも無学でも拒まぬ。誰でも受け容れる。そして共和国の実態を整えて、榎本総裁を待つ」

与助が言った。

「札幌には、開拓使の邏卒が五十や百はいるはずです。簡単に陥《お》とせるとは思えませんが」

「札幌にいるのは、邏卒だ。軍じゃない」

「討伐隊もきています」

「こちらに向かってる。札幌はいま、手薄だ」

「それにしても、二十の兵力で？」

「劣勢は承知だ。しかし、これでやるしかあるまい」

「人質の見返りはどうなります？」

「聞いていたろう。昨日、矢島従太郎が、拒否の返事を持ってきた。討伐隊は、何ひとつこちらにくれる気持ちはない。ここにこのままいるわけにはいかなくなった。動かねばならんのだ」

「あの人質は、お公家さまです。討伐隊は、絶対にあいつを見殺しにはしませんよ。つまり、あいつを人質にとっているかぎり、おれたちを攻撃できません」

「しないさ。矢島も言っていた。討伐隊は、われわれの正面に布陣して、こちらの動きを封じればいいのだ。攻撃する必要はない。われわれはあと数日で食料も尽きる。いずれ、銃を捨てて投降するしか道はなくなる」

「取り引きができぬというなら、少輔を殺しましょう」

「そうなると、すぐにも総攻撃を受ける。討伐隊には、ガトリング銃が入ったのだ。正面から戦って勝ち目はない」

与助は弥平次と顔を見合わせた。

道理がわかってもらえたろうか。

与助が再び訊いてきた。

「攻撃、占領そのものはできるかもしれません。でも、それからどうなります？」

「ひと冬、札幌を守り抜く。これからの季節、札幌に入るには海路は採れぬ。となると、道は札幌本道一本きりだ。人質もいる。軍が出たとしても、豊平橋を落とせば守りきれる」

「たった二十で？」

「札幌の人口は、いま一千か？　二千か？」

「そのくらいはあるはずです」

「辺境にそれだけの数の男がいて、ひとりもお上に不満を持っていないとは思わぬ。呼びかければ、五十や百は騎兵隊に身を投じる」

「ひと冬、札幌を占拠して、それからどうなります？」

「まずは、榎本さんからの吉報を待つ。この冬までには返事がくると思っていたが、思いのほか交渉は難航しているようだ。札幌で、春まで時間を稼ぎたい」

「ほかには？」

「これまでやってこなかったことも、試みる。たとえばかつての同志たちに檄《げき》を飛ばす。再結集を呼びかける。政府とは、あらためて交渉だ。札幌のお雇い外国人たちにも事情を説明して、みな函館か東京へ帰す。彼らがまた、それぞれ本国政府に事情を伝えるだろう。内戦が再開された、北海道に共和国の旗が上がったとな。札幌は、列強たちに注視される土地となる。ロシアまでその報せが届けば、榎本さんの交渉もやりやすくなるというものだ」

「おれたちは、五稜郭でそれをやりましたが、うまくゆきませんでした。それも、三千の兵力を持って」

「あのときは、榎本軍が、必ずしも共和国建国ひとつでまとまっていなかった。徳川家の蝦夷地移封でよしとする者から、ハワイ脱出を主張する者、奥羽に反朝廷政権樹立を目指す者まで、さまざまだった。いまとはちがう」

「それはそうですが」

与助の口調が弱くなった。兵頭はたたみかけた。

「ここにとどまっていては、敗北と死があるのみだ。事態を切り開かねばならん。ここまできたなら、身を捨ててこそ、浮かぶ瀬もあれではないか？」

「春まで待っても、何もなければ？」

「そのときはそのときだ」

兵頭は無言のままの弥平次を見た。

目が合うと、弥平次は視線をそらすことなくうなずいた。

「それしかありますまい」

与助が訊いた。

「出撃は、いつです？」

兵頭は答えた。

「ぐずぐずしていると、正面に矢島たちの討伐隊が到着する。すぐにでもだ」

木立を抜けて宿営地へともどり、いくつもの焚き火を囲む男たちの中心へと歩み出た。隊士たちの視線が、兵頭に集中した。

兵頭は歩きながら言った。

「いよいよ、大きな作戦に出る。これから出発だ。手早く支度を整えて、馬に乗ってくれ」

生田三郎が言った。

「何をやるって？」

兵頭は生田に顔を向けて言った。

「反攻に出るんだ。札幌を攻める」

「札幌を？」

「お前の進言を受け入れたんだ。不足か？」

「たった二十の兵力で？」

「札幌には、薩摩長州の軍勢はいない。ただの一門の砲もない」

「そろそろ引きどきだという話が出ている」

「なに？」

兵頭は足をとめた。

空気がおかしい。

兵頭は周囲を眺めわたした。

正面の焚き火の前には、四人の隊士がいる。新参の連中だ。みな手元に銃を置いていた。その隣りの焚き火を囲んでいるのは、つい最近加わってきた五人の男。多吉という工夫をはじめ、全員監獄部屋から解放した連中だ。彼らも、銃を足もとに置いている。

奥のほうの焚き火の前にいるのが、古くからの同僚たちだ。彼らも、雰囲気の奇妙さに気づいているようだ。怪訝そうにこちらに目を向けてくる。彼らは、銃はまとめて脇の木のそばに立てかけている。

生田が言った。

「相手がガトリング銃つきの討伐隊となれば、まともに戦うのは愚かってものだ。あんたの作戦も指揮も、このところ失敗続き。榎本総裁の一件も、おれには夢としか聞こえない。いくらか金もたまったし、そろそろ隊は解散じゃないかと思うんだがね」

兵頭は、その場の空気を気にしながら言った。

「戦うために、きたんじゃないのか?」

「拙劣なことをやっているうちに、戦う時機は逃したと思うぜ。このままでは、全員縛り首だ。いや、胴斬《どうぎ》りか、磔か。どっちにせよ、まっぴらだ」

「抜けるなら、かまわぬ。出てゆけ」

「駄賃も受け取ってゆきたいんだ」

「金を、よこせと言うのか」

「おれの稼ぎでもあるはずだ」

「軍資金だ。戦うために集めた金だぞ」

「全部よこせと言ってるわけじゃない」

「ひとつ訊くが、抜けたいというのは、お前ひとりなのか？」

生田は、白い歯を見せてから言った。

「いいや。少なくとも半分は、抜ける気でいる」

生田は、腰の短銃を抜いた。

それが合図だったようだ。

新参の連中が立ち上がった。銃を持ち上げながらだ。その場にかちゃかちゃと金属音が響いた。銃の薬室に、実包が送りこまれたのだ。監獄部屋からの解放組も一緒だった。

ほんのひと呼吸遅れて、田沢惣六も立ち上がった。

古くからの同志たちは腰を浮かした。

棟方甚八が彼らに怒鳴った。

「動くんじゃない。そのままでいろ」

新参の者たちのうち数人が、古参連中に銃を向けている。古参の同志たちは、凍りついた。

生田の短銃は、正確に兵頭の胸を狙っていた。生田の両隣りの男たちは、それぞれ与助と弥平次に銃を向けている。兵頭と弥平次は腰に短銃をさしているが、与助は丸腰だ。

生田が言った。

「手を上げろ。まちがいがあっちゃいけない」

与助と弥平次が、しぶしぶと両手を上げた。兵頭も、一瞬ためらってからふたりにならった。

生田はさらに言った。

「楽しませてもらった。政府にけつをまくって、どんぱち三昧《ざんまい》、好き放題できた。しかし、昨日の矢島従太郎との話を耳にすると、おれも矢島の言ってることのほうに道理があると思う。そろそろ遊びは切り上げるころだ。あんたもわかってるんだろう?」

兵頭は言った。

「もう少し、骨のある男と思っていたのだがな」

「骨もあるし、分別もあるんだ」

「繰り返す。抜けたいのなら、止めん」

「軍資金も分けてもらう」

「それはできん」

生田はちらりと横に目をやってから言った。

「田沢。このおふたりの腰のものを取り上げちまえ」

田沢は、兵頭の目を見ずに近寄ってきた。硬い表情だった。

兵頭は言った。

「貴様もなのか。田沢」

惣六は応えない。無言のまま、兵頭たちのうしろにまわった。

彼がさきほど、至急話したいことがある、と言っていたのは、何のことだったのだろう。

謀叛《むほん》御免とあらかじめ伝えておきたいということだったのか。

兵頭と与助の身体のあいだから、惣六のインチェスタ銃の銃身がのぞいた。生田のほうに向いている。

うしろから、腰の革帯をはずされるのだと思った。しかし、田沢は軽く兵頭の背を突いてきた。小突くというよりは、何かちがう意思を伝える合図ととれた。

何だ？　許しを請うているのか？

と思った刹那《せつな》だ。惣六が発砲した。生田が短銃を手にしたまま、うしろへはね跳んだ。

理解した。

間髪を入れなかった。兵頭は腰の銃を抜いて、目の前にいる新参の連中のひとりを撃った。

左側では、弥平次がやはり短銃を抜いていた。正面で、甚八がこちらに銃を向けてくる。

弥平次が撃った。甚八は身体を折った。地面で泥が飛び散った。

与助は前方に身を投げ出した。

仰天している相手かたに向けて、兵頭は矢継ぎ早に撃った。隣りでは弥平次が、左手で叩くように撃鉄を起こしながら連射している。

与助は転がっている生田に飛びかかり、短刀を胸に突き刺した。

惣六も撃ちまくっていた。

古参組の隊士たちは、自分たちの銃に飛びついた。監獄部屋から逃れた男たちが、彼らに銃弾を浴びせた。

銃火はごく狭い範囲で交錯していた。誰ひとり、身を屈める者はない。みな立ったまま、自分の銃を撃ちまくっているのだ。銃声と光と硝煙とがその窪地に炸裂し、渦巻いた。

ひとり、ふたりと、倒れてゆく。

隣りで、うっと惣六がうめいた。

ちらりと横を見た。惣六が銃を取り落として、膝から崩れ落ちてゆくところだった。

兵頭は手を伸ばし、目見当のまま、惣六を撃ったと見える男に向けて発砲した。永井という名の男だ。もとの仙台藩額兵隊《がくへいたい》の隊士。その永井の鼻の部分が陥没し、仰向けに吹っ飛んだ。

銃声が、いくらか小さく聞こえるようになった。立っている者の数は、もう半分に減っている。

大勢は決まったか？

ひとりが、その場を逃げだした。馬のほうへと向かってゆく。長岡藩出身の男だ。吉野という馬の上手。

弥平次が吉野を狙って引き金を引いた。かちりと、虚しい響き。弾が尽きていた。

吉野は手近にあった馬の手綱を解くと、素早く飛び乗った。

与助が生田の銃を手にとって、吉野に向けて放った。はずれた。吉野の馬は、宿営地を猛然と駆けだしてゆく。

兵頭も自分の馬へと駆け寄った。

鞍にまたがると思い切り腹に蹴りを入れた。馬は激しくいななき、首を大きく震わせてから駆けだした。

吉野の馬は、宿営地を出て、河原の砂の上を疾駆してゆく。兵頭は自分の馬を煽れるだけ煽った。馬を煽りながら、手早く短銃の空薬莢《からやつきよう》を抜き、新しい実包を詰めた。

吉野が射程内に入った。うしろを向いて、一発放ってくる。兵頭の耳元で、風が鳴った。

兵頭は短銃を持った右手を伸ばし、撃鉄を起こして狙いを定めた。引き金を落とすと、手応えがあった。吉野は駆ける馬から転がり落ちた。

兵頭は馬を抑えずにそのまま走らせた。地面に横たわる吉野の脇を通りすぎるとき、馬上からもう一発放った。吉野の身体が、その場で小さくはねた。

二十間ばかりの距離を駆け抜け、馬を返した。

宿営地までもどってみると、こちらも決着はついていた。ごく狭い窪地に、いくつもの死体が転がっている。ひざまずき、頭のうしろに手をまわしている者もふたりいた。ふたりとも、監獄部屋から解放された男たちだった。そばに弥平次がいる。

兵頭は馬からおりて訊いた。

「こちら、被害は？」

与助が荒く息をつきながら答えた。

「ふたり死にました。あと、惣六が重体ですな」

彼の顔には、ひと筋赤く傷がついていた。軍服の左袖にも、赤黒いぬめりがある。いまの至近距離での撃ち合いだ。この程度の傷は受けてふしぎはなかった。

短い破裂音があった。兵頭は思わず短銃をかまえて振り向いた。

ひざまずいていた男のうちのひとりが、ゆっくりと地面に倒れこむところだった。後頭部から赤いものが、糸を引くように噴き出している。弥平次の短銃の銃口から、白い煙があがっていた。

弥平次は、残ったもうひとりの頭にも、無造作につぎの弾を撃ちこんだ。男は丸太を投げ出すようにあっさりと、地面に突っ伏した。

弥平次は弾をつめかえながら、兵頭のほうに歩いてきた。

兵頭と目が合うと、弥平次は、そのとおりとでも言うようにうなずいた。

「ええ。情けをかけてやりました」

与助が言った。

「惣六が、何か言いたそうです」

兵頭は惣六のもとに駆け寄った。

惣六は、地面に仰向けに寝かされているが、胸のあたりは真っ赤だ。すでにそうとうの失血のようだ。

素晴らしい機知を見せた男。反乱に加わったと見せて、土壇場でこのおれたちを救ってくれた。ついいましがた、冷たくあしらったことが思い出された。おれは、まずお前の話を聞くべきだった。

兵頭は脇に膝をついて、惣六の顔をのぞきこんだ。目がかすかに開けられた。兵頭とわかったようだ。

惣六は、蚊の鳴くような声で訊いてきた。

「ほんとうですか。総裁が帰ってくると言うのは？」

兵頭は惣六を見つめ、うなずいた。

「たしかだ。榎本総裁は、もう一度この地に帰ってこられる。共和国の頭領となってくださる」

「やっぱり」惣六の顔が柔和にゆるんだ。「それを望んでおりました。榎本総裁が帰ってくるんなら、おれたちは……」

言葉が途切れた。惣六の目は細まり、その目のわずかな隙間から、彼が白目をむいたのがわかった。

兵頭は立ち上がった。

弥平次が顔を向けてくる。

兵頭は首を振った。やつはこと切れたのだ。

兵頭は与助に訊いた。

「合計、何人が残った？」

与助は、あたりを見渡してから答えた。

「六人です」

「あっと言う間に、三分の一か」

「岡崎少輔は、残った数に入れてませんが。あ、いや」与助は谷の方角に目をやっていった。

「もうひとり、見張りに出していたのがいました。横田ですが」

その横田が、馬を駆けさせてくる。いまの銃撃戦の音が耳に入ったのだろう。

横田の馬が宿営地まで駆けこんできた。ふたりの隊士が、馬に飛びついてこれを抑えた。

その場の様子を見て、横田は呆気にとられたように口を開けた。手に、細長い棒を一本持っている。先に白い布が巻きつけてあった。

与助が横田に言った。

「心配いらない。ちょっとした内輪揉めだ。もう片づいた。それより、手にしている物はなんだ？」

横田は、驚いたままの表情で答えた。

「討伐隊からです。書状のようですが」

与助が包みから書状を引き出し、兵頭に手渡してきた。

こう書かれていた。

「アイヌ、トキノチ
女、マルーシャ
両名の身柄を確保せり。岡崎少輔と交換したし。明日正午、ツキサップの村の東二里の丘にこられたし。
開拓使邏卒特別部隊長　畑山六蔵大尉」

横からのぞきこんで、与助が訊いた。

「あいつまで、捕まっていたんですね。女ひとりでトキノチを救い出そうというのは、いくらなんでも無鉄砲というものですが」

兵頭は言った。

「無鉄砲だが、泣かせてくれるな」

「どうします？　われわれは、札幌攻撃を決めたばかりでしたが」

「戦力が三分の一になった。もう無理だ」

「では、降伏ですか」

「いや」激しい徒労感に襲われながらも、兵頭は言った。「トキノチとマルーシャを助けよう。岡崎少輔を返す」

「少輔がいなくなれば、もう遠慮することはない。連中はかさにかかって攻めてきますよ」

「承知だ。退却戦を、うまくやり抜かねばならんな」

「退却と言っても、どこまで？」

「樺太まで。五稜郭のあと、いったんおれたちが逃げ延びた土地だ。あそこまで逃げて、捲《けん》土重来《どちょうらい》を期そう」

風が激しく吹いた。身を切るような、北国の冬の風だった。

兵頭は風に背を向けた。身体がぶるりと大きく震えた。

兵頭の天幕の横で、北辰の旗が千切れんばかりの音をたててはためいている。空の雲は厚く低い。しかも、龍でも走っているかと思えるような速さで、北西の方角から南東へと走っていた。

明日にも、雪となるか。雪まじりの嵐となるか。嵐は、自分たちに味方するだろうか。それとも逆か。

兵頭は外套の襟を立て、手袋をはめなおした。

3

火山灰が堆積した丘陵地と、石狩の低湿地とのちょうど境目にあたる土地だった。

討伐隊は今朝ツキサップの集落からここまで兵を進め、いま、兵頭一味との人質交換に当たろうとしている。

ゆるやかな斜面の下端に近い場所だった。背後は樺《かば》の森、前方は草地である。斜面を下りきると、大地の様相は趣を変え、枯れた葦に覆われた湿地となる。左右から二本の沢が延びてきて、前方五十間ほどのあたりで合流していた。

天気がよければ、正面に横たわる夕張の山地が望めると言う。いまはときおり霰《あられ》がまじる悪天候。見通しは悪い。わずか半里ほど先で、大地は靄《もや》に溶けこんでいる。

霰が頰を繰り返したたく。風は骨までしみわたる。夕方までには、まちがいなく雪となるだろう。この北の島に、苛烈な冬がくる。冬が兵頭と討伐隊のどちらに味方するのかは知らない。荒らす側か、懲らしめる側か。

矢島従太郎は、もう一度討伐隊の様子を眺めた。

およそ二十人の討伐隊は、樺の森をうしろに、ほぼ横一列に馬の轡《くつわ》を並べている。中心には、陸軍が派遣した増援の精鋭たち。右翼に開拓使の邏卒たち。左翼は安田組の極道たちだった。

ガトリング銃を積んだ馬車は、隊士たちの背後にある。

さらにそのうしろには、うしろ手に縛りあげた人質がふたり。トキノチというアイヌの青年と、マルーシャという混血女だ、ふたりとも馬車の脇に座らせてある。

列の中央に、討伐隊を指揮する畑山六蔵大尉。その左手で、野本新平が開拓使の北辰旗を掲げ持つ。従太郎自身は、畑山の右隣りだ。

畑山が、空を見上げてから言った。

「やつら、くるかな」

従太郎は言った。

「くるさ。おれなら、この取り引きに応じる」

「どうしてだ？」

「身軽になって、戦力を増やすほうをとる」

「岡崎少輔は、あっさり交換するには惜しい人質だと思うが」

「どうかな。岩村判官は、何が何でも守らなくちゃあならぬ御方だと思っているが、必ずしも政府、いや皇室はそうではあるまい」

「どういう意味だ？」

「天子さまだって取り替えた連中だ。あの程度の公家のひとりぐらい、いかほどの値打ちもない」

畑山はぎろりと従太郎をにらんできた。

「つくづく不敬な男だな」

「気に入らないか？」

「ま、そんな口をたたけるのも、相談役についていればこそだ」

「兵頭にしても、あの三要求が通るとは期待していなかったはず。ただとにかく、群盗扱いがたまらなかっただけだ。岡崎少輔はちょうどいい玩具《おもちゃ》だった」

従太郎の隣りで、山上勘吾が言った。

「きました。見えます」

目をこらした。沢の合流点の右側、いくらか盛り上がった大地の先に騎馬の群れだ。五つ六つの影が見える。速歩でこちらに向かってくる。ひとりが旗を掲げ持っている。

目をこらしていると、騎馬の男たちは合流点の手前で馬をとめた。合流点からさらに五、六十間は向こうだ。

馬に乗るひとの数は八とわかった。ひとりは、たぶん岡崎少輔である。

畑山が言った。

「数は二十とのことだったが、どうしたんだ？」

従太郎は、少し考えてから言った。

「取り引きが罠かもしれぬと警戒しているのだろう。急襲されたときに備えて、どこかに隠しているのだと思う」

「岡崎少輔さえもどしてもらえば、すぐにも遠慮なしにやってやる」

「すぐはよせ。また挟み撃ちに遭う」

畑山は勘吾に顔を向けて言った。

「山上。ひとりでまず、手順を教えてこい」

勘吾が馬を寄せて言った。

「は、どういう手順です？」

「沢の両側で、同時に人質を解放する。沢の岸まで、人質に付き添うのはひとりずつ。あとの者は後方にひかえる」

「は、行ってまいります」

勘吾は、すぐに斜面をおりていった。

旗を持っていた新平が、小さくもらした。

「邏卒を八人も殺した連中だ。放してやることはないのに」

畑山が短く言った。

「黙ってろ」

勘吾の動きを見たのだろう。向こう側からも、一騎駆けだしてくる。

双方は沢の岸に達し、さらにそれぞれ沢の中ほどまで馬を進めてとまった。

双方が沢の中にとどまっていたのは、せいぜい十数えるほどのあいだか。話し合いはごく簡単についたようだ。勘吾が馬を返し、兵頭の側の騎馬も向こう岸へとあがっていった。

「行ってまいりました」と勘吾が畑山の前までもどってきて言った。「ただちに、おっしゃるとおりのやりかたでということです」

畑山はこんどは新平に言った。

「人質ふたりを、沢の岸まで連れてゆけ。向こうが岡崎少輔を放すと同時に、こちらも放す。岡崎少輔を迎えて、無事にここまでお連れしろ」

「はい」

新平は、べつの隊士に旗を渡すと、銃を背に担ったまま馬からおりた。

うしろから、アイヌの青年と混血女が引っ立てられてきた。ふたりとも、顔じゅうに痣《あざ》ができ、目のまわりが腫れあがっている。歩くのはもちろん、背を伸ばすことさえ苦痛そうだった。

新平はまたひとりごちるように言った。

「同僚を何人も殺しているんだ。ほんとなら、おれが八つ裂きにしてやりたいよ」

新平が小突くと、ふたりの人質は重そうに足を動かして、斜面をおりていった。鉄の玉でも引きずっているかのような足どりだった。


トキノチは、やっとの思いで沢の岸までたどりついた。

五十間ほどの距離が、ほとんど一里にも感じられた。横のマルーシャなど、いまにも倒れそうだった。ただ、歩き抜けば解放されるという想いだけで、足を進めてきたのだ。

トキノチは顔を上げて向こう岸を見た。和服姿の男がいる。そのうしろにいるのは、与助か。沢の幅はこのあたり、ほぼ七間ぐらい。川と呼んでもよいだけの広さになっている。

与助が心配そうにこちらに目を向けているのがわかった。

新平と呼ばれていた邏卒が、与助に向かって大声で言った。

「用意はいいか。そっちの人質を放せ」

「同時にだ」と与助の声。「ふたりを沢に入れろ」

トキノチの背が押された。トキノチは、沢水の中に飛びおりた。水が冷たい。卒倒したくなるような冷たさだった。ただ、深くはない。やっとくるぶしまでくる程度の水深だった。

マルーシャが続いて沢の中に入ってきて、よろめいた。

「つかまれ」トキノチはマルーシャを支えて言った。「すぐだ」

向こう岸から、和服の男が悲鳴をあげながら駆けてくる。水を激しくはね上げていた。トキノチは、駆けるだけの力がなかった。沢の途中で足をとめ、息を整えた。沢の中ほどで、和服の男とすれちがった。男はトキノチに目をくれることもなかった。

マルーシャの手を引いて、また数歩前進した。

「どうぞ、さあ」と、うしろで声がする。邏卒が、和服の男を引っ張りあげているようだ。自分はまだ岸に上がれない。岸まであと三間ばかりの距離がある。

石の上で足が滑った。よろめいてマルーシャと共に川の中に倒れこみそうになった。

与助が岸の上で手を伸ばし、叫んでいる。

「早く。トキノチ、早く」

マルーシャを抱えたまま、息を整えた。

うしろで邏卒の声。

「そのまま、駆けてください。早く」

与助が、驚愕の表情となった。反対側の岸で、何か起こったか?

つぎの瞬間だ。背後で破裂音。

抱えていたマルーシャの身体に、小さな衝撃があった。マルーシャの身体はふいに重くなり、膝が折れた。

撃たれた！

トキノチは、マルーシャを抱えたまま、水の中に倒れこんだ。頭の上を、また一発の銃弾が飛んでいった。


従太郎は、アイヌの青年と混血女が、岸まであと一歩のところで水の中に倒れたのを見た。こちら岸では、新平が小銃を連射している。アイヌ男たちがぐずぐずしているのを見て、新平が勝手な真似に出たのか。

岡崎少輔は、袴《はかま》の裾をたくしあげて斜面を駆け登ってくる。逃げきれるかもしれない。相手かたの付添いも、発砲で応えた。向こう岸の遠くにいた連中が動いた。一斉に沢に向かって馬を走らせた。一騎が中から猛烈な勢いで駆け出してくる。

馬を走らせながら、馬上の男が撃った。男の銃の周囲に、白い煙が広がって散った。

岡崎少輔が、前のめりに倒れた。

畑山が、悲鳴じみた声をあげた。

「あ！　少輔殿が。少輔殿が」

新平もその場から逃げだした。岡崎は、その場に身体を起こした。無事だ。

畑山が命じた。

「掩護《えんご》しろ！　撃て、撃て、撃て！」

一斉に射撃が始まった。兵頭たちは、いま全騎が沢に達しようとしている。みな走りながら撃っていた。

岡崎少輔と新平の周囲で、激しく弾着がある。

畑山は言った。

「ガトリング銃はどうした。撃て！」

沢の岸まで達して、兵頭はたて続けに三発放った。仲間を撃たれたのだ。岡崎を生かしてはおかぬ。マルーシャを撃ったあの邏卒も、許さぬ。

丘の上、横一列に並んだ討伐隊からは、猛烈な連続射撃だ。耳元で空気がひゅんひゅんと唸っている。ぶすりぶすりと、大地に銃弾がめりこんでいる。

岡崎と邏卒は、丘の下のゆるい斜面を駆け登ってゆく。距離は、ここからもう三十間も先か。

弥平次が馬をおり、立射の姿勢となった。乾いた破裂音。斜面で岡崎が大きくのけぞった。こんどは致命傷だ。まちがいない。

兵頭も馬をおり、岸から沢に飛びこんだ。

「トキノチ！　マルーシャ！」

浅い沢のはずだが、ふたりの姿が見えない。

弥平次が、続いてもう一発放った。こんどは、邏卒が斜面に転がった。

「トキノチ！　マルーシャ！」

そこに、いきなり弾の雨がきた。

目の前にたて続けに何本もの水柱があがった。頭をすくめて、丘の上を見た。

小太鼓でも打ち鳴らすように、銃声が響いてくる。連続して火を噴く銃口が見えた。

ガトリング銃だ。

岸の上で、自分の馬がいなないた。振り返った。馬は狂ったように身体を痙攣させている。

胴のあちこちから、血が噴き出していた。

仲間たちが、弾雨の中で翻弄《ほんろう》されている。

弥平次が倒れ、与助の身体が千切れ飛んだ。

兵頭は岸に上がらず、そのまま沢の下流へと駆けた。背後の阿鼻叫喚《あびきょうかん》は、いよいよすさまじいものとなった。

第十章

1

とうとう雪が降りだした。

すでに十分に凍てついた大地は、雪を拒むことはなかった。降り積むのを、ただ静かに受け容れている。冬枯れの暗灰色の平原は、ゆっくりと白く染め上げられていった。

雪の中、矢島従太郎たちは、兵頭一味の残りの者の来襲を警戒しながら、殺戮《さつりく》の現場を検分した。

その修羅場には、死体が六つ残されていた。みなガトリング銃の威力ある弾に身体を大きく損傷させている。腹から千切れているものもあれば、首と胴が離れているものもあった。

死体の中には、五稜郭で従太郎の直接の部下だった中川与助、大門弥平次もまじっていた。兵頭俊作はふたりの側近を一度に失ったことになる。肝心の兵頭俊作の死体は見つからない。

馬の死骸は四つ転がっており、降りしきる雪を赤く汚しながら悶え苦しんでいる馬も一頭いた。討伐隊の隊員のひとりが、馬の頭に銃弾を撃ちこんで馬の苦しみをとめてやった。

アイヌと混血女の死体もない。沢は死体が流れるほどの深さもないから、生きて逃げ延びたようだ。もっともこの雪だ。やつらの宿営地までたどりつくのも難儀だろう。兵頭が助けたということも考えられる。

畑山六蔵が従太郎に近寄ってきた。

「どうしても兵頭って野郎は見つからない。あの弾幕の下を逃げ延びたのだろうかな」

従太郎はうなずいた。

「悪鬼が、やつに味方しているようだ」

「それにしても、妙だ」畑山はあたりを不安げに見渡しながら言った。「まだ十二、三は残ってるはずなのに、何の気配もない。逆襲する気もないのだろうか。残党もガトリング銃におそれをなして逃げたか？」

従太郎もわけがわからなかった。残りの組は、近くに潜んでいるのではないようだ。とすると、兵頭は人質の交換に七人だけでやってきたことになる。ここで戦闘が勃発《ぼっぱつ》することも十分考えられたのに、なぜそんな無謀を？

従太郎は言った。

「何か企んでいるんだろう。この雪だ。われわれが平原のただ中で立ち往生するのを待つ、ということかもしれない」

「どうする。この勢いで進撃するか？」

「馬車は動きがとれなくなる。ツキサップの村にもどろう」

「もどる？」

「やつらも、この雪の下では、身をすくめているしかあるまい。遠くへは逃げられない。どこかを襲うこともできないはずだ。おれたちは、天候が回復したところで追撃にかかればいい。それで十分だ」

山上勘吾が近寄ってきて、従太郎たちに言った。

「じきに暗くなります。もどるなら、いまにも出発したほうがいい」

「死体を馬車に積んだら」と畑山は言った。「すぐ出発だ」

「は」

勘吾が離れてゆくと、畑山はまた従太郎に顔を向けてきた。

「岡崎少輔殿を救えなかった。おれは、大目玉だな。腹を切るか、軍をやめることになるか」

従太郎は皮肉に言った。

「薩摩へ帰るといい。大勢の薩摩藩士が不平たらたら、軍をやめて帰っているそうだから」

畑山は応えずに、帽子の上に積もった雪を払った。

ツキサップの集落に帰り着いたときには、とっぷりと暗くなっていた。

雪はもう、何の遠慮も惜しみもない降りかたとなっている。地獄の沼から湯気がわき出るかのようだ。雪雲の厚さを推《お》し量ることもできず、どこまで離れるなら降りやんでいるのかの見当もつかない。この世の終わりの日まで降り続くと言われても、信じたくなるような降りっぷりだった。

雪の深さは三寸あまりだ。行軍の蹄の音も、拍車《はくしゃ》の音も吸いこむだけの量だった。戸数二十ばかりの村は、雪の下、どこか異界に移ったかのように様相を変えていた。遠近が消え、色も光も音も失せている。そもそも、生きとし生けるものの気配がなくなっていた。夢の中に現れる空間のように見えた。

村までたどり着くと、畑山は部下に言った。

「群盗がまだ残ってる。夜襲が心配だ。見張りは交代でふたりずつだ。駅逓の裏手には銃座を作るんだ。われわれがいまきた道の方向に向けて、ガトリング銃を置け」

討伐隊員たちは馬をおり、装備を解く間も置かず、夜襲への備えにかかった。

従太郎は駅逓に入って外套を脱ぎ、囲炉裏に手をかざした。身体は冷えきっていた。外套は、濡れた部分が凍りつき、硬くなっている。足袋《たび》も乾いたものに履き替えるべきだった。雑嚢の中に、新しいものが一足残っている。

思い出した。雑嚢の中には、札幌の酒場で買った玉蜀黍の酒の瓶も入っている。あれで身体を内側から温めよう。

囲炉裏の前で瓶から酒を喇叭《らっぱ》飲みしていると、勘吾がやってきた。

勘吾は、手袋を脱ぎながら言った。

「岡崎少輔のことは、申し訳ありません。新平が勝手な真似をしなければ」

従太郎は言った。

「いまさら悔やんでもしかたがあるまい。畑山は、新平にあれを命じるべきじゃなかった」

「岡崎少輔殿も殺されたとなると、この任務は失敗ということですかね」

「いや。向こうの戦力を、三分の二にそいだ。彼我《ひが》の差がこれだけとなると、つぎの衝突のときには、向こうはいまの三分の一となる。さらにもう一回ぶつかったところで、群盗は消える。失敗とは言えまい」

「兵頭という男は、その勘定ができますか？」

「できるが、そもそも勘定をしないかもしれん」

「敗けを承知で、戦いを続けると？」

「わからん。いまは、やつの胸のうちが読めなくなった。やつは隊をふたてに分け、主力には札幌あたりを襲わせたのかもしれん」

「そういう電信は入っていないようです」

「あるいは、昨日にでも仲間割れが起きたか。きょうきた七人が、全勢力だったのかもしれん」

「確証でも？」

「いいや。全然ない」従太郎は勘吾に玉蜀黍の酒の瓶を見せて言った。「やるか？」

勘吾は不精髭の頬をゆるめた。

「ご相伴にあずかります」

2

夜半にいったん小降りとなった雪は、未明になってからまた降りだした。

「なんて寒さだ、まったく」

鈴木市松《いちまつ》は、厩舎の軒下で悪態をつくと、その場で足踏みした。

彼はいま、同じ安田組配下の阿部伝三《でんぞう》と共に見張りについているのだった。厩舎の軒下である。壁に火が燃え移らぬよう、雪の中に焚き火を焚いていた。ときおり軒下から雪の下に出て、身体を温める。少し身体が温まったところでまた軒下にもどって雪を避ける。それを繰り返している。

雪空だが、かすかに空は明るくなってきている。夜明けが近づいているようだ。

ふと、動物の息づかいのような音があった。

駅逓の裏手、東側の放牧地の方角である。

誰かがいる？

雪の中に目をこらすと、伝三が言った。

「どうした？」

市松は答えた。

「何か、そっちの方角で」

「ひとか」言いながら、伝三が銃をかまえなおした。「誰かくるのか？」

「はっきりわからん。馬かな。熊ってことはないと思うが」

「なんだったら、見てこいよ。そこで足踏みしていてもしょうがねえ」

「そうだな」

自分たちにはガトリング銃がある。また、群盗一味が思ったほどたいしたことのない連中であることは、昨日この目で見ていた。恐れるには足らない。市松は自分の銃を持ち上げ、雪の中に踏み出した。

二十歩ばかり進んでから振り返ってみると、もう厩舎の建物はぼんやりとした灰色の壁としか見えない。その手前の焚き火の火だけが、目に鮮やかだった。

耳を澄ましてみた。やはり何かが、雪の御簾《みす》の向こうにいる。荒く息を吐くものだ。雪を踏みしめるものだ。

「誰だ」と、誰何《すいか》してみた。「そこにいるのか?」

返事はない。

うしろを気にしながら、もう少し先へ進んでみることにした。

五、六歩歩いたところで、目の前にふっと影が現れた。

「だ、誰だ」

市松は銃の槓桿《こうかん》を前後させて、発砲の体勢をとった。

影は目の前でふいに大きくなった。

馬だった。黒い馬が、雪の中からふいに現れたのだ。

放牧馬か。

ちがった。鞍《くら》をつけている。ただし、誰も乗ってはいない。

鞍がついたまま? では、群盗か?

銃をかまえたまま、周囲に目を向けた。

「いるのか。どこだ? 誰だ?」

自分の声は、降り続く雪に吸いこまれてゆく。返事はない。

馬はぶるりと鼻から白く息を吐くと、すっと横手に移動していった。

軽率だった、と市松は後悔した。ひとりで、こんなところまで出てくるべきではなかった。

伝三には自分の姿は見えない。何か起こっても、掩護のしようもないのだ。

市松は振り返って相棒に言った。

「伝三。誰かいるぞ。気をつけろ」

馬の姿は、完全に雪の向こうに消えた。

市松は銃をかまえたまま、あとじさった。焚き火の前までもどらねばならない。

数歩あとじさって、気がついた。静寂。伝三は返事をしてこない。

「伝三？」

市松は振り向いて駆けだした。雪に足が滑った。心臓が縮んでいる。呼吸が苦しくなってきた。

足をもつれさせて焚き火の前まで駆けもどった。厩舎の壁の前に、何か黒いものが横たわっている。

伝三だった。倒れている。周囲の雪に、赤い染みが広がっていた。

「伝三！」

棒立ちとなった。襲撃だ！

ふいに口がふさがれた。何者かが、うしろから市松の首を押さえてきた。

ほとんど同時に、背中から胸にかけて、冷たい刺激が走った。氷の薄い板でも差しこまれたような感覚だった。

ちがう。市松は思った。氷の板なんかじゃない。こいつは、刃物だ。刃物が、背中から心臓に突き刺さったのだ。

そう理解したところで、慰めにはならなかった。氷の板の感覚はすっとうしろに引かれ、これに合わせて市松の意識も、灯明《とうみょう》を吹き消すように消えた。

銃座は、厩舎の向かい側、広場をはさんで建っている納屋の脇に作られていた。ありあわせの丸太やら木材やらを積み重ねた急ごしらえの銃座だった。土嚢《どのう》を作っている暇はなかったのだ。雪が降っているから、ごく簡単な差しかけの屋根だけはこしらえた。筵《むしろ》を広げて、ガトリング銃の上に雪が積もらぬようにしてある。

銃座の中にいるのは、東北鎮台派遣のふたりの兵士だ。及川真作《しんさく》と加納来三郎《らいざぶろう》である。ふたりのあいだには七輪《しちりん》が置かれ、炭火が燃えている。来三郎のほうは、いま仮眠中だ。

何か、物音が聞こえたような気がした。厩舎の裏手の方角だ。獣同士がもつれあったかのような音。この雪だ。はっきり聞こえたわけではない。

真作はそっと銃座から顔を上げてみた。

いくらか明るくなってきたとはいえ、あたりは粥《かゆ》でも溶かしたように見える。白く濁って、見通しは悪かった。その濁った空気ごしに、影が見えた。厩舎のほうから近づいてくる。人影だ。まっすぐこちらに向かっていた。

「おい」真作は来三郎を蹴飛ばした。「起きろ」

来三郎はぴくりと身体を震わせて背を起こした。

「何だ？」

「様子が変だ。誰かくる」

来三郎は立てかけてあった銃を手にすると、中腰になって銃座の正面に目を向けた。

真作はためらった。自分の銃を手にとるべきか。それとも、ガトリング銃に取りつくべきか。とりあえずガトリング銃の握把《あくは》に、左手をかけた。

影はふいに雪の靄《もや》を突き破って、ひとの形をとった。黒っぽい外套に身を包んでいる。頭には頭巾《ずきん》。襟巻きのような布を首に巻いて、顔半分を隠していた。目だけが露出している。

つい五間ほど先の位置だ。ひとの影は大股に、速足でまっすぐこちらに向かってくる。

銃を持っているようではない。刀も抜いていない。武装していない？

来三郎が、銃の槓桿《こうかん》を操作しながら怒鳴った。

「群盗か？」

男は足をゆるめなかった。男の右手は腰のあたりで突き出されており、その手元は布でくるまれていた。

その手元で、ふいに火が噴出した。くぐもった炸裂《さくれつ》音が聞こえた。布に小さな炎が起きた。

真作の横で、来三郎の身体がぴんと痙攣《けいれん》したのがわかった。

ほとんど間を置かず、また白い光の炸裂があった。

来三郎は銃を手にしたまま、銃座の中に仰向けに転がった。

真作はあわてた。ガトリング銃から手を離し、立てかけた小銃を取り上げた。

遅かった。影は銃座を飛び越えてきた。狭い銃座の中だ。真作は一瞬のうちにのしかかられ、押さえこまれていた。

影の手元の布が解《ほど》けて落ちた。短銃がむき出しとなった。布は音を消すためのものだったのだろう。

短銃の銃口が真作の口の中に突っこまれた。氷柱《つらら》を口に含んだような感触だった。

影は、鋭く冷やかな声で言った。

「騒ぐな。言うとおりにしろ」

真作はうなずくしかなかった。銃口を刺激しないように、そっと一回。

影は言った。

「ガトリング銃を駅逓に向けろ」

銃口が口から引っこ抜かれた。代わりに、首筋に当てられる。真作はおそるおそるガトリング銃の後方にまわった。影は真作のまうしろについた。

真作がガトリング銃の握把に手をかけると、影は言った。

「撃て」

「撃つ？」

ぐいと首筋の銃口に力がこめられた。

「二度は言わぬ。早くしろ」

やむなく真作は撃発作動桿《かん》を起こし、左手で握把を握りなおすと、右手を回転式の装弾桿にかけた。銃口は、いくらか屋根の方向へと持ち上げた。

影がまた言った。

「撃て」

真作はいったん目をつむり、唇を噛んでから引き金を絞った。そして慎重に装弾桿をまわした。

静寂を破って、炸裂音が響いた。真作は続けて装弾桿を押しまわした。炸裂音は連続し、雷鳴のように響きだした。銃口から火が噴き出す。正面の駅逓の壁を、銃弾が激しく破壊した。

影が言った。

「わかった。ご苦労」

真作は引き金から左手を離し、装弾桿をまわす手をとめた。

頭のうしろで、ひとつ炸裂音があった。真作は、自分の鼻のつけねから血が噴き出したことを意識しながら、前に倒れこんだ。

従太郎は駅逓の板の間ではね起きた。

壁を貫いて、銃弾が撃ちこまれていた。木っ端《こぱ》が部屋に飛び散り、舞っている。

従太郎は身をかがめたまま土間へと転がり、短銃を抜いた。

誰かが怒鳴っている。

「襲撃だ。襲撃だ！」

畑山の声だ。

板の間の奥のほうで、あわただしくひとが動いている。討伐隊員がひとり、土間へと転がり落ちてきた。

射撃はいったん収まった。その余韻に重なって、一発の小さな破裂音。

従太郎は土間で仰向けになり、短銃の輪胴をたしかめてから、ぱちりと銃身をもどした。

やはり夜襲だ。包囲されたか？

と、ふたたびガトリング銃の銃声が響きだした。駅逓の壁に銃弾が闇雲《やみくも》に撃ちこまれている。小銃の弾とはちがい、ガトリング銃の弾の貫通力は大きい。弾は羽目板を貫き、泥壁を砕いて、容赦なく駅逓の中に飛びこんでくる。立ち上がった隊員がひとり、反対側の壁まではじき飛ばされた。

畑山の声がする。

「包囲された。散れ。こもっているな。散って反撃だ」

ふたりの隊員が、土間の板戸を蹴り飛ばした。外から雪と風が吹きこんできた。ふたりは、銃をかまえて表に飛び出していった。ガトリング銃の向きが変わった。ふたりの隊員は表でたちまち銃弾になぎ倒された。

従太郎は這うように土間を横切って、べつの入口の陰から外を窺った。厩舎の向かい側、納屋の脇の銃座で、ガトリング銃が火を噴き続けている。駅逓の向かいの農家から、男が飛び出してきた。分宿していた安田組のひとりだ。男は広場に出て銃座方向に発砲した。ガトリング銃の銃弾はその男に集中した。男の身体は、たちまち赤い血飛沫《しぶき》に包まれた。

「出ろ。出ろ」と畑山が怒鳴っている。「中にいてどうするんだ！　出て撃ちまくれ」

またふたりの兵士が外に出た。ひとりは身をかがめて、銃座を連射した。

ガトリング銃の乱射はやまない。だが、一瞬、目標を見失ったようだ。あらぬ方向に弾が散った。その隙に、もうひとりが反対側の農家へと駆けていった。

従太郎は不可解だった。

ほんとに包囲されているのか？　銃火はいま、ガトリング銃のものしか見えない。よそから弾は飛んできていない。十二、三の数の兵頭一味に襲われているようではなかった。

ほんの一拍の沈黙のあと、またガトリング銃が咆哮《ほうこう》を始めた。こんどは、向かいの農家のほうに銃弾を撃ちこんでいる。

従太郎は駅逓の土間から雪の屋外へと飛び出した。広場をはさんで銃座の反対側に、小さめの納屋がある。全体を見渡せる場所だ。四つんばいになる恰好で雪をかき分け、その納屋のうしろまでたどりついた。

空はいくらか明るくなっており、方向の定かではない光が、あたりの建物や木々の輪郭をぼんやりと浮かびあがらせている。雪は降り続いているが、十間ばかりは見通すことができた。

いまや左右の建物の陰から、何人もの討伐隊の隊員が応戦していた。駅逓の陰には、かなり正確に撃っている者がいる。銃座の木材が立て続けにはじけた。

ガトリング銃は、五発目か六発目の至近弾を受けると、その射手に向けて数倍の数の銃弾を撃ちこんだ。建物の木材は、とてもひとを守るだけの強さはなかった。建物はたちまち木っ端と化して、陰に隠れていた隊員の肉片と一緒に飛び散った。

はや、いくつもの死体が転がっている。左手、駅逓の建物のあたりに四つ、右手の農家の陰にふたつ。広場の中央にふたつ。あっと言う間に、これだけの被害だ。たぶん、銃座の射手も見張りも、やられていることだろう。

ガトリング銃の咆哮がやんだ。弾が尽きたか？

ほかの討伐隊員たちもそう判断したらしい。左右の建物の陰から、数人の隊員が半身を出して射撃を始めた。うちのひとりは、銃を腰だめにして広場へと躍り出た。

銃座のうしろから、黒い影が立ち上がった。

影は、兵頭だろうか？

見きわめがつかなかった。

影は、両手にそれぞれ短銃を持っているようだ。二挺の短銃から、ほとんど同時にふたつの火。広場に出た男は銃を取り落として、膝から崩れ落ちた。

反対側で、さっとまた広場に躍り出るものがあった。素早く連射しながら、銃座へと向かってゆく。これを掩護するように、駅逓の陰からも連射があった。

影は落ちついた様子で、ふたつの短銃をそれぞれの隊員に向け、交互に撃った。広場に出た隊員がうつぶせに雪の中に倒れこんだ。雪煙があがった。

駅逓の陰の隊員は射撃をやめない。

銃座の影は、次いでこの男へ向けて、たて続けに四発放った。少しの沈黙があって、隊員が広場にゆっくりと倒れこんだ。

銃声の余韻が、雪に吸いこまれていった。続いて飛び出す者はなかった。応射もとまった。物音がしなくなった。

これで、討伐隊は全員出尽くしたのか？

従太郎は慎重に左右をうかがった。動いている人影は見あたらない。

全員やられた？　まさか。ここまで、最初の射撃が始まってから、まだ百数えるほどの間もないのだ。

気味が悪いほどに静かな時間がすぎていった。耳をすませば雪の降り積む音さえ聞こえそうな静寂だった。

ほとんど一服できるだけの時間が過ぎてからだ。雪を通して、声が響いてきた。

「矢島従太郎。いるか。生きているか」

兵頭俊作の声だった。やはりあの影は、兵頭だったのだ。

従太郎は、納屋の陰からゆっくりと広場に身体をさらした。

兵頭が、銃座を出て真正面に立っている。

「勝負しろ、矢島」と、兵頭は怒鳴るように言った。

寒さのせいか、声は三日前に聞いたものほど明瞭《めいりよう》で自信に満ちたものではない。かすれ、震えているような声だった。

従太郎は大声で言い返した。

「望むところだ、兵頭。だが、貴様だけなのか？」

「おれひとりだ」

「ほかのものはどうした？」

「お前たちが殺した」

「そのほかの者だ」

「おれが殺した」

やはり。

仲間割れだ。自滅は近い、という見通しは、かなり当たっていたことになる。

従太郎は一歩前に出ながら言った。

「貴様が最後だと言うなら、おれが引導を渡してやる」

兵頭が言った。

「お前を成敗する。共和国の名に於いて。北辰の旗にかけて」

従太郎は、正面の兵頭の影に向かって、ゆっくりと歩いた。

兵頭は動かない。両手の短銃を、腿《もも》の脇にたらしたままだ。

一発で確実に倒さなければならぬ。絶対にはずさぬ、と確信できる位置まで、撃つことはできぬ。兵頭が耐えきれなくなるところまで近づく。やつが短銃を持ち上げようとした瞬間をとらえて撃つ。

手がかじかんでいる。睫毛《まつげ》に雪が降りかかる。目が濡れて、開けたままにしておくのがむずかしい。やれるか？

兵頭の姿がはっきりととらえられるようになった。外套に革の帯。外套の頭巾をすっぽり頭にかぶり、口もとを襟巻きで覆っている。だが、目はまちがいなく兵頭のものだ。その目の色、光の強さ。

と、視界の隅で動く者があった。右手の農家の陰だ。安田組のあの三白眼の男だった。三白眼は、まかせろ、とでも言うように、気色の悪い笑みを従太郎に向けてくる。兵頭の位置からは、この男は見えない。

従太郎は足を進めながら右手に手を伸ばし、三白眼を撃った。三白眼は驚愕に口をぽかりと開けた。

「余計なことだ」従太郎は言ってからもう一発放った。「貴様の出る幕じゃない」

三白眼の目のあいだに、穴があいた。赤いものがぴゅんと飛び散った。

兵頭は、何があったかを理解している。驚きも見せずに立ったままだ。

距離が一歩ごとに縮まる。七間が六間になり、五間となった。まだ遠い。四間。

そう思った刹那だ。兵頭の右手が上がった。反射的に従太郎も短銃を持ち上げていた。

正面で発光。銃声があった。

従太郎は一瞬遅れた。かじかんだ指に力が入らなかった。ようやく引き金が落ちた。兵頭の胸のあたりで、外套についていた雪が小さく散った。

兵頭の眼光がいっそう鋭くなった。

どういうことだ。おれは一瞬遅れた。なのに無事だ。衝撃がない。痛みがない。兵頭がはずした？

兵頭は、まわる力を失った独楽《こま》のように、ぐるりと身体を半回転させ、雪の中に倒れこんだ。雪煙が音もなくふわりとあがった。

うしろでひとの気配がする。

振り返った。

納屋の前で、畑山六蔵がひざまずいている。腹を押さえていた。身体の前に、半分雪に埋まって、インチェスタ銃がある。

兵頭は、畑山を撃ったのか。

愕然として、もう一度兵頭を見た。兵頭はうつぶせに倒れている。起き上がらない。

くそっ。

短銃を兵頭に向けたまま、慎重に近づいた。兵頭は雪の上で苦しげに身をよじり、仰向けになった。周囲の雪が赤く汚れた。兵頭の外套の胸のあたりが赤い。短銃のひとつは手を離れ、もうひとつは左手に握られている。従太郎はその短銃を蹴飛ばした。短銃は抵抗なく一間先へと飛んだ。

兵頭が従太郎を見上げ、腹の底から絞り出すような調子で言った。

「貴様は、自分の夢を撃ったんだぞ」

従太郎は言った。

「いいや。貴様のだ。おれのじゃない」

兵頭の目は睡《ねむ》たげに見える。目をわずかに開くのもやっとのことのようだ。致命傷なのだろう。

うしろで金属音がした。銃の槓桿を操作する音だ。

思わず腰を落とし、銃をかまえながら振り返った。

畑山が、インチェスタを持ち上げているところだった。こちらに銃口を向けてくる。従太郎は、何ひとつ考えることもなく発砲した。畑山は銃を落として、胸を押さえた。

従太郎は畑山のそばまで駆けた。畑山は、胸に手をやったまま従太郎を見上げてくる。

従太郎は、吐き出すように言った。

「片はついているのに」

畑山は何か言おうとした。しかし声にならなかった。ごぼりと、口から赤いものが噴き出しただけだ。そばの雪に赤い斑点が生まれた。

畑山は、自分はどうしても理解されない、とでも言うように首を振ると、そのまま前へと倒れこんだ。

従太郎は周囲を見渡した。こんどこそほんとうに、動くものはなくなったようだ。

抑えていた息を大きく吐き出すと、ぶるりと身体が震えた。従太郎は短銃を腰の革袋に収めると、駅逓の建物へと歩いた。

ひどく寒い。なみの寒さではない。悪寒と言ってもよいくらいだ。火が欲しかった。酒が欲しかった。火と酒で、はたしてこの悪寒が消えるのかどうかは知らない。だが、とにかく火だ。とにかく酒だ。

駅逓の中に入ると、板の間で動くものがある。ぎくりとして足をとめた。

「あたしです」勘吾の声だった。左の二の腕を押さえて、壁に寄りかかっている。「腕をやられました。気を失っていたみたいです」

従太郎はほっと息をついて言った。

「もう終わった。だいじょうぶだ」

「終わりですか？」

「ああ。兵頭がひとりきりで襲ったんだ」

「ひとりで？」

「ひとりだけだ。残党もいない。すでに死んでるそうだ」

「どうしてまた？」

「知らん。仲間割れだろう」

「それで、兵頭はどうなりました？」

「おれが撃った。外に倒れてる」

「討伐隊の生き残りは？」

「お前しか見当たらんぞ。壊滅したんじゃないのか」

「そいつはまた、派手だったんですな」

従太郎は勘吾のそばに寄った。命に関わるような傷ではないが、止血は必要と見えた。従太郎はそばから適当なぼろ布を探して、勘吾の傷口を固く縛った。

勘吾は言った。

「あたしがひとりだけの生き残りだと言うなら、後始末も引き受けましょう」

「いま？」

「こういうことは、手早く片づけるにかぎります」

勘吾は右手に銃を持つと、駅逓の外に出ていった。

従太郎は囲炉裏の前へと進み、自分の外套を取って引っかけた。火はもう消えかけている。

あらためて火をおこして、玉蜀黍の酒を口に含んだ。

三くち飲んだところで、勘吾がもどってきた。

「矢島さん、兵頭という男は、見当たりませんが」

従太郎は振り返ってたしかめた。

「銃座の手前だ。仰向けに倒れている。雪に埋もれてしまったか」

「まだ、それほどの雪じゃありませんが、いませんよ」

「ほんとにか？」

「こんなことで嘘をついて何になります？」

外套を着て、勘吾と共に表へと出てみた。空は先ほどからまた少し明るくなっている。村の全景が見渡せるようになっていた。

兵頭が倒れていたはずの場所へ行ってみた。なるほど、死体はない。雪の上に血が残っているが、それも降りしきる雪にいまにも隠れてしまいそうだった。雪は蹴散らかされている。

さほどの傷ではなかったのか？　だとしても、遠くまでは行ってはいまい。まだ近所にいる。

従太郎は短銃を抜くと、勘吾をともなって、銃座まで歩いた。銃座の中には、ふたりの討伐隊員の死体がある。銃座の外に、布きれが落ちていた。拾い上げてみると、旗のようだった。黒地に白い星。兵頭一味が掲げているという北辰旗だ。旗はいま、本来の目的とはちがう用途に使われたようだ。一部が焼け焦げており、その焼け焦げの真ん中には穴が空いていた。

従太郎は、その北辰旗を外套の胸のうちに収めると、また勘吾と共に慎重に駅逓の裏手へと進んだ。厩舎の前に、こんもりと盛り上がった雪の山がふたつ。これは見張りの死体にちがいない。

右手で、勘吾が呼んだ。

「矢島さん」

行ってみると、勘吾は死体を指さしていた。討伐隊の隊員で、胸に山刀が突き刺さっている。雪はさほどかぶっていない。まだ温かかった。戦いの最後あたりに死んだのだろう。死体があるのは、ちょうど銃座の兵頭を背後から狙う位置にあたる。

勘吾が訊いた。

「これも、兵頭ってやつの仕業ですか？」

「ちがう」従太郎は周囲に目をやりながら答えた。「山刀を使っているんだ。あのアイヌだろう」

「というと？」

「生きていたんだ。兵頭は知らなかったようだが、やつを掩護しようと、ここまできていたんだ」

放牧地のほうへと、少しだけ歩み出てみた。積もったばかりの雪が、汚れている。荒らされていた。馬の蹄の跡だ。それも、一頭ではない。三頭いるように見える。蹄の跡は、放牧地の先、東の平原のほうからやってきて、同じ方向へともどっていた。

雪は相変わらずの降りだ。明るくなってきたとは言え、三十間先は、もう視界もきかない。その降る雪の先に目をやりながら、従太郎は言った。

「兵頭は生きていたんだ。そしてたぶん、あのアイヌも、あの混血女も」

勘吾が、不安げな表情で訊いてくる。

「どうされます？」

「追う」

「追うって、誰が？　討伐隊は、なくなりましたよ。あたししか残ってない」

「おれが追う。いまならまだ追いつける。お前は札幌にもどって、判官に報告しろ」

「でも、ひとりでなんて」

従太郎はくるりと踵《きびす》を返すと、厩舎に向かって歩いた。

勘吾が慌てて追ってきた。

「本気ですか、矢島さん」

「本気だ」

「やつら、もう狼藉《ろうぜき》できるだけの力はありません。なくなったも同然ですよ。三人だけ。それも大将は手負いだし、あとのふたりも、怪我をしたアイヌと女だ。もう二度と、北海道で連中の話を聞くことはありませんや」

「三人も生き残ってるんだ。いや、兵頭が生き残ってるんだ。共和国騎兵隊はなくなっていない」

「騎兵隊じゃありません。群盗です」

「おれの雑嚢《ざつのう》を取ってきてくれ。誰かのインチェスタと、弾薬入れも」

とまどっている勘吾に、従太郎は言った。

「早く」

馬に鞍をつけると、従太郎は厩舎から馬を引き出した。勘吾が、銃と雑嚢を持ってやってきた。

銃と雑嚢を受け取って、馬にまたがった。

勘吾が、まだ納得できぬという顔で見上げてくる。

「何のためです？」と勘吾は訊いた。「ここまでやれば、相談役としては十分すぎるぐらいの働きだ。東京に帰れば、何かいい仕事も約束されているんでしょう？　何のために？」

従太郎は答えた。

「やつの妄想に、とどめを刺す。やつの愚かしい夢を、この手で葬る。そのためだ」

「放っておいたって、誰にも感染《うつ》りやしませんよ。おそれるほどのものじゃないでしょう？」

「いや」従太郎は手綱を引いて馬の向きを変えた。「あの夢は、それほどにひとを……」

「え？」

従太郎は言いかけた言葉を飲みこみ、言いなおした。

「あの妄想は、危険すぎる。根絶せねばならぬ」

従太郎は馬の腹に蹴りをくれた。馬はいったんその身体を大きく震わせてから、雪の草原へと歩みだした。

「矢島さん」と、うしろから勘吾の声がする。

従太郎は振り返らなかった。

雪はまだ降りやむ気配もない。なお霏々《ひひ》として降り続いている。行く手は見通せぬままだ。見通せぬが、その先は無限の未開の広野とわかっている。未だ政府の実効支配及ばぬ領域だ。狼と群盗の跋扈《ばっこ》が許される土地だった。

歩む馬の上で、従太郎はもう一度言った。

「あの妄想は、危険すぎる。根絶せねばならぬ」

声はもう誰の耳にも達することはなかった。言葉はそのまま雪に吸いこまれ、揮発していった。

史実によるエピローグ

北海道石狩地方に於ける群盗討伐が完了した翌年、つまり明治八年になって、難航していた日本政府とロシア政府とのあいだの国境画定交渉がようやく妥結した。いわゆる樺太・千島交換条約が調印されたのである。この結果、樺太全土がロシア領となった代わり、占守島《しむしゅ》以南の全千島列島が日本領として認められた。条約の日本側調印者は、このとき駐露公使としてペテルブルグにあった榎本武揚である。

榎本武揚自身は、四年と二カ月のあいだ、特命全権公使としてペテルブルグに滞在したのち、明治十一年（一八七八年）の七月、シベリアまわりで帰国の途に就いた。チタ、ハバロフスク、ウラジオストックを経由し、ペテルブルグを出てから七十一日目に小樽に上陸している。小樽上陸後、約二週間北海道内に滞在、横浜帰着は同年の十月二十一日のことであった。

同じく明治八年五月、屯田兵の第一陣が札幌郊外琴似《ことに》村に入地、屯田兵第一大隊第一中隊を編成した。屯田兵制度は、北辺防備と、北海道の治安の維持、ならびに北海道拓殖事業の促進を目的として、政府が前年より創設を計画していたものである。

屯田兵部隊の最初の出動任務は、後述する西南戦争であった。第一大隊のおよそ五百の兵は、征討軍別働隊第二旅団に編入され、蜂起した西郷軍と戦った。

明治十年一月、鹿児島私学校生徒らが、火薬局、海軍造船所等を襲った。いわゆる西南戦争の発端である。

明治維新直後から、新政府内部の摩擦は深刻化していたが、いくつかの小規模な乱を経て、ついにこの年、内戦という最大規模の対立に発展したのだった。新政府ならびに軍から引き揚げていた旧薩摩藩士らを中心とする軍勢は、西郷隆盛のもとに蜂起、九州南部各地で、黒田清隆率いる政府軍と激しく戦った。戦争は、明治十年九月二十四日、西郷隆盛らの自刃により終結した。

一八七八年（明治十一年）前後から一八八五年（明治十八年）にかけて、ロシア沿海州一帯で、馬に乗って武装した一党がロシア人村やロシア軍駐屯地をしばしば襲った。極東少数民族の馬賊団とみられているが、部族は特定されていない。

最盛期、彼らの総勢は百を超えていたと推定されており、流刑地から脱走したロシア人政治犯やポーランド人も加わっていたと言われる。ロシア軍による追討が何度かおこなわれ、一八八五年の末には、馬賊団はアムール川上流地方へと追い払われた。その後この馬賊団はロシアの記録から消え、二度と登場してこない。

ロシア連邦ハバロフスクの市立博物館に、彼らが掲げていたという一枚の粗末な旗が残されている。ロシア軍が一八八五年に、ハバロフスク近郊で鹵獲《ろかく》した品々のうちの一点という。黒地に白い星印が縫い取られており、白い星の部分に、うっすらと文字が書かれている。日本人もしくは中国人であれば、それが「共和国」という漢字であるとわかる。

博物館の収蔵品目録には、旗の由来等について、右記した以上の説明はない。旗を掲げた馬賊団について、日本人との関わりを示唆《しさ》する記述も、とくにない。

解説

シライケイタ
（劇作家・演出家・俳優）

小説で世界は変えられるか。

『北辰群盗録』はひたすらそのことに挑み、その問いを読者に突きつける作品です。

僕は昨年、佐々木譲さんにお願いしてこの『北辰群盗録』を舞台化させていただきました。その数年前には『五稜郭残党伝《ごりょうかくざんとうでん》』を舞台化させていただいています。そうです、佐々木譲さんのファンなら誰でもピンとくるでしょう。「五稜郭三部作」と呼ばれる作品群のうち二本を、僕は演劇作品として作らせていただいているのです。なぜ僕がこうも譲さんの作品に惹かれるのか。

少々回り道ですが、僕と譲さんのご縁を少し遡《さかのぼ》ってお話しさせていただきます。

もう十年ほど前でしょうか、僕の所属する劇団温泉ドラゴンの芝居を譲さんが観に来て下さったのが、僕が譲さんに初めてお目にかかった日でした。更にはその翌年の韓国公演にもお友達を十人近く連れて応援に来て下さり、その際にお仲間との酒席に同席させていただいたのが、ゆっくりお話しできた最初の機会でした。その時の僕は極度の緊張状態にありました。何故なら、僕はミステリー小説を乱読していた時期がありまして、以前から譲さんの「道警シリーズ」やその他の作品のファンだったからです。いち読者が、いつも読んでいる小説を書いたご本人にお会いできる機会なんて一生に一度あるか無いかの大事件です。その緊張からその日はついに言い出せなかったのですが、実は僕の初期作品の中には譲さんのミステリー『ユニット』からヒントを得たものがありました。つい最近になってやっとそのことを白状できたのですが、それほど僕にとって譲さんは憧れの人であり、譲さんの作品に影響を受けてきたのです。

ところが、実は譲さんとお会いした時点では『北辰群盗録』も『五稜郭残党伝』も読んでいませんでした。理由は単純。ミステリーは好きでしたが歴史小説にはあまり興味が無かったからです。学生時代から、どうも歴史が苦手だったのです。のちに、読んでいなかったことを強烈に後悔し、ついには舞台化までするのですが、そこに至るまでにもう一つのご縁が存在しています。

韓国で譲さんにお会いしてから数年後、故若松《わかまつ》孝二《こうじ》監督の映画『実録・連合赤軍　あさま山荘への道程《みち》』を、若松プロダクションの製作で舞台化させていただきました。一九七四年生まれの僕は学生運動も連合赤軍事件もリアルタイムでは体験していません。ですが新聞記者だった父親から連合赤軍事件のことを聞いていたこともあり、革命思想や世界史的な革命運動については以前から少なからず興味を抱いていました。日本における革命運動終焉《しゅうえん》の引《ひ》き鉄《がね》にもなった連合赤軍事件自体は、あまりにもおぞましく痛ましい事件です。しかし初めに若者たちが抱いた革命への思い、つまり権力者を倒し貧富の差も戦争も無い世界を実現するのだという思いは、どこまでも純粋な心から生まれた、理想の世界を希求する切実な叫びでした。そしてその若者たちに寄り添い、若者たちの思いを掬《すく》い上げようとした若松監督もまた、どこまでも純粋であったのだと思います。僕は監督にお会いしたことはありませんが、監督の作品を舞台化させていただくという作業を通じて、少しでも監督の魂に触れることができたのならこんなに光栄なことはないと思える仕事でした。

そして、その舞台を譲さんが観に来て下さいました。譲さんが観て下さったことを知った若松プロダクションの方が、若松監督は生前、譲さんの『五稜郭残党伝』を映画化しようとしていた、と言うではありませんか。ところが監督が不慮の事故で亡くなったため計画は白紙に戻ったと。僕は慌《あわ》てて『五稜郭残党伝』を読みました。共和国建国を夢見て敗れた榎本《えのもと》武揚《たけあき》率いる旧幕府軍の残党二人を、新政府の残党狩りが、広大な北海道の大地をどこまでも追いかける物語でした。逃亡中の残党たちとアイヌの人たちとの出会いも物語の重要なファクターで、日本人が犯してきた侵略の歴史に対する譲さんの真摯《しんし》なまなざしの光る作品でした。北の大地を舞台にした壮絶な逃亡劇が、まるでロードムービーを観ているようなスピード感で描かれていて、まさに映画化するにもってこいの小説だと思いました。理想国家の実現という夢に破れ自由を求めて集団を飛び出し、逃亡の末ついには敗れる残党たちですが、一人のアイヌ女性に未来への希望を託し官軍と命のやりとりをするラストには胸が熱くなりました。

後日、譲さんに赤ワインをご馳走《ちそう》になりながら、若松監督による映画化計画のことを質問しました。若松プロの方の話は本当でした。譲さんは生前の若松監督と映画化のことを打ち合わせていて、北海道にプロデューサー含めて三人でロケハンにも行ったと教えてくれました。その席で僕は反射的に「『五稜郭残党伝』を舞台化させてください」とお願いしていました。佐々木譲さんと若松孝二監督。このお二人とのご縁をいただいた僕が絶対にやらなければいけない仕事だと、ほとんど直感的に使命感を伴って確信したのです。譲さんは、即答で快諾して下さいました。

そして『五稜郭残党伝』の舞台化から二年後、僕はついに『北辰群盗録』を舞台化させていただくことになります。『五稜郭残党伝』の続編ともいえる『北辰群盗録』は、質量共に大幅にスケールアップした巨編です。そこに描かれているのは、共和国建国の夢を見続けた兵頭俊作《ひょうどうしゅんさく》という旧幕府軍の生き残りが、いずれ来ると信じている革命の実現のために山に籠り、仲間を増やし武力を磨き、そして集団はやがて内部崩壊していくという、まるで連合赤軍のような世界でした。ただこの作品が連合赤軍と決定的に違うのは、革命の夢が現代にまで続いているかのような強烈なロマンチシズムに染め抜かれたラストでした。連合赤軍事件の顚末《てんまつ》には、そのような希望や夢はひとかけらも無く、あるのは胃の腑《ふ》を突き上げるような不快感と深い絶望です。しかし『北辰群盗録』には、譲さんの祈りとも叫びとも言えるような痛烈な希望と願いが込められているのです。この作品を読んだ時、譲さんは僕が思っていた以上のロマンチストであり、夢想家であり、理想主義者であり、そして革命家なのだと思いました。

物語は箱館《はこだて》五稜郭から始まります。戊辰《ぼしん》戦争の最終局面、榎本軍が新政府軍に降伏する前夜の榎本武揚が千人余りの仲間達に演説をしています。そこで室蘭《むらん》に残された同胞たちに降伏の件を伝える伝令の任務を任されたのが、兵頭俊作と二人の仲間でした。そして三人は、北海道の荒野に駆け出して行ったきり、戻らないのです。

それから五年後、共和国騎兵隊と名乗る盗賊集団が北海道の各地で狼藉《ろうぜき》を働いています。共和国騎兵隊の頭目は兵頭俊作。衝撃的なオープニングです。かつて榎本軍の一員として共和国建国の理想の為に新政府軍と戦い、箱館五稜郭での敗北まで榎本と運命を共にした優秀な幹部兵士が、盗賊集団を率いているのです。目的は、北海道に共和国を建国すること。一連の狼藉は、そのための武器や資金集めのための行動でした。兵頭はいまだに、榎本武揚と共に見た夢の中に生きているのでした。新政府は共和国騎兵隊を駆逐するための討伐隊を組織。その討伐隊の相談役に、かつて兵頭と同僚だった矢島従太郎《やじまじゅうたろう》が就きます。『五稜郭残党伝』との決定的な違いがここにあります。『五稜郭残党伝』では、討伐隊は新政府の人間だけで組織されていました。『北辰群盗録』は、かつて同じ夢を見た同志が、仲間の夢を打ち砕くために討伐隊に参加するのです。この、悲哀と皮肉に満ちた設定こそが本作品の骨格の肝であり、物語を貫く太い幹なのです。

討伐隊の野営地で、邏卒《らそつ》の一人が矢島従太郎に「共和国って、どんなものです？」と質問します。矢島は答えます。

「天子さまを持たない国のことだ。世襲の天子さまはなく、将軍も民びとが選ぶ」

「血筋や家柄は考慮されない。器と力量だけで決まるんだ。まつりごとも、やはり入れ札で選ばれた者たちが、合議で決める」

独裁を許さず、合議で政治を行う民主主義国家の姿が浮かびます。政治家の世襲は禁止。人脈や金の力ではなく、人間の器と能力だけで選挙を戦い、国のトップを決める。極めて真っ当な世の中です。まるで、一五〇年後の我が国を皮肉っているかのようです。

物語のラスト、兵頭の息の根を止めるために、矢島がたった一人で深い雪の中に踏み出します。仲間が止めるのも聞かず一人で兵頭を追う矢島が呟く言葉が印象的です。

「あの妄想は、危険すぎる。根絶せねばならぬ」

理想というものは、危険なのでしょうか。理想社会を目指すことは、危険なのでしょうか。自由で平等で平和で、誰もが幸福になれる世の中はなぜ実現しないのでしょうか。矢島はこうも呟きます。

「あの夢は、それほどにひとを……」

それほどにひとを……、の後に呑み込んだのはどんな言葉でしょうか。「それほどにひとを、魅了する」「それほどにひとを、狂わせる」といったところでしょうか。革命の夢に、狂うほど魅了された兵頭と、かつて同じ夢を見た矢島。雪の中を追った矢島が兵頭と再会した時、その夢が再燃するかもしれない。ミイラ取りがミイラになるかもしれない。そしてその夢は世代を超えて受け継がれているかもしれない。革命の火種は現代の世にも燃え続けているかもしれない……。そんな譲さんの祈りにも似た思いを、僕はラストシーンに感じるのです。

冒頭の問いに戻ります。

小説で世界は変えられるのでしょうか。

答えの無い問いです。けれどきっと、佐々木譲さんはそのことを信じて小説を書いてこられたのだと思うし、これからもそう信じて書き続けてくれるのだと思っています。

僕は僕で、「演劇で世界は変えられるのか」と小さな声で呟いてみます。

やはり答えは出ないけれど、そのことを信じてこれからも演劇を作り続けたいと思っています。譲さん、いつか「五稜郭三部作」の最後の一作、『婢伝五稜郭《ひでんごりょうかく》』も舞台化させてくださいね。そして三本一挙上演して、彼らの夢を現代の舞台上に再び蘇らせたいと思っています。その時は是非、美味しい赤ワインで乾杯しましょうね！　約束ですよ！

本作品はフィクションであり、実在の個人・団体などとは一切関係がありません。

二〇〇九年二月　徳間文庫刊

光文社文庫

北辰群盗録《ほくしんぐんとうろく》
著者　佐々木譲《ささきじょう》

2022年10月20日　初版1刷発行

発行者　鈴木広和
印刷　堀内印刷
製本　ナショナル製本

発行所　株式会社　光文社
〒112-8011　東京都文京区音羽1-16-6
電話（03）5395-8149　編集部
8116　書籍販売部
8125　業務部

ISBN978-4-334-79432-3　Printed in Japan

組版　萩原印刷

光文社文庫最新刊

一人二役《いちにんふたやく》　吉原裏同心(38)	佐伯泰英
北辰群盗録	佐々木 譲
不老虫《ふろうちゅう》	石持浅海《いしもちあさみ》
屑《クズ》の結晶	まさきとしか
潮首岬《しおくびみさき》に郭公《かっこう》の鳴く	平石貴樹
小倉・関門海峡殺人事件	梓 林太郎
紅子	北原真理

光文社文庫最新刊

シャガクに訊《き》け!	大石 大
Jミステリー2022 FALL	光文社文庫編集部・編
布石 決定版 吉原裏同心(13)	佐伯泰英
決着 決定版 吉原裏同心(14)	佐伯泰英
緋《ひ》の孔雀《くじやく》 決定版 牙小次郎無頼剣(五)	和久田正明
門前町大変 新・木戸番影始末(四)	喜安幸夫